明清小説選讀

【명·청·소·설·선·독】

明清小説選讀

【명·청·소·설·선·독】

● 김홍겸 편저

한국학술정보㈜

머리말

   2008년 北京올림픽과 2010년 上海엑스포의 개최로 중국에 대한 관심이 세계적으로 고조되고 있는 상황에서 지정학적으로 중국과 반만년의 시간을 같이한 가장 밀접한 위치에 있는 우리는 과연 중국에 대해 얼마나 알고 있는가? 또한 중국은 앞으로 10년 뒤 2020년에는 과연 어떤 모습으로 우리의 눈앞에 서 있을까? 이러한 문제에 대해서 중국과 상거래를 하는 경제인이나 외교를 남당하는 외교관들민이 의문을 갖고 그 해답을 찾으라는 법은 없다.

   중국은 앞으로 에너지 소비량이 얼마나 될지, 노령화 속도와 취업률은 우리와 비교하여 어떠할지, 도시와 농촌과의 소득격차는 서부대개발과 동북진흥 등의 노력을 통해 어느 정도 진척이 있을지, 연안과 비교하여 상대적으로 저개발 지역에 대해 어떤 노력이 실효를 거둘 수 있을지 등등, 또한 공업화와 도시화의 진전으로 환경문제의 심각성이 크게 부각되고 있는 요즘, 대기오염의 주범인 이산화탄소 및 이산화황의 세계 최대 배출 국가 중 하나인 중국은 환경문제 개선에 대해 어떠한 노력을 기울이고 있으며, 중국인들은 개인적으로 그 심각성에 대해 어떻게 대처하고 있는지 등 생각해 볼 문제가 한두 가지가 아니다.

   그러나 이러한 궁금증은 인터넷과 스마트폰 같은 ICT(Informational Culture Technology)가 발달한 현재에도 명확하고 상세한 답을 찾기는 어렵다. 그렇다면 정보통신기술이 오직 서신과 사람들의 입과 귀에 의존했던 시기에는 어떠했을까? 우리는 과거에서 현재까지 중국의 문학작품을 통해서 중국과 중국인 그리고 중국 문화를 이해할 수 있었고, 이를 통해 수많은 정보를 얻을 수 있었다.

   중국인의 과거 생활상은 어떠했으며, 당시 그들은 무슨 생각을 하였는지, 중국 고전문학작품을 읽고 과거의 세계로 타임머신을 타고 여행을 한다면 어떨까? 우리는 중국에 대하여 그 문화적 기초에 대한 이해 부족과 함께, 중국 문학작품을 이해하는 데 있어서도 가장 기본이 되는 原典에 대한 정확한 번역이 부담스럽고 혹은 중국 문학작품 속에 내재되어 있는 중국 색채를 감상하기에 그 문화적 요소에 대한 이해가 부족하기 때문에 본질적이고 심층적인 이해보다는 오히려 외형적이고 표면적 관찰에 의존하면서, 마치 중국과 중국인을 모두 이해하는 것처럼 생각하고 있는 것은 아닐까?

중국 작가의 손을 떠난 작품을 외국 독자의 입장에서 객관적으로 이해하고, 이를 통하여 그 작품에 그려진 당시의 중국 사회 모습과 사람들의 숨소리를 체험하면서 중국인의 본질을 이해하기 위해서는 먼저 原典을 이해할 수 있는 독해능력을 배양해야 한다. 일차적인 번역작업이 이루어져야 비로소 제대로 된 작품에 대한 이해가 가능하게 되고, 이를 통하여 중국인의 당시 생활상을 이해하고, 지금의 중국인까지도 이해할 수 있는 것이다. 이런 사전 작업이 없다면 우리는 앞으로 영원히 중국 문학이나 중국인을 제대로 이해하지 못하게 될지도 모른다.

이 책에는 명청대 소설 중에서 비교적 널리 알려진 『三國演義』, 『水滸傳』, 『西遊記』, 『警世通言』, 『紅樓夢』, 『儒林外史』, 『老殘游記』, 『聊齋志異』 등 8種을 택하였고, 그중에서도 본인이 가장 재미있게 읽은 부분과 각 작품의 내용 또는 작자의 의도를 이해하는 데 중요하다고 생각되는 부분을 발췌하여 모두 12편을 실었다. 또한 오늘날 사용하지 않는 한자나 어휘, 표현 등에 대해서는 각주를 달아 독자의 편의를 도모하였고, 이를 통해 이미 한글로 번역 출판된 작품을 읽어 본 독자뿐만 아니라 처음 작품을 접하는 독자들조차도 원문을 쉽게 번역하고 이해할 수 있도록 하였다. 또한 각 편 말미에는 생각해 볼 문제를 실어, 단지 중국 고전소설의 원문 번역작업에서 끝나지 않고 작자의 의도는 물론 관련 내용에 대해서도 독자 스스로 다양한 각도에서 새로이 접근하도록 단서를 제공하였다.

특히 각 편을 읽기 전에 책 내용에 대한 선입견이 생기는 것을 방지하기 위하여 각 작품의 전체 내용과 작자에 대한 소개를 생략하였다. 이것은 이 책에 실린 각 편의 내용을 먼저 읽고, 책 전체의 내용을 독자 스스로 짐작해 보는 시간을 갖게 함이다. 이러한 수고는 자칫 '소경 코끼리 만지기'에 머무르는 경우도 있겠지만 이러한 경험을 통해 나무를 통한 숲 감상과 더 나아가 앞으로 각 작품의 전체 내용을 완독한 후 먼저 읽었던 이 책에 실린 각 편의 의미를 되새김으로써 숲의 모양을 통한 각 나무의 특성을 이해하는 기회를 갖도록 하고자 하였다.

이러한 시도는 중국인과 중국 문학 그리고 중국 민족과 중국 문화에 대한 폭넓은 식견을 만들어 주고 또한 평소에 소홀히 여겼던 부분에 대해 관심을 갖도록 이끌어 줄 뿐만 아니라, 더 나아가서는 독자 스스로 자신의 무한한 상상력을 배양하여 인지된 대상을 다양한 관점으로 접근하고 이해하여 과거 누군가 만들어 놓은 고정화된 틀이나 편견 또는 왜곡에서 벗어나게 될 것이다.

중국을 이해하고자 하는 독자를 위해 마지막으로 당부하고 싶은 것은, 원전 번역은 처음부터 사전을 가지고 해석을 하지 말라는 것이다. 또한 우선 각 편의 텍스트를 처음부터 끝까지 속독하여 대략적인 텍스트의 내용을 이해하면서 사람이름이나 지명과 같은 고유명사를 찾고, 그다음에 다른 글자 또는 단어는 각 문장에서 어떻게 활용되었는지를 살핀 연후에 그 쓰임새에 따른 의미를 사전에서 찾아야 한다. 아울러 모든 해석은 잘 정리하여 기록하고, 다시 한국인의 정서에 맞도록 문장을 손질함으로써 번역의 과정을 마무리 지어야 한다.

21세기 국가발전을 위한 세계화와 국제화는 단지 정보기술산업의 육성과 친환경 생산품의 제조 그리고 수출증대만으로 이루어지는 것이 아니다. 그리고 세계 각국의 정치와 경제 그리고 과학기술 등 실용 분야에 대한 이해도 중요하지만, 같은 시대를 살고 있는 각 나라의 국민들끼리 서로 상대방을 이해하고 서로 도우면서 이 작은 지구촌에서 상생하기 위해서는 무엇보다도 그 나라 국민의 삶과 생각의 가장 기본이 되는 문화적 근간을 이해하여야 한다. 그러기 위해서 우리는 먼저 그들의 과거를 살펴 현재와 미래를 알아야 하는 것이고, 그중에서도 인문학, 바로 그 나라의 역사와 문학 그리고 철학을 알아야 하는 것이다.

우리가 중국인의 허구적 모습과 사실적 생활상이 함께 뒤섞여 있는 과거와 현재의 문학작품을 통해서, 중국인의 생각과 삶을 이해하는 것도 그들의 실체를 찾아내어 함께 공생하기 위한 노력의 일환이다. 하지만 중국인과 중국의 각 민족 그리고 중국 사회가 문학작품 속에 그려진 모습과 불가분의 관계가 있는 것이 확실한 상황에서, 문학작품의 이해를 통해 서로 지니고 있는 공통의 인문정신을 이해하는 것도 보람차고 가치 있는 행위이다. 문학작품을 통해 세계 각 나라와 각 민족의 동질성과 이질성을 알아내는 노력은 분명 자기를 알고 상대를 이해하는 '知彼知己'의 정신과 결코 무관하지는 않을 것이다.

끝으로 책을 내는 동안 곁에서 아무 불평 없이 내조해 준 아내 정혜란과 많은 시간 같이 많이 놀아 주지 못해 항상 미안한 마음을 가지게 하는 아들 정연과 승연 그리고 이 책이 이렇게 한 권의 책으로 만들어져 세상에 나올 수 있도록 출판의 기회와 함께 내용상의 도움을 주신 한국학술정보(주) 출판사업부 여러분, 마지막으로 언급할 수 없이 많은 내가 아는 모든 고마운 분께 감사의 말씀을 드린다.

2010년 12월 초

雨村齋에서 김홍겸

目次

三國演義

삼국연의

1. 宴桃園豪傑三結義

詞[1]曰:

滾滾[2]長江東逝水[3], 浪花淘[4]盡英雄。是非成敗轉頭空: 青山依舊在, 幾度夕陽紅。白髮漁樵[5]江渚[6]上, 慣看秋月春風。一壺濁酒喜相逢: 古今多少事, 都付[7]笑談中。

話說天下大勢, 分久必合, 合久必分: 周末七國[8]分爭, 幷入於秦。及秦滅之後, 楚、漢分爭, 又幷入於漢。漢朝自高祖斬白蛇而起義[9], 一

---

* 本篇은 『三國演義』 第一回의 내용으로, 劉備와 關羽, 張飛가 복사꽃 떨어지는 정원에서 의형제를 맺고, 황건적의 난을 평정하여 도탄에 빠진 백성을 구원하자고 결의하는 내용이다. 태어난 날은 서로 다르지만 죽는 것만은 같은 날 같은 시각에 하자며 서로 맹세하는 부분에서 앞으로 닥칠 위기와 시련들을 얼마나 서로 합심하여 이겨 나갈지 궁금증을 일게 한다. 원제는 「宴桃園豪傑三結義, 斬黃巾英雄首立功」이다.

1) 詞: 明代 楊慎이 쓴 『歷代史略詞話・第三段說秦漢』 중에서 「臨江仙」이다.

2) 滾滾: (물 따위가) 세차게 굽이쳐 흐르는 모양. 끊임없는 모양.

3) 逝水: 흘러가는 물.

4) 淘: (쌀 따위를) 일다.

5) 漁樵: 어부와 나무꾼.

6) 江渚: 강 가운데에 있는 작은 땅덩어리 혹은 섬.

7) 付: 넘겨주다. 부치다.

8) 七國: 여기서 일곱 나라란, 東周시대 秦, 楚, 燕, 趙, 韓, 魏, 齊 등 일곱 제후국을 가리킨다.

統天下。後來光武中興10)，傳至獻帝，遂分為三國。推其致亂之由，殆11)始於桓、靈二帝。桓帝禁錮善類12)，崇信宦官13)。及桓帝崩，靈帝卽位，大將軍14)竇武、太傅15)陳蕃，共相輔佐；時有宦官曹節等弄權，竇武、陳蕃謀誅之，機事不密，反為所害。中涓16)自此愈橫。

建寧二年四月望日17)，帝御溫德殿。方陞座，殿角狂風驟起，只見一條大青蛇，從梁上飛將下來，蟠18)於椅上。帝驚倒，左右急救入宮，百官俱奔避。須臾19)，蛇不見了。忽然大雷大雨，加以冰雹，落到半夜方止，壞卻房屋無數。建寧四年二月，洛陽地震；又海水泛溢，沿海居民，盡被大浪捲入海中。光和元年，雌雞化雄。六月朔，黑氣十餘丈，飛入溫德殿中。秋七月，有虹見於玉堂20)；五原21)山岸，盡皆崩裂。種種不祥，非止一端。帝下詔22)問羣臣以災異之由，議郎23)蔡邕上疏24)，以為

---

9) 高祖斬白蛇而起義: 한고조 유방이 도망 다닐 무렵, 밤에 연못을 지나가다 흰색의 큰 뱀을 보고 검을 뽑아 베었는데, 역사가들은 이것이 붉은 황제(赤帝子), 즉 한나라가 흰 황제(白帝子), 즉 진나라를 대신한다는 것을 상징하는 것이라고 생각하였다.

10) 光武中興: 劉秀가 東漢을 세움으로써 劉氏 漢 왕조가 다시 부흥한 것을 말한다. 光武는 漢 光武帝 劉秀로서, 서기 25년에서 57년까지 재위하였다. 中興은 復興과 같은 뜻이다.

11) 殆: 대개.

12) 禁錮善類: 禁錮는 제한적으로 관리가 되는 것을 금지한 것을 말하며, 善類는 好人의 뜻으로 환관을 반대한 사대부를 지칭한다.

13) 宦官: (＝太監) 고대 황실에서는 성기능을 거세한 후 황제와 그 가족들을 섬기던 남성.

14) 大將軍: 무관 중에서 가장 높은 자리. 동한시기에는 대부분 귀족들이 담당하면서 조정을 장악하였다.

15) 太傅: 동한시기 중신들의 우두머리. 대부분 나이가 많고 덕망이 높은 이가 임명되었다. 太尉, 司徒, 司空, 大將軍과 더불어 '五府'라고 불렀다.

16) 中涓: 환관.

17) 望日: 보름날. 음력 매달 15일.

18) 蟠(pán): 구불구불하다. (용이) 서리다.

19) 須臾: 잠시. 잠깐.

20) 玉堂: 漢代 洛陽에 있는 宮殿의 이름.

21) 五原: 郡의 이름. 군의 관공서는 九原에 있음(지금의 內蒙古自治區 包頭市 西北).

22) 下詔: 조칙을 공포하다. 詔書를 내리다.

蜺墮雞化[25]，乃婦寺干政[26]之所致，言頗[27]切直。帝覽奏歎息，因起更衣[28]。曹節在後竊視，悉[29]宣告左右；遂以他事陷邕於罪，放歸田裏。後張讓，趙忠，封諝，段珪，曹節，侯覽，蹇碩，程曠，夏惲，郭勝十人朋比為奸，號為「十常侍[30]」。帝尊信[31]張讓，呼為「阿父」，朝政日非[32]，以致天下人心思亂，盜賊蜂起[33]。

　　時巨鹿郡[34]有兄弟三人：一名張角，一名張寶，一名張梁。那張角本是個不第秀才[35]。因入山採藥，遇一老人，碧眼童顏[36]，手執藜杖[37]，喚角至一洞中，以天書三卷授之，曰：「此名『太平要術』。汝得之，當代天宣化[38]，普救世人。若萌異心，必獲惡報。」角拜問姓名。老人曰：「吾

---

23) 議郎: (관직 이름) 응답을 관장하며 직권이 매우 높아 국정에 참여할 수 있다.

24) 上疏: (천자에게) 상소하다.

25) 蜺墮雞化: 무지개가 쇠락하여 암탉이 수컷으로 변하였다. 옛날 사람들은 이를 상서롭지 못한 조짐이라고 여겼는데 이는 미신적 견해이다. 蜺는 霓와 같다. 무지개 한 쌍이 나오면 옛날 사람들은 색깔이 선명한 안쪽 고리를 '虹'이라 부르고 수컷의 성질에 속한다고 여겼다. 색깔이 선명하지 않은 바깥쪽 고리를 '蜺'라고 부르며 암컷의 성질에 속한다고 여겼다.

26) 婦寺干政: 부녀자와 환관이 국정에 관여하여 실권을 장악한 것을 말함. 부녀자란 황태후, 황후, 황제의 유모 등과 같은 사람들이고 寺는 곧 寺人으로, 고대 궁중의 잡무를 맡아보던 小官으로 宦官을 말함.

27) 頗: 꽤. 상당히. 몹시.

28) 更衣: 의복을 갈아입다.

29) 悉: 상세하다. 자세하다.

30) 常侍: 관직의 이름. 漢에 中常侍가 있어서 궁궐을 출입하며 황제의 시중을 들고 조서와 관리문서를 전달하였는데, 東漢때 와서 宦官이 전담하였다.

31) 尊信: 믿고 따르다.

32) 日非: 날로 좋지 않다. 엉망이다. 그릇되다.

33) 蜂起: 벌 떼처럼 일어나다. 봉기하다.

34) 巨鹿郡: (= 鉅鹿郡) 군의 관공서는 鉅鹿에 있다(지금의 河北省 平鄕縣 西南).

35) 不第秀才: (시험에) 낙제한 秀才.

36) 碧眼童顏: 벽안동안. 푸른 눈의 어린아이와 같은 얼굴.

37) 藜杖: 명아주 줄기로 만든 지팡이.

38) 宣化: 덕으로 감화시키도록 전파하다.

乃南華老仙[39]也。」言訖, 化陣淸風而去。

角得此書, 曉夜攻習, 能呼風喚雨, 號為「太平道人」。中平元年正月內, 疫氣[40]流行, 張角散施符水[41], 為人治病, 自稱「大賢良師」。角有徒弟五百餘人, 雲遊四方, 皆能書符念咒[42]。次後徒衆日多, 角乃立三十六方, ─大方萬餘人, 小方六七千─, 各立渠帥[43], 稱為將軍; 訛[44]言「蒼天已死, 黃天當立; 歲在甲子, 天下大吉。[45]」令人各以白土, 書「甲子」二字於家中大門上。青、幽、徐、冀、荊、揚、兗、豫八州[46]之人, 家家侍奉大賢良師張角名字。角遣其黨[47]馬元義, 暗齎[48]金帛, 結交中涓封諝, 以為內應。角與二弟商議曰:「至難得者, 民心也。今民心已順, 若不乘勢取天下[49], 誠為可惜。」遂一面私造黃旗, 約期舉事; 一面使弟子唐州, 馳書報封諝。唐州乃逕赴省中[50]告變。帝召大將軍何進調兵[51]擒馬元義, 斬之; 次收封諝等一千人[52]下獄。

───────────

39) 南華老仙: (＝南華眞人) 도교 신도들이 莊子를 신격화하여 부른 이름 唐 玄宗은 天寶元年 (742년)에 莊子를 '南華眞人'에 封하였다.

40) 疫氣: 전염병. 돌림병.

41) 散施符水: 부적과 약수를 널리 살포하다.

42) 書符念咒: 부적을 쓰고 주문을 외우다.

43) 渠帥: 수령. 우두머리.

44) 訛: 헛소문. 거짓말.

45) 蒼天已死, 黃天當立; 歲在甲子, 天下大吉: '푸른 하늘은 이미 죽었다. 누런 하늘이 올 것이다. 甲子년(184년)이 되면 천하는 크게 길하다.' 이것은 漢末 농민들이 크게 봉기하여 제창한 구호로 蒼天已死는 東漢 지주정권이 이미 멸망으로 향해 가고 있다는 의미이다. 농민계급은 정권을 확립하고 漢 靈帝 中平元年(184년)에 농민봉기를 일으켜 온 천하를 변화시켰다(황건적의 난).

46) 靑、幽、徐、冀、荊、揚、兗、豫八州: 청, 유, 서, 기, 형, 양, 연, 예 八州를 말한다. 州는 東漢 말의 君보다 한 등급 높은 행정구획이다. 당시의 행정구는 司隸와 十二州가 있었는데 위의 八州 외에 益, 涼, 幷, 交 등의 四州가 있다.

47) 黨: 도당. 집단. 파벌.

48) 齎: 휴대하다. 지니다.

49) 乘勢取天下: 기세를 타고 천하를 손에 넣다.

50) 省中: 황제의 거처를 '禁中'이라 하고, 조정 관리들이 공무를 처리하는 곳을 '省中'이라고 함.

張角聞知事露, 星夜擧兵, 自稱「天公將軍」, 張寶稱「地公將軍」, 張梁稱「人公將軍」。申言於衆曰:「今漢運將終, 大聖人出。汝等皆宜順天從正, 以樂太平。」四方百姓, 裹[53]黃巾從張角反者四五十萬。賊勢浩大, 官軍望風而靡[54]。何進奏帝火速降詔, 令各處備禦, 討賊[55]立功; 一面遣中郎將[56]盧植、皇甫嵩、朱儁, 各引精兵, 分三路討之。

且說張角一軍, 前犯幽州[57]界分。幽州太守[58]劉焉, 乃江夏竟陵[59]人氏, 漢魯恭王之後也; 當時聞得賊兵將至, 召校尉[60]鄒靖計議。靖曰:「賊兵衆, 我兵寡, 明公宜作速招軍應敵。」劉焉然其說,[61] 隨即出榜招募義兵。榜文行到涿縣[62], 引出涿縣中一個英雄。

那人不甚好讀書; 性寬和, 寡言語, 喜怒不形於色; 素[63]有大志, 專好[64]結交天下豪傑; 生得身長七尺五寸[65], 兩耳垂肩, 雙手過膝, 目能

---

51) 調兵: 군대를(병력을) 이동하다.

52) 一干人: 이 일에 관련이 있는 사람.

53) 裹: 싸매다. 휘감다.

54) 望風而靡: 초목이 바람이 부는 대로 엎드리는 것으로, 군대가 싸움에 패하여 뿔뿔이 흩어지는 것에 비유함. 靡은 '쓰러지다'의 뜻.

55) 討賊: 반역자를 토벌하다.

56) 中郎將: (관직명) 군대를 통솔하는 군관을 말함.

57) 幽州: 열두 개의 州 중 하나.

58) 太守: 漢代 郡의 최고 행정장관.

59) 江夏竟陵: 현재의 湖北省 潛江縣.

60) 校尉: 무관의 명칭. 대략 장군의 다음 지위 정도 된다. 그 직무의 차이에 따라 앞에 각기 다른 명호를 붙인다.

61) 然其說: 그 사람의 견해가 옳다고 여기는 것, 然은 여기서 동사로 쓰여 타인의 의견에 긍정을 나타낸다.

62) 涿縣: 지금의 河北省에 속함.

63) 素: 평소에. 원래.

64) 專好: 특별히 ……을 좋아하다. ……을 즐겨 하다.

65) 身長七尺五寸: 신장이 칠 척 오 촌이오. 漢代의 '一尺'은 지금의 '六寸九分'정도 된다. 그러므로 七尺五寸은 대략 오늘날의 五尺一寸八分 정도 된다.

自顧其耳，面如冠玉[66]，脣若塗脂；中山靖王劉勝之後，漢景帝閣下玄孫[67]：姓劉，名備，字玄德。昔劉勝之子劉貞，漢武時封涿鹿陸城亭侯[68]，後坐酎金失侯[69]，因此遺這一枝在涿縣。玄德祖劉雄，父劉弘。弘曾舉孝廉[70]，亦嘗作吏，早喪。玄德幼孤，事母至孝；家貧，販屨[71]織蓆為業。家住本縣樓桑村。其家之東南，有一大桑樹，高五丈餘，遙望之，童童如車蓋[72]。相者[73]云：「此家必出貴人。」

　　玄德幼時，與鄉中小兒戲於樹下，曰：「我為天子，當乘此車蓋。」叔父劉元起奇[74]其言，曰：「此兒非常人也！」因見玄德家貧，常資給之。年十五歲，母使遊學，嘗師事鄭玄、盧植；與公孫瓚等為友。及劉焉發榜招軍時，玄德年己二十八歲矣。當日見了榜文，慨然長嘆[75]。隨後一人厲聲[76]言曰：「大丈夫不與國家出力，何故長嘆？」

---

66) 冠玉: 관모에 다는 옥. 여기서는 '미남자'를 비유한다.

67) 中山靖王劉勝之後, 漢景帝閣下玄孫: 中山靖王 劉勝의 후예, 漢 景帝 각하의 현손이다. 劉勝은 漢景帝의 일곱 번째 아들로 中山王에 봉해졌고 諡號는 '靖'이라고 추정되었다.

68) 涿鹿陸城亭侯: 漢代 侯爵의 명칭. 涿郡의 陸城을 食邑(국가에서 공신에게 그곳의 조세를 받아 개인이 쓸 수 있도록 내려준 고을)으로 받은 亭侯.

69) 坐酎金失侯: 酎金의 죄를 물어 제후의 직위를 잃다. 법규에 따라 酎金을 상납하지 않은 죄를 지어 면직당하다. 坐는 '처벌받다'의 뜻으로 사용되었고, 酎金은 漢代 제후들이 매년 규정에 따라 황제에게 상납하여 제사·종묘에 공물로 쓰이던 돈을 말한다.

70) 舉孝廉: 孝廉에 추천하다. 孝廉은 漢代에 관리를 선발하는 과목 중의 하나로, 지방관리가 朝廷에 부모에 효도하고, 청렴한 사람을 관리로 뽑도록 천거하였다. 선비가 이러한 추천을 받는 것을 舉孝廉이라고 말하였다. 舉는 '추천하다', '천거하다'의 뜻이다.

71) 屨: 삼신. 미투리.

72) 童童如車蓋: 나뭇가지와 잎이 드리운 것이 마치 수레 위의 장막과 같다. 고대에 미신적 관념에서는 누구의 집에 이런 모양의 나무가 있으면 곧, "貴人이 나온다"는 징조로 여겼다. 童童은 나무 그늘이 드리워질 정도로 덮인 모양을 나타내며, 車蓋는 고대 수레 위에 비와 눈을 막기 위해 쳐 놓은 원형의 장막을 뜻한다.

73) 相者: 옛날, 관상을 보고 운명을 말하는 것을 직업으로 삼았던 사람.

74) 起奇: 기이한 생각이 들다.

75) 慨然長嘆: 감개하여 깊이 탄식하다.

76) 厲聲: 성이 나서 음성을 높이다. 소리치다.

玄德回視其人：身長八尺，豹頭環眼[77]，燕頷虎鬚[78]，聲若巨雷[79]，勢如奔馬[80]。玄德見他形貌異常，問其姓名。其人曰：「某姓張，名飛，字翼德。世居涿郡，頗有莊田[81]，賣酒屠豬，專好結交天下豪傑。恰才見公看榜而嘆，故此相問。」玄德曰：「我本漢室宗親，姓劉，名備。今聞黃巾倡亂，有志欲破賊安民；恨力不能，故長嘆耳。」飛曰：「吾頗有資財，當招募鄉勇，與公同舉大事，如何？」玄德甚喜，遂與同入村店中飲酒。

正飲間，見一大漢，推著一輛車子，到店門首歇了；入店坐下，便喚酒保[82]：「快斟酒來吃，我待趕入城去投軍。」玄德看其人：身長九尺，髯[83]長二尺；面如重棗，脣若塗脂；丹鳳眼，臥蠶眉；相貌堂堂，威風凜凜[84]。玄德就邀他同坐，叩[85]其姓名。其人曰：「吾姓關，名羽，字壽長，後改雲長，河東解良[86]人也。因本處勢豪，倚勢凌人[87]，被吾殺了；逃難江湖[88]，五六年矣。今聞此處招軍破賊，特來應募。」玄德遂以己志告之。雲長大喜。同到張飛莊上，共議大事。飛曰：「吾莊後有一桃園，花開正盛；明日當於園中祭告天地，我三人結為兄弟，協力同心，然後

---

77) 豹頭環眼: 표범의 머리에 고리같이 둥근 눈.

78) 燕頷虎鬚: 제비의 턱에 호랑이 수염.

79) 聲若巨雷: 목소리가 우레와 같다.

80) 勢如奔馬: 기세는 달리는 말과 같다.

81) 頗有莊田: 장전을 적잖이 가지고 있다. 莊田이란, 옛날 군주이나 귀족의 莊園에 딸린 경작지를 말한다.

82) 酒保: 술집 심부름꾼.

83) 髯(rán): 구레나룻. 수염.

84) 相貌堂堂, 威風凜凜: 용모가 훌륭하고, 위풍이 늠름하다.

85) 叩(kòu): 묻다. 알아보다.

86) 河東解良: 지금의 山西 運城縣. 河東은 郡의 이름이며 관공서는 安邑(지금의 山西 夏縣의 西北)에 있다.

87) 倚勢凌人: 세력을 믿고, 사람을 능욕(학대)하다.

88) 逃難江湖: 강호로 피난하다.

可圖大事。」玄德、雲長、齊聲應曰:「如此甚好。」

次日,於桃園中,備下烏牛白馬祭禮等項[89],三人焚香,再拜而說誓曰:「念劉備、關羽、張飛,雖然異姓,旣結為兄弟,則同心協力,救困扶危[90];上報國家,下安黎庶[91];不求同年同月同日生,但願同年同月同日死。皇天后土,實鑒此心。背義忘恩,天人共戮。」誓畢,拜玄德為兄,關羽次之,張飛為弟。祭罷天地,復宰牛設酒,聚鄉中勇士,得三百餘人,就桃園中痛飲一醉。

來日收拾軍器,但恨無馬匹可乘。正思慮間,人報「有兩個客人,引一夥伴儅[92],趕一群馬,投莊上來。」玄德曰:「此天佑我也!」三人出莊迎接。原來二客乃中山[93]大商:一名張世平,一名蘇雙,每年往北販馬,近因寇發而回。玄德請二人到莊,置酒管待,訴說欲討賊安民之意。二客大喜,願將良馬五十匹相送;又贈金銀五百兩,鑌鐵[94]一千斤,以資器用。玄德謝別二客,便命良匠打造雙股劍。雲長造青龍偃月刀[95],又名「冷豔鋸」,重八十二斤。張飛造丈八點鋼矛[96]。各置全身鎧甲[97]。共聚鄉勇五百餘人,來見鄒靖。鄒靖引見太守劉焉。三人參見畢,各通姓名。玄德說起宗派,劉焉大喜,遂認玄德為侄[98]。

---

89) 備下烏牛白馬祭禮等項: 검은 소와 흰 말 등의 제물을 준비하다.

90) 救困扶危: 곤란할 때 구해 주고, 위험할 때 도와주다.

91) 黎庶: 백성.

92) 伴儅: (＝僕從) 추종하는 사람이나 집단.

93) 中山: 나라 이름. 관공서는 盧奴(지금의 河北省 定縣)에 있다.

94) 鑌鐵: 단련한 쇠.

95) 青龍偃月刀: 칼 위에 청룡의 문양이 있는 자루가 긴 반달 칼. 偃月은 반달모양을 가리킨다.

96) 丈八點鋼矛: 맨 앞부분에 강철을 박아 놓은 긴 창.

97) 鎧甲: 갑옷.

98) 侄: (＝姪) 조카.

不數日，人報黃巾賊將程遠志統兵五萬來犯涿郡。劉焉令鄒靖引玄德等三人，統兵五百，前去破敵。玄德等欣然領軍前進，直至大興山下，與賊相見。賊衆皆披髮[99]，以黃巾抹額[100]。當下兩軍相對，玄德出馬，─左有雲長，右有翼德─，揚鞭大罵：「反國逆賊，何不早降！」

程遠志大怒，遣副將鄧茂出戰。張飛挺丈八蛇矛直出，手起處，刺中鄧茂心窩，翻身落馬。程遠志見折了鄧茂，拍馬舞刀，直取張飛。雲長舞動大刀，縱馬飛迎。程遠志見了，早吃一驚，措手不及，被雲長刀起處，揮為兩段。後人有詩讚二人曰：

英雄發穎在今朝，一試矛兮一試刀。
初出便將威力展，三分好把姓名標。

衆賊見程遠志被斬，皆倒戈而走。玄德揮軍追趕，投降者不計其數，大勝而回。

劉焉親自迎接，賞勞軍士。次日，接得青州太守龔景牒文[101]，言黃巾賊圍城將陷，乞賜救援。劉焉與玄德商議。玄德曰：「備願往救之。」劉焉令鄒靖將兵五千，同玄德，關，張，投青州來。賊衆見救軍至，分兵混戰。玄德兵寡不勝，退三十里下寨。玄德謂關、張曰：「賊衆我寡，必出奇兵，方可取勝。」乃分關公引一千軍伏山左，張飛引一千軍伏山右，鳴金[102]為號，齊出接應。

次日，玄德與鄒靖，引軍鼓譟而進。賊衆迎戰，玄德引軍便退。賊

---

99) 披髮: 머리를 풀어 헤치다.

100) 抹額: (＝抹頭) 이마에 매다. 때로는 명사로도 쓰여, 이마 부분에 묶는 머리띠를 가리킨다.

101) 牒文: 공문.

102) 鳴金: 징을 울리다. 본래 후퇴의 신호인데 여기서는 진공의 호령으로 쓰였다.

衆乘勢追趕，方過山嶺，玄德軍中一齊鳴金，左右兩軍齊出，玄德麾[103]軍回身復殺。三路夾攻，賊衆大潰。直趕至青州城下，太守龔景亦率民兵出城助戰。賊勢大敗，剿戮極多，遂解青州之圍。後人有詩讚玄德曰：

運籌決算有神功，二虎還須遜一龍。
初出便能垂偉績，自應分鼎[104]在孤窮。

龔景犒軍畢，鄒靖欲回。玄德曰：「近聞中郎將盧植與賊首張角戰於廣宗[105]，備昔曾師事盧植，欲往助之。」於是鄒靖引軍自回，玄德與關、張引本部五百人投廣宗來。至盧植軍中，入帳施禮，具道來意。盧植大喜，留在帳前聽調。

時張角賊衆十五萬，植兵五萬，相拒於廣宗，未見勝負。植謂玄德曰：「我今圍賊在此，賊弟張梁，張寶在潁川[106]，與皇甫嵩、朱雋對壘。汝可引本部人馬，我更助汝一千官軍，前去潁川打探消息，約期剿捕。」玄德領命，引軍星夜投潁川來。時皇甫嵩、朱雋領軍拒賊，賊戰不利，退入長社，依草結營。嵩與雋計曰：「賊依草結營，當用火攻之。」遂令軍士，每人束草一把，暗地埋伏。其夜大風忽起。二更以後，一齊縱火，嵩與雋各引兵攻擊賊寨，火燄張天，賊衆驚慌，馬不及鞍，人不及甲，四散奔走。

殺到天明，張梁、張寶引敗殘軍士，奪路而走。忽見一彪軍馬[107]，盡

---

103) 麾: (＝揮) 지휘하다.

104) 分鼎: 세 방향에서 나란히 우뚝 솟다. 마치 솥에 달린 세 발과 같이 三者가 병립하다.

105) 廣宗: 지금의 河北省 南宮縣 남쪽.

106) 潁川: 郡의 이름. 관공서는 陽翟(지금의 河南省 禹縣)에 있다.

107) 一彪軍馬: 한 가지의 군대. 하지만 군대가 나뭇가지 모양으로 갑자기 출현하는 모습을 형용하는 뜻을 함유하고 있다. 뒤에 나오는 '一簇軍馬'와는 다르다.

打紅旗，當頭來到，截往去路。為首閃出一將，身長七尺，細眼長髯；官拜騎都尉；沛國譙郡[108]人也，姓曹，名操，字孟德。操父曹嵩，本姓夏侯氏；因為中常侍曹騰之養子，故冒姓曹。曹嵩生操，小字[109]阿瞞，一名吉利。操幼時，好遊獵，喜歌舞；有權謀，多機變。操有叔父，見操遊蕩無度，嘗怒之，言於曹嵩。嵩責操。操忽心生一計：見叔父來，詐倒於地，作中風之狀。叔父驚告嵩，嵩急視之，操故無恙。嵩曰：「叔言汝中風，今已愈乎？」操曰：「兒自來無此病；因失愛[110]於叔父，故見罔[111]耳。」嵩信其言。後叔父但言操過，嵩並不聽。因此，操得恣意[112]放蕩。

時人有橋玄者，謂操曰：「天下將亂，非命世[113]之才，不能濟。能安之者，其在君乎？」南陽[114]何顒見操，言：「漢室將亡，安天下者，必此人也。」汝南[115]許劭，有知人之名。操往見之，問曰：「我何如人？」劭不答。又問，劭曰：「子治世之能臣，亂世之奸雄也。」操聞言大喜。年二十，舉孝廉，為郎[116]，除洛陽北都尉[117]。初到任，即設五色棒十餘條於縣之四門，有犯禁者，不避豪貴，皆責之。中常侍蹇碩之叔，提

---

108) 沛國譙郡: 沛國와 譙郡는 사실 같은 지역의 명칭으로 東漢을 沛國이라 부르고 삼국 시대에는 譙郡라고 불렀다. 관공서는 譙縣(지금의 安徽省 亳縣)에 있다. 『三國志 · 魏書』武帝紀에 쓰여 있는 '沛國譙'가 더욱 확실하며 적절하다.

109) 小字: 어렸을 때의 이름.

110) 失愛: 사랑을 잃다.

111) 見罔: 누명을 쓰다.

112) 恣意: 방자하다. 제멋대로이다.

113) 命世: 저명한 집권자. 이 말은 『漢書 · 楚元王傳贊』에 "聖人不出，其間必有命世者焉"(聖人이 나지 않으면 그 시기에 반드시 命世者가 있기 마련이다)이라고 나오는데, 그 후에 나라를 다스릴 재능이 있는 사람을 '命世之才'라고 불렀다.

114) 南陽: 지금의 河南省 南陽市를 가리킨다.

115) 汝南: 郡의 이름. 관공서는 平輿(지금의 河南省 平輿縣 북쪽)에 있다.

116) 郎: 관직의 이름. 조정 시종 관리의 통칭, 中郎, 侍郎, 郎中 등의 이름이 있다.

117) 除洛陽北都尉: 洛陽北部尉로 임명되었다. 除는 관직을 주다, 관직에 임관하다. 洛陽은 큰 縣이므로, 두 명의 尉를 두어 남과 북으로 나누어 관리하였다. 尉는 치안을 담당하는 縣級 관리이다.

刀夜行，操巡夜擎住，就棒責之。由是，內外莫敢犯者，威名頗震。後為頓丘[118]令。因黃巾起，拜為騎都尉，引馬步軍五千，前來潁川助戰。正值張梁、張寶敗走，曹操攔住，大殺一陣，斬首萬餘級，奪得旗旛、金鼓馬匹極多。張梁、張寶死戰得脫。操見過皇甫嵩，朱雋，隨即引兵追襲張梁、張寶去了。

卻說玄德引關、張來潁川，聽得喊殺之聲，又望見火光燭天[119]，急引兵來時，賊已敗散。玄德見皇甫嵩、朱雋，其道盧植之意。嵩曰：「張梁、張寶勢窮力乏，必投廣宗去依張角。玄德可即星夜往助。」

玄德領命，遂引兵復回。到得半路，只見一簇軍馬，護送一輛檻車[120]，車中之囚，乃盧植也。玄德大驚，滾鞍下馬[121]，問其緣故。植曰：「我圍張角，將次[122]可破；因角用妖術，未能即勝。朝廷差黃門[123]左豐前來體探[124]，問我索取賄賂[125]。我答曰：『軍糧尚缺，安有餘錢奉承天使[126]？』左豐挾恨，回奏朝廷，說我高壘[127]不戰，惰慢[128]軍心；因此朝廷震怒，遣中郎將董卓來代將我兵，取我回京問罪。」 張飛聽罷，大怒，要斬護

---

118) 頓丘: 지금의 河南省 淸豐縣 서남쪽에 있다.

119) 火光燭天: 불빛이 하늘에 비치다.

120) 檻車: 울타리가 있는 죄수를 호송하는 수레.

121) 滾鞍下馬: 구르듯 말안장에서 뛰어내리다.

122) 將次: (＝將要. 快要) 막(장차) ……하려 하다.

123) 黃門: 黃門侍郎, 小黃門, 黃門令, 中黃門 등 관리의 통칭. 황제의 시중을 드는 일을 담당하며 조령(詔令)을 전달하는 등의 일을 하였고, 권력이 매우 컸다. 東漢 때에는 환관이 많이 담당하여 환관을 '黃門'이라 칭하기도 한다.

124) 體探: 세심하게 살피다. 알아보다.

125) 賄賂: 뇌물.

126) 天使: 황제가 파견한 사신의 호칭.

127) 高壘: 보루와 성곽과 같은 방어를 위한 구축물들을 높이 쌓아, 수비만 준비할 뿐 공격하지 않다.

128) 惰慢: 태만하다. 게으르다.

送軍人, 以救盧植. 玄德急止之曰:「朝廷自有公論, 汝豈可造次[129]?」軍士簇擁[130]盧植去了.

關公曰:「盧中郎已被逮, 別人領兵, 我等去無所依, 不如且回涿郡.」玄德從其言, 遂引軍北行. 行無二日, 忽聞山後喊聲大震. 玄德引關、張縱馬上高岡望之, 見漢軍大敗, 後面漫山塞野[131], 黃巾蓋地而來, 旗上大書「天公將軍」. 玄德曰:「此張角也! 可速戰!」三人飛馬引軍而出. 張角正殺敗董卓, 乘勢趕來, 忽遇三人衝殺, 角軍大亂, 敗走五十餘里. 三人救了董卓回寨. 卓問三人現居何職. 玄德曰:「白身[132].」卓甚輕之, 不為禮. 玄德出, 張飛大怒曰:「我等親赴血戰, 救了這廝[133], 他卻如此無禮! 若不殺之, 難消我氣!」便要提刀入帳來殺董卓. 正是:

人情勢利古猶今, 誰識英雄是白身?
安得快人如翼德, 盡誅世上負心人!

畢竟董卓性命如何, 且看下文分解.

---

129) 造次: 경솔하다. 덜렁대다.

130) 簇擁: 많은 사람이 빼곡히 둘러싸다.

131) 漫山塞野: 온 산천에 가득하다. 굉장히 많다.

132) 白身: 官職이나 功名이 없는 사람. 즉 '평민'을 가리킨다.

133) 廝: (= 傢伙. 小子) 사람을 경시하는 호칭.

☞ 생각해 봅시다 ☜

1. 『三國演義』는 羅貫中의 作으로 알려져 있다. 작자의 출신지를 살펴보고 또한 과거와 현재 중국의 남과 북쪽 혹은 서와 동쪽 지방 출신 작자들의 작품성향에 대해 조사하여 비교해 보자. 특히 上海를 대표지역으로 하여 경제와 같은 물질적 부를 우선시하는 남방문학과 北京을 대표지역으로 하여 정치와 문화 같은 정신적 부를 중요시하는 북방문학의 대표작품과 작자를 살펴보자. 또한 본 편에 등장하고 있는 지명을 통해 각 지역의 지리적, 역사적 특징을 살펴보고, 대략 지금의 어떤 지역에서 어떠한 내용의 사건들이 발생하였는지 그 연관성을 조사하여 보자. 지도를 그려 보고 지금의 중국 행정구역과 그 명칭에 대해서 살펴보는 것도 많은 도움이 될 것이다.

2. 본 편의 내용은 삼국을 통일하여 중국 역사의 맥을 이어 나가는 曹操와 曹조 부자보다는, 민중을 사랑하고 위하는 인물로 묘사된 몰락가문 출신의 劉備와 서생 출신의 關羽 그리고 張飛와 같은 중하층 인물을 주인공으로 내세우고 있다. 그럼 작자가 단지 劉備가 漢 황실의 후예였기에 奸賊을 물리치고 새로운 국가를 건설해도 된다는 儒家적인 大義名分論으로 劉備를 嫡統으로 삼아 이야기의 줄거리를 끌고 간 것인지, 아니면 創業을 할 수 있는 자는 국가 권력층 출신이 아니라 민중 속에서 자라나 민중을 중시 여기고 민중의 고통을 이해하는 인물이어야 한다는 나름대로의 當爲性에 입각하여 작품을 기술한 것인지, 아니면 또 다른 작자 나름대로의 의도가 있었는지 살펴보자.

3. 본 편에서는 劉備와 關羽 그리고 張飛가 서로 만나 의형제를 맺는 자리에 복사꽃이 만발해 있었다고 한다. 복사꽃은 그 피는 시기가 일정하여 대충 그들이 의형제의 緣을 언제쯤 結義하였는지 그 시기를 알려 주는 한편 또한 다른 의미를 생각할 수 있도록 만들어 주는데 복사꽃이 지닌 상징을 살펴보고, 그 의미와 결합하여 그 세 사람이 꿈꾸는 세상의 실체를 생각해 보자.

4. 義勇軍을 이끌고 黃巾賊의 난을 진압하는 데 일조했던 劉備를 위시한 삼형제는

기존 지배계층의 홀대를 받는다. 이와 같은 내용의 전개를 통해 작자는 黃巾賊의 난이 일어날 수밖에 없었던 당시의 상황, 특히 탐관오리와 무능한 지배계층의 작태를 고발하려고 노력하면서, 아울러 劉備와 關羽, 張飛가 의용군을 결성하고, 차후 한나라의 영토를 세 쪽으로 분할하는 계기까지도 설명하고자 하였다. 이와 같은 예를 본문에서 찾아보자.

5. 다른 사람들과 마찬가지로 曹操를 소개하면서 그 아버지의 성이 夏侯에서 曹로 바뀐 연후를 설명하고 있다. 이것은 후일 曹操가 夏侯氏 출신의 武人들의 절대적인 충성을 바치는 이유가 되기도 하는데, 이와 같이 중국 문학작품에서는 그 사람을 소개할 때 성과 이름 이외에도 字와 출신지를 밝히고 아울러 家系를 자세히 설명하는 관행은 중국인의 어떤 면을 나타내는 것인지 살펴보자. 또한 오늘날에도 중국인뿐만 아니라 우리나라를 비롯하여 세계 각국의 사람들이 자신을 소개하면서 어느 지역 출신인지를 설명하는 까닭은 무엇인지 함께 연관시켜 살펴보자.

6. 본 편의 마지막에는 '且看下文分解'라는 구절로 章回를 끝내고 있다. 이것은 옛날 講唱文學의 잔재로 이야기꾼이 청중을 앞에 두고 이야기를 강술하는 형태이다. 이렇듯 다음 문장의 설명을 보라고 하는 것은 어떤 의도가 내포되어 있음이 분명하며 또한 모든 篇(回 또는 章)의 도입부분과 말미에서는 詩 또는 詞를 이용하여 내용을 다시 한 번 정리하는 것을 볼 수가 있다. 이와 같은 행위는 어떤 까닭에서 행해졌는지 살펴보자.

2. 劉玄德三顧草廬

　　卻說徐庶[1]趲程赴許昌，曹操知徐庶已到，遂命荀彧、程昱等一班謀士往迎之。庶入相府拜見曹操。操曰：「公乃高明之士，何故屈身而事[2]劉備乎?」庶曰：「某幼逃難，流落江湖，偶至新野，遂與玄德交厚。老母在堂，幸蒙顧念，不勝愧感。」操曰：「公今至此，正可晨昏侍奉令堂，吾亦得聽清誨矣。」

　　庶拜謝而出。急往見其母，泣拜於堂下。母大驚曰：「汝何故至此?」庶曰：「近於新野事劉豫州，因得母書，故星夜至此。」徐母勃然大怒，拍案罵曰：「辱子飄蕩江湖數年，吾以為汝學業有進，何其反不如初也! 汝既讀書，須知忠孝不能兩全。豈不識曹操欺君罔上之賊? 劉玄德仁義布於四海，況又漢室之胄，汝既事之，得其主矣。今憑一紙偽書，更不詳

---

* 本篇은 『三國演義』第三十七回와 第三十八回 일부의 文章으로, 유비가 제갈량을 찾아가 자신을 도와 세상을 안정시켜 백성들의 고통을 덜어 주자고 간청하는 이른바 '삼고초려' 하는 부분이다. 劉備가 세 차례나 草廬를 訪問하여 諸葛孔明이 出山하게 되는 過程을 收錄하고 있다. 유비의 정성어린 노력으로 말미암아 제갈량이 출사를 하는 千古의 美談이지만, 만약 제갈량이 이때 냉정하게 유비의 청을 뿌리쳤다면 역사는 어떻게 변하였을까 하는 궁금증도 불러일으키는 부분이다. 第三十八回에서 유비가 제갈량을 데리고 신야성으로 돌아온 이후의 이야기는 생략하였다. 原題는 第三十七回 「司馬徽再薦名士, 劉玄德三顧草廬」와 第三十八回 「定三分隆中決策, 戰長江孫氏報仇」이다.

1) 徐庶: 서원직.

2) 事: 섬기다.

察，遂棄明投暗，自取惡名，眞愚夫也！吾有何面目與汝相見！汝玷辱祖宗，空生於天地間耳！」罵得徐庶拜伏於地，不敢仰視。母自轉入屏風後去了。

少頃，家人出報曰：「老夫人縊於梁間。」徐庶慌入救時，母氣已絕。後人有徐母讚曰：

賢哉徐母！流芳千古！守節無虧，於家有補。教子多方，處身自苦。氣若丘山，義出肺腑。讚美豫州，毀觸魏武。不畏鼎鑊，不懼刀斧。惟恐後嗣，玷辱先祖。伏劍同流，斷機堪伍。生得其名，死得其所。賢哉徐母！流芳千古！

徐庶見母已死，哭絕於地，良久方甦。曹操使人齎禮弔問，又親往祭奠。徐庶葬母柩於許昌之南原，居喪守墓。凡曹操所賜，庶俱不受。時操欲商議南征，荀彧諫曰：「天寒未可用兵。姑待春暖，方可長驅大進。」操從之，乃引漳河之水作一池，名玄武池，於內教練水軍，準備南征。

卻說玄德正安排禮物，欲往隆中謁[3]諸葛亮，忽人報：「門外有一先生，峨冠博帶[4]，道貌非常，特來相探。」玄德曰：「此莫非卽孔明否？」遂整衣出迎。視之，乃司馬徽也。玄德大喜，請入後堂高坐，拜問曰：「備自別仙顏，日因軍務倥偬[5]，有失拜訪。今得光降，大慰仰慕之私。」徽曰：「聞徐元直在此，特來一會。」玄德曰：「近因曹操囚其母，徐母遣人馳書喚回許昌去矣。」徽曰：「此中曹操之計矣！吾素聞徐母最賢，雖為操所囚，必不肯馳書召其子。此書必詐也。元直不去，其母尚存；今若去，

---

3) 謁: 알현하다. 자신보다 지위나 나이가 많은 사람을 만나러 가는 것을 높여서 말하는 투.

4) 峨冠博帶: 높은 관을 쓰고 넓은 대를 두르다.

5) 倥偬: 바쁘다.

母必死矣。」

　　玄德驚問其故。徽曰:「徐母高義, 必羞見其子也。」 玄德曰:「元直臨行, 薦南陽諸葛亮, 其人若何?」 徽笑曰:「元直欲去自去便了, 何又惹他出來嘔心血也?」 玄德曰:「先生何出此言?」 徽曰:「孔明與博陵崔州平、潁川石廣元、汝南孟公威與徐元直四為密友[6]。此四人務於精純[7], 惟孔明獨觀其大略。嘗抱膝長吟, 而指四人曰:『公等仕進, 可至刺史、郡守。』 衆問孔明之志若何, 孔明但笑而不答。每常自比管仲[8]、樂毅[9], 其才不可量也。」 玄德曰:「何潁川之多賢乎!」 徽曰:「昔有殷馗善觀天文, 嘗謂群星聚於潁分, 其地必多賢士。」

　　時雲長在側曰:「某聞管仲、樂毅, 乃春秋戰國名人, 功蓋寰宇。孔明自比此二人, 毋乃太過?」 徽笑曰:「以吾觀之, 不當比此二人。我欲另以二人比之。」雲長問那二人。徽曰:「可比興周八百年之姜子牙[10], 旺漢四百年之張子房[11]也。」 衆皆愕然[12]。徽下階相辭欲行。玄德留之不

6) 密友: 아주 막역한 친구.

7) 精純: 학문.

8) 管仲: 鮑叔牙와의 깊은 우정으로 인해 '管鮑之交'로 유명한 인물. 齊나라 桓公이 즉위할 무렵, 환공의 형인 糾의 편에 서서 환공을 죽이려 했다가 실패하여 魯나라로 망명한다. 그러나 이후 포숙아의 進言으로 齊나라로 돌아와 國政에 참여하게 되고, 환공을 도와 군사력의 강화, 상업과 수공업의 육성을 통해 부국강병을 꾀한다.

9) 樂毅: 魏나라 武將 樂羊의 자손으로, 燕나라 昭王에게 등용되어 후에 上將軍이 된다. 趙, 楚, 韓, 魏, 燕나라의 군사를 이끌고, 당시 강대국이던 齊를 토벌하여 수도 臨淄를 함락시키고, 그 후 5년에 걸쳐 제나라의 70여 城을 함락시키는 전과를 이룬다. 소왕이 죽고 惠王이 즉위한 후, 제나라 田單의 이간책으로 趙나라로 달아나 觀津이라는 벼슬을 얻지만, 이후 혜왕의 부름을 받아 燕과 趙 두 나라의 客卿이 된다.

10) 姜子牙: 본명은 姜尙이다. 그의 선조가 呂나라에 봉하여졌으므로 呂尙이라 불렸고, 속칭 강태공으로 알려져 있다. 周나라 文王의 초빙을 받아 그의 스승이 되었고, 그의 아들 武王을 도와 商나라 紂王을 멸망시켜 천하를 평정하여, 그 공으로 齊나라에 봉함을 받아 그 시조가 되었다. 渭水에서 낚시질을 하다가 문왕을 만나게 되었다는 등 그에 대한 傳記는 대부분이 전설적이지만, 전국시대부터 漢나라 시대에는 경제적 수완과 兵法家로서 그의 재주가 회자되기도 하였다. 兵書『六韜』(6권)의 저자로 알려져 있다.

11) 張子房: 이름이 張良이고, 자가 子房이며, 시호는 文成公으로 역사적으로 이름난 책략가이다. B.C. 218년 博浪沙(河南省 博浪縣)에서 始皇帝를 습격하여 살해하려 했으나 실패하고,

住。徽出門仰天大笑曰：「臥龍雖得其主，不得其時，惜哉！」言罷，飄然而去。玄德嘆曰：「眞隱居賢士也！」

次日，玄德同關、張并從人等來隆中，遙望¹³⁾山畔數人，荷鋤耕於田間，而作歌曰：

蒼天如圓蓋¹⁴⁾，陸地似棋局。世人黑白¹⁵⁾分，往來¹⁶⁾爭榮辱。榮
者自安安¹⁷⁾，辱者定碌碌¹⁸⁾。南陽有隱居，高眠臥不足。

玄德聞歌，勒馬喚農夫問曰：「此歌何人所作？」答曰：「乃臥龍先生所作也。」玄德曰：「臥龍先生住何處？」農夫曰：「自此山之南，一帶高岡，乃臥龍岡也。岡前疏林內茅廬中，卽諸葛先生高臥之地。」玄德謝之，策馬前行。不數里，遙望臥龍岡，果然清景異常¹⁹⁾。後人有古風一篇，單道臥龍居處。詩曰：

襄陽城西二十里，一帶高岡枕流水。
高岡屈曲壓雲根，流水潺湲飛石髓。
勢若困龍石上蟠，形如單鳳松陰裏。

陳勝과 吳廣의 난을 일으키자, 漢高祖 劉邦을 도와 한나라 창업에 힘썼다. 그 공으로 留侯에 책봉되었다.

12) 愕然: 몹시 놀라다.

13) 遙望: 멀리 바라보다.

14) 圓蓋: 하늘의 모양이 둥글고, 위에 뚜껑이 덮고 있는 모양. 여기서는 원형의 덮개로 쓰였다.

15) 黑白: 是非 또는 善惡과 같이 좋고 나쁨 또는 옳고 그름.

16) 往來: 계속해서.

17) 安安: (스스로 즐기면서) 편안한 모양. '高枕無憂'(맘 내키는 대로 삶)와 비슷한 의미.

18) 碌碌(lùlù): 남에게 빌붙는 모양. 남을 따르는 모양. 녹록하다. 일반적으로 다음과 같은 의미로 많이 사용된다. ①보잘것없는 모양, ②사무가 번잡하고 쓸데없이 바빠 고생하는 모양, ③자신의 의견을 고집하지 않고 남과 타협하여 복종하는 모양.

19) 清景異常: 맑은 경관이 범상치 않음.

柴門半掩閉茅廬，中有高人臥不起。

修竹交加列翠屏，四時籬落野花馨。

床頭堆積皆黃卷，座上往來無白丁。

叩戶蒼猿時獻果，守門老鶴夜聽經。

囊裏名琴藏古錦，壁間寶劍映松文。

廬中先生獨幽雅，閒來親自勤耕稼。

專待春雷驚夢回，一聲長嘯安天下。

　　玄德來到莊前下馬，親叩柴門，一童出問。玄德曰：「漢左將軍宜城亭侯領豫州牧皇叔[20]劉備特來拜見先生。」童子曰：「我記不得許多名字。」玄德曰：「你只說劉備來訪。」童子曰：「先生今早已出。」玄德曰：「何處去了？」童子曰：「蹤跡不定，不知何處去了。」玄德曰：「幾時歸？」童子曰：「歸期亦不定，或三五日，或十數日。」

　　玄德惆悵[21]不已。張飛曰：「旣不見，自歸去罷了。」玄德曰：「且待片時[22]。」雲長曰：「不如且歸，再使人來探聽。」玄德從其言，囑付童子：「如先生回，可言劉備拜訪。」遂上馬，行數里，勒馬回觀隆中景物，果然山不高而秀雅，水不深而澄清；地不廣而平坦，林不大而茂盛；猿鶴[23]相親，松篁交翠，觀之不已。忽見一人，容貌軒昂[24]，豐姿俊爽[25]，頭戴逍遙巾，身穿皂布袍，杖藜[26]從山僻小路而來。玄德曰：「此必臥龍

---

20) 皇叔: 유비가 漢獻帝의 족숙이기 때문에 이러한 표현이 가능한 것이다.

21) 惆悵: 실망하여 섭섭함.

22) 片時: (= 片刻) 잠깐. 잠시.

23) 猿鶴: 잔나비와 두루미.

24) 軒昂: 인상이 뛰어나게 잘생김.

25) 豐姿俊爽: 풍채가 준수하고 호쾌하다.

26) 杖藜: 명아주대로 만든 지팡이를 말하는데, '藜杖'이라고 표현해야 옳음.

先生也。」急下馬向前施禮，問曰：「先生非臥龍否？」其人曰：「將軍是誰？」玄德曰：「劉備也。」其人曰：「吾非孔明，乃孔明之友，博陵崔州平也。」玄德曰：「久聞大名，幸得相遇。乞即席地權坐，請教一言。」

二人對坐於林間石上，關、張侍立於側。州平曰：「將軍何故欲見孔明？」玄德曰：「方今天下大亂，四方雲擾，欲見孔明，求安邦定國之策耳。」州平笑曰：「公以定亂為主[27]，雖是仁心，但自古以來，治亂無常。自高祖斬蛇起義[28]，誅無道秦，是由亂而入治也；至哀、平之世二百年，太平日久，王莽[29]篡逆，又由治而入亂；光武中興，重整基業，復由亂而入治；至今二百年，民安已久，故干戈[30]又復四起。此正由治入亂之時，未可猝定也。將軍欲使孔明斡旋[31]天地，補綴乾坤[32]，恐不易為，徒費心力耳。豈不聞『順天者逸，逆天者勞』；『數[33]之所在，理不得而奪之；命之所在，人不得而強之』乎？」

玄德曰：「先生所言，誠為高見。但備身為漢冑[34]，合當匡扶漢室，

---

27) 以定亂為主: 어지러운 세상을 바로잡으려 하는 것을 우선으로 하다.

28) 斬蛇起義: 漢高祖 劉邦이 한나라를 세우기 이전에, 어느 날 밤길에서 큰 뱀을 만나 단칼에 베었는데, 역사가들은 이 일을 白을 상징하는 秦나라를 赤을 상징하는 漢나라, 즉 유방이 물리칠 것을 나타내는 징조였다고 말한다.

29) 王莽: 자는 巨君으로, 山東 출신이다. 기원전 33년 漢나라의 黃門郎이 되고, 기원전 16년에는 封邑 1,500호를 영유하는 新野侯가 된다. 기원전 8년 38세로 재상이라 할 수 있는 大司馬가 되었으며, 哀帝 사후에는 9세의 平帝를 옹립하고 자기의 딸을 왕후로 삼아 평제의 輔政者로 권력을 휘두른다. 서기 5년에는 평제를 독살한 뒤 2세의 劉嬰을 옹립하고, 자기를 스스로 假皇帝라 하였으며, 신하들에게는 攝皇帝라 부르게 하였다. 마침내 서기 8년 유영을 몰아내어 한나라를 멸망시키고 국호를 '新(8~22년)'이라 하여 황제가 됨으로써 禪讓革命에 성공한다. 하지만 22년 한나라 황족의 한 사람인 南陽의 호족 劉秀(後漢의 光武帝)에 의해 昆陽(河南省 葉縣)에서 자신의 군대가 크게 패하면서 점차 몰락하게 되고, 결국 長安의 未央宮에서 부하에게 살해당한다.

30) 干戈: 창과 방패. 여기서는 '전쟁'을 뜻한다.

31) 斡旋: 호전시킨다.

32) 補綴乾坤: 補綴은 다시 완벽하게 정돈하다. '乾坤'은 天地 또는 世上을 뜻한다. 乾坤을 정돈한다는 말은 어지러운 세상을 바로잡는다는 뜻이다.

33) 數: 定數와 曆數로 옛사람들은 治亂에 일정한 時期가 있다고 믿어 曆數란 말을 씀.

何敢委之數與命?」州平曰:「山野之夫, 不足與論天下事, 適承明問, 故妄言之。」玄德曰:「蒙先生見教, 但不知孔明往何處去了?」州平曰:「吾亦欲訪之, 正不知其何往。」玄德曰:「請先生同至敝縣, 若何?」州平曰:「愚性頗樂閒散, 無意功名久矣。容他日再見。」言訖, 長揖而去。玄德與關、張上馬而行。張飛曰:「孔明又訪不著, 卻遇此腐儒, 閒談許久!」玄德曰:「此亦隱者之言也。」

三人回至新野, 過了數日, 玄德使人探聽孔明。回報曰:「臥龍先生已回矣。」玄德便教備馬。張飛曰:「量一村夫, 何必哥哥自去? 可使人喚來便了。」玄德叱曰:「汝豈不聞孟子云:『欲見賢而不以其道, 猶欲其入而閉之門也[35]。』孔明當世大賢, 豈可召乎?」遂上馬再往訪孔明。關、張亦乘馬相隨。

時值隆冬, 天氣嚴寒, 彤雲[36]密布。行無數里, 忽然朔風凜凜, 瑞雪霏霏; 山如玉簇, 林似銀床。張飛曰:「天寒地凍, 尚不用兵, 豈宜遠見無益之人乎? 不如回新野以避風雪。」玄德曰:「吾正欲使孔明知我慇懃[37]之意。如弟輩怕冷, 可先回去。」飛曰:「死且不怕, 豈怕冷乎? 但恐哥哥空勞神思[38]。」玄德曰:「勿多言, 只相隨同去。」將近茅廬, 忽聞路旁酒店中有人作歌。玄德立馬聽之。其歌曰:

壯士功名尚未成, 嗚呼久不遇陽春。君不見東海老叟[39]辭荊棒, 後

---

34) 漢冑: 漢나라의 후손. 冑는 '後代의 子孫'을 가리킨다.

35) 欲見賢而不以其道, 猶欲其入而閉之門也: 『孟子·萬章篇下』에 보임.

36) 彤雲: 붉은 구름.

37) 慇懃: 은근한 마음. 정성스러운 마음.

38) 空勞神思: 空勞는 공연히 헛수고만 하다. 神思는 정신 또는 마음.

39) 東海老叟: 呂尙(일명 姜太公)을 가리킨다. 나이 70세가 되어 비로소 周文王을 만남. 각주 10)을 참조.

車遂與文王親？ 八百諸侯不期會，白魚入舟涉孟津？ 牧野一戰血流杵[40]，鷹揚[41]偉烈冠武臣？ 又不見高陽酒徒起草中，長揖芒碭[42]隆準公？ 高談王霸驚人耳，輟洗延坐欽英風？ 東下齊城七十二，天下無人能繼蹤？—二人非際聖天子，至今誰復識英雄？

歌罷，又有一人擊卓而歌。其歌曰：

吾皇[43]提劍清寰海，創業垂基四百載。桓、靈季業火德衰，奸臣賊子調鼎鼐[44]。青蛇飛下御座傍，又見妖虹降玉堂。群盜四方如蟻聚，奸雄百輩皆鷹揚。吾儕長嘯空拍手，悶來村店飲村酒。獨善其身盡日安，何須千古名不朽？

二人歌罷，撫掌大笑。玄德曰：「臥龍其在此間乎？」 遂下馬入店。見二人憑桌對飲[45]，上首[46]者白面長鬚，下首者清奇古貌[47]。玄德揖[48]而問曰：「二公誰是臥龍先生？」 長鬚者曰：「公何人？ 欲尋臥龍何幹？」 玄德曰：「某乃劉備也。欲訪先生，求濟世安民之術。」 長鬚者曰：「吾等非臥龍，皆臥龍之友也。吾乃潁川石廣元，此位是汝南孟公威。」 玄德喜曰：「備久聞二公大名，幸得邂逅[49]。今有隨行馬匹在此，敢請二公

---

40) 杵: 절구공이. 血流飄杵는 殺人을 많이 했다는 표현 『書經·武成篇』에 보임.

41) 鷹揚: 무위 떨치기를 매처럼 함.

42) 芒碭: 芒과 碭 두 개의 산 이름.

43) 吾皇: 漢高祖 劉邦을 가리킨다.

44) 鼎鼐: 鼎은 세 발 달린 솥. 調鼎鼐는 재상이 되어 정권을 잡는다는 뜻이다.

45) 憑桌對飲: 술상을 마주하고 술을 마시다.

46) 上首: 윗자리에서 바라보는 사람.

47) 清奇古貌: 속됨이 없이 유달리 아름답고, 예스러운 모습.

48) 揖: 공수한 손을 얼굴 앞으로 들고 허리를 숙였다 펴면서 손을 내리는 인사.

49) 邂逅: 해후하다. 우연히 만나다.

同往臥龍莊上一談。」廣元曰:「吾等皆山野慵懶[50]之徒,不省治國安民之事,不勞下問。明公請自上馬,尋訪臥龍。」

玄德乃辭二人,上馬投臥龍岡來;到莊前下馬,扣門問童子曰:「先生今日在莊否?」童子曰:「現在堂上讀書。」玄德大喜,遂跟童子而入。至中門,只見門上大書一聯云:「淡泊以明志,寧靜而致遠。」玄德正看間,忽聞吟詠之聲,乃立於門側窺之,見草堂之上,一少年擁爐抱膝,歌曰:

　　鳳翱翔於千仞[51]兮,非梧不棲;士伏處於一方兮,非主不依。樂躬耕於隴畝兮,吾愛吾廬。聊寄傲於琴書兮,以待天時。

玄德待其歌罷,上草堂施禮曰:「備久慕先生,無緣拜會。昨因徐元直稱薦,敬至仙莊,不遇空回。今特冒風雪而來,得瞻道貌,實為萬幸!」那少年慌忙答禮曰:「將軍莫非劉豫州,欲見家兄否?」玄德驚訝曰:「先生又非臥龍耶?」少年曰:「某乃臥龍之弟諸葛均也。愚兄弟三人,長兄諸葛瑾,現在江東孫仲謀[52]處為幕賓。孔明乃二家兄。」玄德曰:「臥龍今在家否?」均曰:「昨為崔州平相約,出外閒遊去矣。」玄德曰:「何處閒遊?」均曰:「或駕小舟,遊於江湖之中;或訪僧道於山嶺之上;或尋朋友於村落之間;或樂琴棋於洞府之內;往來莫測,不知去所。」玄德曰:「劉備直如此緣分淺薄,兩番不遇大賢!」均曰:「小坐獻茶。」張飛曰:「那先生既不在,請哥哥上馬。」玄德曰:「我既到此間,如何無一語而回?」因問諸葛均曰:「聞令兄臥龍先生熟諳韜略[53],日看兵書,可得聞乎?」均曰:「不知。」張飛曰:「問他則甚!風雪甚緊,不如早歸。」

---

50) 慵懶: (＝慵惰) 게으르다.

51) 仞: 길이의 단위. 7자 혹은 8자로 1자는 22.5㎝ 정도이다.

52) 孫仲謀: 仲謀는 孫權의 字이다.

53) 熟諳韜略: 韜略은 六韜三略, 兵法의 책. 諳은 숙달.

玄德叱止之。均曰:「家兄不在, 不敢久留車騎; 容日卻來回禮。」玄德曰:「豈敢望先生枉駕。數日之後, 備當再至。願借紙筆作一書, 留達令兄, 以表劉備慇懃之意。」均遂進文房四寶。玄德呵開凍筆, 拂展雲箋, 寫書曰:

備久慕高名, 兩次晉謁, 不遇空回, 惆悵何似! 竊念備漢朝苗裔, 濫叨[54]名爵, 伏觀朝廷陵替[55], 綱紀崩摧, 群雄亂國, 惡黨欺君, 備心膽俱裂。雖有匡濟[56]之誠, 實乏經綸[57]之策。仰望先生仁慈忠義, 慨然展呂望之大才, 施子房之鴻略, 天下幸甚! 社稷甚幸! 先此布達[58], 再容齊戒[59]薰沐[60], 特拜尊顏, 面傾[61]鄙悃[62], 統希[63]鑒原。

玄德寫罷, 遞與諸葛均收了, 拜辭出門。均送出, 玄德再三慇懃致意而別。方上馬欲行, 忽見童子招手籬外叫曰:「老先生來也。」玄德視之, 見小橋之西, 一人煖帽遮頭, 狐裘蔽體, 騎著一驢後隨一青衣小童, 攜一葫蘆酒, 踏雪而來; 轉過小橋, 口吟詩一首。詩曰:

一夜北風寒, 萬里彤雲厚。

---

54) 濫叨: 부당한 획득. 叨는 욕심을 뜻함.
55) 陵替: 紀綱(國家의 法制)이 해이하고, 상하의 질서가 문란함.
56) 匡濟: (=匡正. 救濟) 구제하다.
57) 經綸: 경영하고 처리함. 천하를 다스림.
58) 布達: (일반에게) 널리 알리다. (상급기관이 하급기관에) 통고하다. 알리다.
59) 齊戒: 고기와 술을 금하다.
60) 薰沐: 분향하고 목욕하다. 향료를 태워서 몸에 배게 하다.
61) 面傾: 면전에서 ……을 깡그리 드러내다.
62) 悃(kǔn): 정성스러운 마음.
63) 統希: 간절히 바라다.

長空雪亂飄，改盡江山舊。

仰面觀太虛，疑是玉龍鬥。

紛紛鱗甲飛，頃刻遍宇宙。

騎驢過小橋，獨嘆梅花瘦。

玄德聞歌曰：「此真臥龍矣！」滾鞍下馬，向前施禮曰：「先生冒寒不易！劉備等候久矣！」那人慌忙下驢答禮。諸葛均在後曰：「此非臥龍家兄，乃家兄岳父黃承彥也。」玄德曰：「適間所吟之句，極其高妙。」承彥曰：「老夫在小婿家觀＜梁父吟＞[64]，記得這一篇；適過小橋，偶見籬落間梅花，故感而誦之。不期為尊客所聞。」玄德曰：「曾見賢婿否？」承彥曰：「便是老夫也來看他。」玄德聞言，辭別承彥，上馬而歸。正值[65]風雪又大，回望臥龍岡，悒怏[66]不已。後人有詩單道玄德風雪訪孔明。詩曰：

一天風雪訪賢良，不遇空回意感傷。

凍合溪橋山石滑，寒侵鞍馬路途長。

當頭片片梨花落，撲面紛紛柳絮狂。

回首停鞭遙望處，爛銀堆滿臥龍岡。

玄德回新野之後，光陰荏苒，又早新春。乃令卜者揲蓍[67]，選擇吉期，齋戒三日，薰沐更衣，再往臥龍岡謁孔明。關、張聞之不悅，遂一齊入諫玄德。正是：高賢未服英雄志，屈節偏生傑士疑。未知其言若何，且看下文分解。

---

64) 梁父吟：「梁甫吟」이라고도 함. 본래는 樂府 楚調의 曲名.

65) 值: 만나다.

66) 悒怏: 울적한 심사.

67) 揲蓍: 蓍草占을 칠 때 시초를 셈.

卻說68) 玄德訪孔明兩次不遇，欲再往訪之。關公曰：「兄長兩次親往拜謁，其禮太過矣。想諸葛亮有虛名而無實學，故避而不敢見。兄何惑於斯人之甚也？」玄德曰：「不然。昔齊桓公69)欲見東郭野人，五反而方得一面。況吾欲見大賢耶？」張飛曰：「哥哥差矣。量此村夫，何足為大賢？今番不須哥哥去；他如不來，我只用一條麻繩縛將來！」玄德叱曰：「汝皆不聞周文王謁姜子牙之事乎？文王且如此敬賢，汝何太無禮！今番汝休去，我自與雲長去。」飛曰：「既兩位哥哥都去，小弟如何落後？」玄德曰：「汝若同往，不可失禮。」

飛應諾。於是三人乘馬引從者往隆中。離草廬半里之外，玄德便下馬步行，正遇諸葛均。玄德忙施禮，問曰：「令兄在莊否？」均曰：「昨暮方歸。將軍今日可與相見。」言罷，飄然自去。玄德曰：「今番僥倖70)，得見先生矣！」張飛曰：「此人無禮！便引我等到莊也不妨！何故竟自去了！」玄德曰：「彼各有事，豈可相強？」

三人來到莊前叩門，童子開門出問。玄德曰：「有勞仙童轉報，劉備專來拜見先生。」童子曰：「今日先生雖在家，但現在草堂上晝寢未醒。」玄德曰：「既如此，且休通報。」分付71)關、張二人，只在門首等著。玄德徐步而入，見先生仰臥於草堂几席之上。玄德拱立階下。

半晌，先生未醒。關、張在外立久，不見動靜，入見玄德，猶然侍立。張飛大怒，謂雲長曰：「這先生如何傲慢！見我哥哥侍立階下，他竟高臥，

---

68) 여기부터는 『三國演義』第三十八回로 原題는 「定三分隆中決策，戰長江孫氏報仇」이다. 유비가 세 번째로 제갈공명을 찾아가 눈물어린 호소를 통해 공명을 세상 속으로 데리고 돌아와 중국을 세 나라로 삼분하게 된다.

69) 齊桓公: 春秋시대 五霸 중 한 사람.

70) 僥倖(jiǎoxìng): (의외의 이익을 얻었을 때의) 운이 좋다. 요행이다.

71) 分付: 명령하다. 분부하다.

推睡不起! 等我去屋後放一把火, 看他起不起!」雲長再三勸住。玄德仍命二人出門外等候。望堂上時, 見先生翻身將起, 忽又朝裏壁睡著。童子欲報。玄德曰:「且勿驚動。」又立了一個時辰, 孔明纔醒, 口吟詩曰:

> 大夢誰先覺? 平生我自知。
> 草堂春睡足, 窗外日遲遲[72)]。

孔明吟罷, 翻身問童子曰:「有俗客來否?」童子曰:「劉皇叔在此, 立候多時。」孔明乃起身曰:「何不早報! 尚容更衣。」遂轉入後堂。又半晌, 方整衣冠出迎。玄德見孔明身長八尺, 面如冠玉, 頭戴綸巾[73)], 身披鶴氅[74)], 飄飄然有神仙之概。玄德下拜曰:「漢室末胄、涿郡愚夫, 久聞先生大名, 如雷貫耳。昨兩次晉謁, 不得一見, 已書賤名於文几, 未審得入覽否?」孔明曰:「南陽野人, 疏懶性成, 屢蒙將軍枉臨, 不勝愧赧。」

二人敍禮, 分賓主而坐。童子獻茶。茶罷, 孔明曰:「昨觀書意, 足見將軍憂民憂國之心; 但恨亮年幼才疏, 有誤下問。」玄德曰:「司馬德操之言, 徐元直之語, 豈虛談哉? 望先生不棄鄙賤, 曲賜教誨。」孔明曰:「德操、元直, 世之高士。亮乃一耕夫耳, 安敢談天下事? 二公謬舉矣。將軍奈何舍美玉而求頑石乎?」玄德曰:「大丈夫抱經世奇才, 豈可空老於林泉之下? 願先生以天下蒼生[75)]為念, 開備愚魯而賜教。」孔明笑曰:「願聞將軍之志。」玄德屏人促席[76)]而告曰:「漢室傾頹, 奸臣竊命, 備不量力, 欲伸大義於天下, 而智術淺短, 迄無所就。惟先生開其

---

72) 遲遲: 서서히.

73) 綸巾: 두껍고 부드러우며 광택이 있는 비단으로 만든 두건.

74) 鶴氅: (학 따위) 새의 깃털로 만든 옷.

75) 蒼生: 백성.

76) 屏人促席: 주위 사람들을 물리치고 가까이 다가가 앉아서.

愚而拯厄, 實為萬幸。」

孔明曰:「自董卓造逆以來, 天下豪傑並起。曹操勢不及袁紹, 而竟能克紹者, 非惟天時, 抑亦人謀也。今操已擁百萬之衆, 挾天子以令諸侯, 此誠不可與爭鋒。孫權據有江東, 已歷三世, 國險而民附, 此可用為援, 而不可圖之也。荊州北據漢沔[77], 利盡南海, 東連吳會[78], 西通巴蜀[79], 此用武之地, 非其主不能守。是殆天所以資將軍, 將軍豈可棄乎? 益州險塞, 沃野千里, 天府之國[80], 高祖因之以成帝業[81]。今劉璋闇弱, 民殷國富, 而不知存恤, 智能之士, 思得明君。將軍旣帝室之冑, 信義著於四海, 總攬英雄, 思賢如渴, 若跨有荊益, 保其巖阻, 西和諸戎, 南撫彝越, 外結孫權, 內修政理; 待天下有變, 則命一上將, 將荊州之兵, 以向宛洛[82]; 將軍身率益州之衆, 以出秦川[83], 百姓有不簞食壺漿[84]以迎將軍者乎? 誠如是, 則大業可成, 漢室可興矣。此亮所以為將軍謀者也。惟將軍圖之。」言罷, 命童子取出畫一軸, 挂於中堂, 指謂玄德曰:「此西川五十四州之圖也。將軍欲成霸業, 北讓曹操占天時, 南讓孫權占地利, 將軍可占人和。先取荊州為家, 後卽取西川建基業, 以成

---

77) 漢沔: 漢水과 沔水유역. 한수는 장강에서 가장 큰 지류로 陝西省 寧强縣에서 발원하여 湖北省 武漢市에서 장강에 유입된다. 全長 1,532km로 '漢江'이라고도 부른다. 면수는 한수의 상류지역으로 지금의 陝西省 沔縣에 있다.

78) 吳會: 吳郡(治吳縣이라고도 하며, 지금의 蘇州지역)과 會稽郡(지금의 江蘇省 蘇州를 중심으로 한 江浙지역으로 浙江省 紹興의 일부가 포함됨)을 말한다. 秦나라 때 始皇帝가 春秋시대의 吳나라와 越나라 지역을 會稽郡으로 하여, 吳縣을 이 지역의 治所(당시 지방 고급관리의 관공서가 있던 곳)로 삼았다.

79) 巴蜀: 巴郡과 蜀郡으로 지금의 四川省에 있음.

80) 天府之國: 백성이 많고 산물이 풍족한 땅.

81) 帝業: 천자가 천하를 다스리는 일.

82) 宛洛: 宛은 지금의 河南省 南陽, 洛은 洛陽을 가리킨다.

83) 秦川: 지금의 陝西省과 甘肅省 지역을 가리킨다.

84) 簞食壺漿: 대그릇에 담은 밥과 병에 넣은 장. 전하여 백성이 군사를 환영하여 음식을 베풀어 군사를 우로함을 말한다.

鼎足[85]之勢，然後可圖中原也。」

　　玄德聞言，避席拱手謝曰：「先生之言，頓開茅塞[86]，使備如撥雲霧而睹青天；但荊州劉表、益州劉璋，皆漢室宗親，備安忍奪之？」孔明曰：「亮夜觀天象，劉表不久人世。劉璋非立業之主，久後必歸將軍。」玄德聞言，頓首拜謝。只這一席話，乃孔明未出茅廬，已知三分天下，眞萬古人不及也！後人有詩讚曰：

　　　　豫州當日歎孤窮，何幸南陽有臥龍。
　　　　欲識他年分鼎處，先生笑指畫圖中。

　　玄德拜請孔明曰：「備雖名微德薄，願先生不棄鄙賤，出山相助。備當拱聽明誨。」孔明曰：「亮久樂耕鋤，懶於應世，不能奉命。」玄德泣曰：「先生不出，如蒼生何？」言畢，淚沾袍袖，衣襟盡濕。孔明見其意甚誠，乃曰：「將軍旣不相棄，願效犬馬之勞[87]。」

　　玄德大喜，遂命關、張入拜獻金帛禮物。孔明固辭不受。玄德曰：「此非聘大賢之禮，但表劉備寸心耳。」孔明方受。於是玄德等在莊中共宿一宵。次日，諸葛均回，孔明囑付曰：「吾受劉皇叔三顧之恩，不容不出。汝可躬耕於此，勿得荒蕪田畝。待吾功成之日，卽當歸隱。」後人有詩歎曰：

　　　　身未升騰思退步，功成應憶去時言。
　　　　只因先主丁寧後，星落秋風五丈原。

---

85) 鼎足: 솥의 발. 세 곳에 할거하여 서로 대치함.

86) 頓開茅塞: 문득 깨치다. 갑자기 알게 되다. 마음이 탁 트이다. 茅塞는 (자신의) 우둔함 또는 어리석음을 말한다.

87) 犬馬之勞: 개나 말처럼 정성을 다해 주인을 섬긴다.

又有古風一篇曰:

> 高皇手提三尺雪,芒碭白蛇夜流血。
> 平秦滅楚入咸陽,二百年前幾斷絕。
> 大哉光武興洛陽,傳至桓、靈又崩。
> 獻帝遷都幸許昌,紛紛四海生豪傑。
> 曹操專權得天時,江東孫氏開鴻業。
> 孤窮玄德走天下,獨居新野愁民危。
> 南陽臥龍有大志,腹內雄兵分正奇。
> 只因徐庶臨行語,茅廬三顧心相知。
> 先生爾時年三九,收拾琴書離隴畝。
> 先取荊州後取川,大展經綸補天手。
> 縱橫舌上鼓風雷,談笑胸中換星斗。
> 龍驤虎視安乾坤,萬古千秋名不朽。

　　玄德等三人別了諸葛均,與孔明同歸新野。玄德待孔明如師,食則同桌,寢則同榻,終日共論天下之事。孔明曰:「曹操於冀州作玄武池以練水軍,必有侵江南之意,可密令人過江探聽虛實。」玄德從之,使人往江東探聽。

* 생각해 봅시다 *

1. 본 편의 주제는 단연 諸葛亮을 자신의 사람으로 만들고자 세 번이나 그의 거처를 직접 찾아간 劉備의 열정일 것이다. 세 번이라는 횟수는 공교롭게도 天地人의 삼위일체처럼 중국인이 생각하는 가장 안정되고 완전한 숫자이다. 이처럼 중국인들은 숫자마다 그 발음의 유사한 글자와 의미를 통해 나름대로 많은 의미를 부여하고 있는데, 그렇다면 陰陽論에 입각하여 왜 홀수가 陽을 나타내는 숫자가 되고, 짝수가 陰을 나타내는 숫자가 되었는지 알아보기로 하자. 또한 각주 85)를 보면 '鼎足: 솥의 발. 세 곳에 할거하여 서로 대치함'이라는 설명이 있는데, 그 당시에는 솥의 발이 세 개였다. 고대 술잔이나 솥단지를 보면 대부분 발이 세 개인데 그 연유에 대해 알아보도록 하자.

2. 본 편에서도 다른 곳에서와 마찬가지로 劉備와 關羽 그리고 張飛의 성격이 잘 그려지고 있다. 본문의 내용 중에서 그 단적인 예를 찾아 세 사람의 성격을 구분하고, 아울러 신중한 諸葛亮이 劉備의 간청으로 出仕하면서 그 직접적인 계기가 된 것은 무엇 때문이었는지 살펴보도록 하자.

3. 본 편에서 劉備는 동자에게 자신을 '漢左將軍宜城亭侯領豫州牧皇叔劉備'라고 소개하며 諸葛亮에게 자신의 방문을 알려 달라고 부탁하자, 동자는 설명이 너무 길다고 푸념하는 장면이 나온다. 이러한 장면을 통해 우리는 일반 백성은 지위의 높고 낮음보다는 그 능력의 유무에 대한 관심이 더 많다는 것을 느낄 수 있는데, 평소 예의바른 劉備가 이때 자신의 지위를 이렇듯 자세하게 설명한 연유는 무엇이었을지 생각해 보자.

4. 본 편에는 漢高祖 劉邦이 한을 건국한 후 王莽에 의해 15년간 新(8~22년)이라는 나라로 바뀌었다가 각주 29)에서의 설명처럼 한나라 황족의 한 사람인 南陽의 호족 劉秀(後漢의 光武帝)에 의해 다시 漢나라로 바뀌게 된다. 여기서 앞 漢나라를 前漢 또는 西漢이라고 부르고 뒤에 세워진 漢나라를 後漢 또는 東漢이라고 부르는데, 前과 後의 명칭이 시간적 순서를 의미한다면, 西와 東은 분명 지역적 위치에

의해 명명된 것이 분명하다. 漢나라뿐만 아니라 그 이전에 세워진 周나라(기원전 1122년~기원전 256년) 역시 西周와 東周로 구분하여 부르는데, 犬戎의 침략을 받아 수도를 西安에서 洛陽으로 옮기기 전후를 기준으로 삼아, 그 전인 西周와 이후 왕실의 힘이 약화되고, 주변 제후들이 독립적인 활동을 벌이던 시기를 東周(이때가 바로 春秋시대)라고 부른다. 이와 같은 예를 통해 漢나라 역시 당시 주변 국가와 민족들과의 이해관계와 왕조의 통치 세력권을 살펴봄으로써, 당시 중국의 지정학적 상황을 살펴보자.

5. 『孟子 · 公孫丑章』을 보면 '天時不如地利, 地利不如人和'(하늘이 주는 좋은 때는 지리적 이로움만 못하고, 지리적 이로움도 사람의 화합만 못하다)라는 말이 있다. 三國시대 曹操와 孫權 그리고 劉備 세 사람의 상황과 함께 결부시켜서 각 인물의 특징과 작품 속에서 작자의 의도를 살펴보자.

水滸傳

수호전

3. 景陽岡武松打虎

　　話說宋江因躱一杯酒[1]，去淨手了。轉出廊下來，踮[2]了火鍁柄[3]，引得那漢焦躁，跳將起來就欲要打宋江，柴進趕將出來，偶[4]叫起宋押司[5]，因此露出姓名來。那大漢聽得是宋江，跪在地下，那裏肯起[6]，說道：「小人『有眼不識泰山』！一時[7]冒瀆兄長，望乞[8]恕罪！」宋江扶起那漢，問道：「足下是誰？高姓大名？」柴進指著道：「這人是清河縣[9]人氏。姓武，名

---

* 本篇은 『水滸傳』 第二十三回에서 발췌한 것으로, 내용은 먼저 柴進이 橫海郡에 있는 장원에서 宋江을 대접하던 중, 마침 학질이 걸려 고생하고 있던 천하장사 武松을 만나게 된다. 송강 덕분에 마음을 고쳐먹은 무송은 새 삶을 살 것을 약속하고 송강과 의형제를 맺게 된다. 그 후 武松은 滄州에서 고향인 山東 淸河縣으로 돌아가다가 술을 마신 채 陽穀縣 景陽岡을 넘게 되고, 우연히 호랑이를 만나 맨손으로 때려잡으면서 천하장사로 인정을 받게 된다. 이 야기를 描寫하는 장면을 보면 描寫가 힘차고 生動感이 豐富하여 마치 그 자신이 실제 상황을 옆에서 구경하는 듯 읽는 이로 하여금 손에 땀을 쥐게 하는 迫眞感과 緊張感을 가져다주는 文章이다. 원제는 「橫海郡柴進留賓, 景陽岡武松打虎」이다.

1) 躱一杯酒: 술이 취한 송강이 술 한 잔, 즉 '자리를 잠시 피한다'는 뜻이다.

2) 踮: (= 踩) 밟다.

3) 火鍁柄: 화로의 손잡이.

4) 偶: 우연히.

5) 押司: 옛날 官衙에서 하급관리의 통칭.

6) 那裏肯起: 일어날 염두도 없이. 那裏는 여기서 '哪裏'의 뜻인 '어떻게'의 의미로 쓰였고, 肯起는 '기꺼이 일어나다'의 의미로 쓰였다.

7) 一時: 한순간.

8) 望乞: 진심으로 바라다. 희망하다.

9) 淸河縣: 지금의 河北省 남쪽에 있는 淸河縣 서쪽으로, 山東省과 인접해 있다.

松10), 排行第二。已在此間一年了。」宋江道:「江湖上多聞說武二郎名字, 不期今日卻在這裏相會。多幸! 多幸!」柴進道:「偶然豪傑相聚, 實是難得。就請同做一席說話。」 宋江大喜, 攜住武松的手, 一同到後堂席上, 便喚宋清與武松相見。柴進便邀武松坐地。宋江連忙讓他一同在上面坐。武松那裏11)肯坐, 謙了半晌, 武松坐了第三位。柴進教再整杯盤來, 勸三人痛飲。宋江在燈下看了武松時, 果然是心一條好漢。但見:

> 身軀凜凜12), 相貌堂堂。一雙眼光射寒星, 兩彎眉渾13)如刷漆。
> 胸脯橫闊, 有萬夫難敵之威風; 語話軒昂, 吐千丈凌雲之志氣。心
> 雄膽大, 似撼天獅子下雲瑞; 骨健筋强, 如搖地貔貅臨座上。如同
> 天上降魔14)主, 眞是人間太歲15)神。

當下宋江在燈下看了武松這表人物, 心中歡喜, 便問武松道:「二郎因何在此?」武松答道:「小弟在淸河縣, 因酒後醉了, 與本處機密16)相爭, 一時間怒起, 只一拳, 打得那廝昏沉, 小弟只道17)他死了, 因此一迤地18)逃來, 投奔大官人處, 躲災避難。今已一年有餘。後來打聽得那廝卻不曾死, 救得活了。今欲正要回鄉去尋哥哥, 不想染患瘧疾19), 不

---

10) 武松: 山東 淸河縣 사람. 北宋의 剛直하고 勇敢한 인물.

11) 那裏: 어찌. 어떻게.

12) 凜凜: 늠름하다.

13) 兩彎眉渾: 휘어든 눈썹.

14) 降魔: 불교에서 수행을 방해하는 악마를 물리침. 또는 항복시킴.

15) 太歲: 전설 속의 신명. 옛날에는 땅에 있는 태세신이 하늘의 '태세(太歲: 목성)'와 상응하여 움직인다고 생각하였다. 점술가들은 이 방향을 나쁜 방향이라고 생각하여, 태세신의 방위로 흙을 파고, 나무를 잘라 건축 공사하는 것을 금기로 삼았다.

16) 機密: 관가의 기밀을 관장하는 직무에 있는 사람.

17) 只道: 다만(단지) ……라고 생각하다(여기다).

18) 一迤地: 곧바로. 한걸음에.

19) 瘧疾: 의학용어로 '말라리아(malaria)'라고 함. 학질모기가 매개하는 말라리아 원충에 의한

能夠動身回去。卻才正發寒冷，在那廊下向火，被兄長踢了鍬柄，吃了那一驚，驚出一身冷汗，覺得這病好了。」宋江聽了大喜。當夜飲至三更。酒罷，宋江就留武松在西軒下做一處安歇。次日起來，柴進安排席面，殺羊、宰豬，管待宋江，不在話下[20]。過了數日，宋江取出些銀兩，與武松做衣裳。柴進知道，那裏肯要他壞錢，自取出一箱段匹綢絹，門下自有針工，便教做三人的稱體[21]衣裳。

說話的[22]，柴進因何不喜武松？原來武松初來投奔柴進時，也一般接納管待。次後在莊上，但吃醉了酒，性氣剛，莊客有些管顧不到處，他便要下拳打他們。因此滿莊裏莊客，沒一個道他好。眾人只是嫌他，都去柴進面前，告訴他許多不是處。柴進雖然不趕[23]他，只是相待得他慢了。卻得宋江每日帶挈他一處，飲酒相陪，武松的前病都不發了。

相伴宋江住了十數日，武松思鄉，要回清河縣看望哥哥。柴進、宋江兩個都留他再住幾時。武松道：「小弟因哥哥多時不通信息，因此要去望他。」宋江道：「實是二郎要去，不敢苦留。如若得閒時，再來相會幾時。」武松相謝了宋江。柴進取出些金銀，送與武松。武松謝道：「實是多多相擾了大官人！」

武松縛了包裹，拴了哨棒[24]要行，柴進又治酒食送路。武松穿了一

전염병. 간헐적이고 발작적인 고열이 나며, 적혈구의 파괴로 빈혈 및 황달을 일으키는 수가 많음. 약 40℃의 열을 10회 이상 오르게 하여 신경 계통의 매독을 제거하는 방법을 이용하여 치료하기도 한다.

20) 不在話下: 두말할 나위도 없다. 그 다음 이야기는 더 이상 말하지 않겠다.

21) 稱體: 몸에 딱 어울리는. 몸에 잘 맞는.

22) 說話的: 원래는 발언자 또는 이야기하는 사람의 뜻을 가지고 있지만, 여기서는 분위기를 바꿀 때 說話人이 사용하는 어투로 '그런데'로 해석하면 된다.

23) 趕: 쫓아내다.

24) 哨棒: 護身用 몽둥이.

領新衲25)紅綢襖，戴著個白範陽氈笠兒26)，背上包裹，提了桿棒，相辭了便行。宋江道：「賢弟少等一等。」回到自己房內，取了些銀兩，趕出到莊門前來，說道：「我送兄弟一程。」宋江和兄弟宋清兩個送武松，待他辭了柴大官人，宋江也道：「大官人，暫別了便來。」

三個離了柴進東莊，行了五七里路，武松作別道：「尊兄遠了，請回。柴大官人必然專望。」宋江道：「何妨再送幾步。」路上說些閑話，不覺又過了三二里。武松挽住宋江說道：「尊兄不必遠送。常言道：『送君千里，終須一別。』27)」宋江指著道：「容我再行幾步。兀那28)官道上有個小酒店，我們吃三鍾29)了作別。」

三個來到酒店裏，宋江上首坐了，武松倚30)了哨棒，下席坐了，宋清橫頭坐定，便叫酒保打酒來，且買些盤饌、果品、菜蔬之類，都搬來擺在桌子上。三人飲了幾杯，看看紅日半西，武松便道：「天色將晚，哥哥不棄武二時，就此受武二四拜，拜為義兄。」

宋江大喜。武松納頭拜了四拜。宋江叫宋清身邊取出一錠十兩銀子，送與武松。武松那裏肯受，說道：「哥哥，客中自用盤費31)。」宋江

---

25) 新衲: 새로이 지은. 衲에는 '승복'의 뜻도 있으나, 무송과 승복은 아무런 관련이 없으니, '꿰매다' 또는 '깁다'의 의미로 보는 것이 알맞다.

26) 氈笠兒: 羊毛 또는 다른 짐승의 털을 원료로 하여 습기, 열, 압력 그리고 마찰을 가해 만든 천(펠트 felt)을 서로 얽어서 만든 모자. 모자의 가장자리를 접어 올리게 되어 있다. 펠트는 주로 모자와 양탄자를 만드는 주재료이다. 우리나라에서는 조선시대에 사용한 '軍牢복다기'를 일컫는다. 이것은 군대에서 죄인을 다루는 병졸인 군뢰가 軍裝할 때 쓰던 갓(벙거지)으로, 붉은 전(氈)으로 족두리와 비슷하게 만들고 앞에 주석으로 만든 '勇' 자를 붙였다.

27) 送君千里, 終須一別: 상대를 배웅하여 천 리를 가더라도, 결국에 가서는 하직을 하여야 한다.

28) 兀那(wùnà): 그. 저. 兀는 감탄사로, 元代의 희곡이나 소설 따위에서 많이 볼 수 있는 발어사의 일종으로, 지금의 '喂(wèi)'의 뜻으로 쓰임.

29) 三鍾: (＝三類) 옛날 제사상에 황제는 四種八筐을, 대부는 三種六筐을, 선비(士)는 二種四筐에 생선을 올렸다. 이 밖에 기장(黍), 조(稷), 벼(稻)를 '三種'이라고 한다. 여기서는 술과 안주를 뜻한다.

30) 倚: (한쪽에) 기대어 놓다.

道:「賢弟，不必多慮。你若推卻，我便不認你做兄弟。」武松只得拜受了，收放纏袋裏。宋江取些碎銀子還32)了酒錢。武松拿了哨棒，三個出酒店前來作別。武松墮淚，拜辭了自去。宋江和宋清立在酒店門前，望武松不見了，方才轉身回來。行不到五里路頭，只見柴大官人騎著馬，背後牽著兩匹空馬來接。宋江望見了大喜，一同上馬回莊上來。下了馬，請入後堂飲酒。宋江弟兄兩個自此只在柴大官人莊上。

話分兩頭。只說武松自與宋江分別之後，當晚投客店歇了。次日早，起來打火吃了飯，還了房錢，拴束33)包裹，提了哨棒，便走上路，尋思道:「江湖上只聞說及時雨34)宋公明，果然不虛! 結識得這般弟兄，也不枉35)了!」

武松在路上行36)了幾日，來到陽穀縣地面。此去離縣治37)還遠。當日晌午38)時分39)，走得肚中饑渴望見前面有一個酒店，挑著一面招旗在門前，上頭寫著五個字道:「三碗不過岡」。

武松入到裏面坐下，把哨棒倚了，叫道:「主人家，快把酒來吃。」只見店主人把三隻碗，一雙箸，一碟熱菜，放在武松面前，滿滿篩40)一

---

31) 盤費: 여비.

32) 還: 갚다. 지불하다.

33) 拴束: 싸서 한데 모아.

34) 及時雨: 때맞춰 내리는 단비와 같이 곤란이나 문제를 제때에 해결해 줄 수 있는 사람. 즉, 긴급한 고비에 위기나 곤란을 해결해 줄 수 있는 사람을 말한다.

35) 不枉: 헛되지 않다. 보람이 있다.

36) 行: 걸어서.

37) 縣治: 옛날 현 정부의 소재지.

38) 晌午: 정오. 점심때. 한낮.

39) 時分: 무렵. 때.

40) 篩: (술을) 덥히다. 데우다. 여기서는 '(술을) 따르다'의 의미로 쓰였다.

碗酒來。武松拿起碗一飲而盡，叫道：「這酒好生有氣力！主人家，有飽肚的買些吃酒。」酒家道：「只有熟牛肉。」武松道：「好的，切二、三斤來吃酒。」店家去裏面切出二斤熟牛肉，做一大盤子，將來放在武松面前：隨卽再篩一碗酒。武松吃了道：「好酒！」又篩下一碗。恰好吃了三碗酒，再也不來篩。武松敲著桌子，叫道：「主人家，怎的不來篩酒？」酒家道：「客官要肉便添來。」武松道：「我也要酒，也再切些肉來。」酒家道：「肉便切來添與客官吃，酒卻不添了。」武松道：「卻又作怪！」便問主人家道：「你如何不肯賣酒與我吃？」酒家道：「客官，你須見我門前招旗上面明明寫道：『三碗不過岡』。」武松道：「怎地喚作『三碗不過岡』？」酒家道：「俺家的酒雖是村酒，卻比老酒的滋味。但凡客人來我店中，吃了三碗的，便醉了，過不得前面的山岡去：因此喚作『三碗不過岡』。若是過往客人到此，只吃三碗，更不再問。」武松笑道：「原來恁地。我卻吃了三碗，如何不醉？」酒家道：「我這酒，叫做『透瓶香』：又喚做『出門倒』：初入口時，醇濃好吃，少刻時便倒。」武松道：「休要胡說！沒地[41]不還你錢！再篩三碗來我吃！」

酒家見武松全然不動，又篩三碗。武松吃道：「端的好酒！主人家，我吃一碗，還你一碗酒錢，只顧篩來。」酒家道：「客官休只管要飲。這酒端的要醉倒人，沒藥醫！」武松道：「休得胡鳥說！便是你使蒙汗藥[42]在裏面，我也有鼻子！」店家被他發話[43]不過[44]，一連又篩了三碗。武松道：「肉便再把二斤來吃。」酒家又切了二斤熟牛肉，再篩了三碗酒。

武松吃得口滑，只顧要吃。去身邊取出些碎銀子，叫道：「主人家，你

---

41) 沒地：（＝難道）설마.

42) 蒙汗藥: 마취약. 몽환약.

43) 發話: 화가 나서. (노기등등하여) 말하다.

44) 不過(buguò): 대단히. 지극히. 몹시[형용사 뒤에 쓰임].

且來看我銀子！還你酒肉錢夠麼?」酒家看了道:「有餘,還有些貼錢[45]與你。」武松道:「不要你貼錢,只將酒來篩。」酒家道:「客官,你要吃酒時,還有五六碗酒哩!只怕你吃不得了。」武松道:「就有五、六碗多時,你盡數篩將來。」酒家道:「你這條長漢,倘或醉倒了時,怎扶得你住!」武松答道:「要你扶的,不算好漢!」

酒家那裏肯將酒來篩。武松焦躁,道:「我又不白吃你的!休要飲老爺性發,通教你屋裏粉碎!把你這鳥店子倒翻轉來!」酒家道:「這廝醉了,休惹他。」再篩了六碗酒與武松吃了。前後共吃了十八碗,綽了哨棒,立起身來,道:「我卻又不曾醉!」走出門前來,笑道:「卻不說『三碗不過岡』!」手提哨棒便走。

酒家趕出來叫道:「客官,那裏去?」武松立住了,問道:「叫我做甚麼?我又不少[46]你酒錢,喚我怎地?」酒家叫道:「我是好意。你且回來我家看抄白官司榜文[47]。」武松道:「甚麼榜文?」酒家道:「如今前面景陽岡[48]上有隻吊睛白額大蟲[49],晚了出來傷人,壞了三、二十條大漢性命。官司如今杖限[50]獵戶擒捉發落。岡子路口都有榜文。可教往來客人結夥成隊,於巳午未三個時辰過岡:其餘寅卯申酉戌亥六個時辰不許過岡。更兼單身客人,務要等伴結夥而過。這早晚正是未末申初時分,我見你走都不問人,枉送了自家性命。不如就我此間歇了,等明日慢慢湊得三二十人,一齊好過岡子。」

---

45) 貼錢: 거스름돈.

46) 少: 모자라다. 결핍되다. 빚지다.

47) 官司榜文: 관가에서 여러 사람에게 알리기 위하여 길거리에 써 붙이는 공고문.

48) 景陽岡: 지금의 山東省 陽穀縣에 있는 고개 이름.

49) 大蟲: 호랑이.

50) 杖限: 期日을 어기면 곤장을 친다는 뜻.

武松聽了，笑道：「我是清河縣人氏，這條景陽岡上少也走過了一二十遭，幾時見說有大蟲，你休說這般鳥話來嚇我！——便有大蟲，我也不怕！」酒家道：「我是好意救你，你不信時，進來看官司榜文。」武松道：「你鳥做聲！便眞個有虎，老爺也不怕！你留我在家裏歇，莫不半夜三更，要謀我財，害我性命，卻把鳥大蟲唬嚇我？」酒家道：「你看麼！我是一片好心，反做惡意，倒落得你恁地！你不信我時，請尊便自行！」正是：

前車倒了千千輛，後車過了亦呂然。
分明指與平川路，卻把忠言當惡言。

那一酒店裏主人搖著頭，自進店裏去了。這武松提了哨棒，大著步，自過景陽岡來。約行了四、五里路，來到岡子下，見一大樹，刮去了皮，一片白，上寫兩行字。武松也頗識幾字，抬頭看時，上面寫道：

近因景陽岡大蟲傷人，但51)有過往客商可於巳午未52)三個時辰結夥成隊過岡，請勿53)自誤。

武松看了笑道：「這是酒家詭詐54)，驚嚇55)那等客人，便去那廝56)家裏歇宿57)。我卻58)怕甚麼鳥！」橫拖著哨棒，便上岡子來。那時已有申牌時分59)，這輪紅日厭厭地60)相傍61)下山。武松乘62)著酒興，只管走上

---

51) 但：(＝凡) 무릇.

52) 巳午未：巳는 오전 9時부터 11時, 午는 오전 11時부터 오후 1時, 未는 오후 1時부터 3時。

53) 勿：(＝別) ……하지 마라.

54) 詭詐：속임.

55) 驚嚇：깜짝 놀람.

56) 那廝：그놈(사람).

57) 歇宿：묵으며 쉼.

58) 卻：還.

59) 申牌時分：오후 4시경(무렵). 申時는 오후 3時부터 5時, 申牌는 대략 4時에서 5時 정도를

岡子來。走不到半裏多路，見一個敗落⁶³⁾的山神廟。行到廟前，見這廟門上貼著一張印信榜文。武松住了腳讀時，上面寫道：

陽穀縣示： 為景陽岡上新有一隻大蟲傷害人命， 見今杖限各鄉里正并獵戶人等行捕， 未獲⁶⁴⁾。如有過往客商人等， 可於巳午未三個時辰結伴過岡：其餘時分，及單身客人，不許過岡，恐被傷害性命。各宜知悉。政和⁶⁵⁾□年□月□日。

武松讀了印信榜文，方知端的⁶⁶⁾有虎：欲待轉身再回酒店裏來，尋思道：「我回去時須吃他恥笑⁶⁷⁾不是好漢，難以轉去。」存想了一回，說道：「怕甚麼鳥！且只顧⁶⁸⁾上去看怎地！」武松正走，看看酒涌上來，便把氈笠兒掀⁶⁹⁾在脊梁⁷⁰⁾上，將哨棒綰在肋下⁷¹⁾，一步步上那岡子來：回頭看這日色時，漸漸地墜⁷²⁾下去了。此時正是十月間天氣，日短夜長，容易得晚⁷³⁾。武松自言自說道：「那得甚麼大蟲！人自怕了，不敢上山。」

뜻한다. 牌는 '시각, 때'의 뜻을, 時分은 '무렵, 때, 철'의 뜻을 가지고 있다.

60) 厭厭地: 느릿느릿. 천천히.

61) 傍: 기댐.

62) 乘: (＝趁) 기회를 탐.

63) 敗落: 낡아 허물어진.

64) 行捕未獲: 쫓아가 잡으려 하나 잡지 못함.

65) 政和: 宋 徽宗年號(111~117년).

66) 端的: 정말.

67) 吃他恥笑: 놀림이나 비웃음을 받음.

68) 且只顧: 且는 잠시. 只顧는 오직(오로지) ……에만 정신이 팔리다.

69) 掀(xiān): 젖혀지다.

70) 脊梁(jǐ‧liang): 등.

71) 綰在肋下: ……을 갈빗대에 잡아 맴.

72) 墜: 떨어짐.

73) 容易得晚: 해가 짧아 쉽게 어두워짐.

武松走了一直，酒力發作，焦熱起來，一隻手提哨棒，一隻手把胸膛前袒開[74]，踉踉蹌蹌[75]，直奔過亂樹林來：見一塊光撻撻[76]大青石，把那哨棒倚在一邊，放翻身體，卻待要睡，只見發起一陣狂風來。古人有四句詩單道那風：

> 無形無影透人懷，四季能吹萬物開。
> 就樹撮將黃葉去，入山推出白雲來。

原來但那凡世上雲生從龍，風生從虎。那一陣風過處，只聽得亂樹背後撲地一聲響，跳出一隻吊睛白額[77]大蟲來。武松見了，叫聲「阿呀」，從青石上翻將下來，便拿那條哨棒在手裏，閃[78]在青石邊。那大蟲又餓，又渴，把兩隻爪在地上略按一按，和身[79]望上一撲，從半空裏攛[80]將下來。武松被那一驚，酒都作冷汗出了。

說時遲，那時快[81]：武松見大蟲撲來，只一閃，閃在大蟲背後。那大蟲背後看人最難，便把前爪搭在地下，把腰胯[82]一掀，掀將起來。武松只一閃，閃在一邊。大蟲見掀他不著，吼一聲，卻似半天里起個霹靂，振得那山岡也動，把這鐵棒也似虎尾倒豎[83]起來只一翦[84]。武松卻又閃在

---

74) 把胸膛前袒開: 가슴 앞에 있는 단추를 풀어서 젖힘。袒은 웃통을 벗다.

75) 踉踉蹌蹌: 술에 취해 비틀비틀.

76) 光撻撻: 미끈미끈한.

77) 吊睛白額: 눈이 툭 튀어나오고 이마가 하얀 호랑이.

78) 閃: 옆으로 살짝 피함.

79) 和身: (＝全身) 온몸. 몸 전체.

80) 攛: 던지다.

81) 說時遲, 那時快: 동작이 민첩함.

82) 腰胯: 허리와 넓적다리.

83) 豎: 직립함. 곧게 서 있음.

84) 翦: 절단함. 깎아 냄.

一邊。原來那大蟲拿人只是一撲，一掀，一翦：三般捉不著時，氣性[85]先自沒了一半。那大蟲又翦不著，再吼了一聲，一兜兜[86]將回來。

武松見那大蟲復翻身回來，雙手輪起哨棒，盡平生氣力，只一棒，從半空劈將下來。只聽得一聲響，簌簌地[87]，將那樹連枝帶葉劈臉打將下來。定睛看時，一棒劈不著大蟲，原來打急了，正打在枯樹上，把那條哨棒折做兩截，只拿得一半在手裏。那大蟲咆哮，性發起來，翻身又只一撲撲將來。武松又只一跳，卻退了十步遠。那大蟲恰好把兩隻前爪搭在武松面前。武松將半截棒丟在一邊，兩隻手就勢把大蟲頂花皮胳嗒[88]揪住，一按按將下來。那隻大蟲急要掙扎[89]，被武松盡力氣捺定，那裏肯放半點兒松寬。

武松把隻腳望大蟲面門上、眼睛裏只顧亂踢。那大蟲咆哮起來，把身底下爬起兩堆黃泥做了一個土坑。武松把大蟲嘴直按下黃泥坑裏去。那大蟲吃武松奈何得沒了些氣力。武松把左手緊緊地揪住頂花皮，偷出右手來，提起鐵錘般大小拳頭，盡平生之力只顧打。打到五七十拳，那大蟲眼裏，口裏，鼻子裏，耳朵裏，都迸出鮮血來。那武松盡平昔神威，仗胸中武藝，半歇兒把大蟲打做一堆，卻似擋著一個錦皮袋。有一篇古風單道景陽岡武松打虎：

景陽岡頭風正狂，萬里陰雲霾日光。
觸目晚霞掛林藪，侵人冷霧彌穹蒼。

---

85) 氣性: 난폭한 야성.

86) 兜(dōu): 뒤로부터 포위함.

87) 簌簌(sùsù)地: 우수수 (떨어짐).

88) 胳嗒(gēdā): 피부 위에 불거진 덩어리. 종기 혹은 여드름 등 피부에 생기는 흠집.

89) 掙扎: 저항하다. 몸부림치다.

忽聞一聲霹靂響，山腰飛出獸中王。

昂頭踴躍逞牙爪，麋鹿之屬皆奔忙。

清河壯士酒未醒，岡頭獨坐忙相迎。

上下尋人虎饑渴，一掀一撲何猙獰！

虎來撲人似山倒，人往迎虎如岩傾。

臂腕落時墜飛炮，爪牙爬處成泥坑。

卷頭脚尖如雨點，淋漓兩手猩紅染。

腥風血雨滿松林，散亂毛鬚墜山奄。

近看千鈞勢有餘，遠觀八面威風斂。

身橫野草錦斑銷，緊閉雙睛光不閃。

　　當下景陽岡上那隻猛虎，被武松沒頓飯之間，一頓拳脚，打得那大蟲動彈不得，使得[90]口裏兀自[91]氣喘。武松放了手來，松樹邊尋那打折的哨棒，拿在手裏：只怕大蟲不死，把棒橛[92]又打了一回。眼見氣都沒了，方才丟了棒，尋思道：「我就地[93]拖得這死大蟲下岡子去？」就血泊[94]裏雙手來提時，那裏提得動？原來使盡了氣力，手脚都酥軟[95]了。

　　武松再來青石上坐了半歇，尋思道：「天色看看黑了，儻[96]或又跳出一隻大蟲來時，卻怎地斗得他過？且掙扎下岡子去，明早卻來理會[97]。」

---

90) 使得: (= 只剩) 단지 (입으로 여전히 숨을 헐떡거리는 것만) 남아 있었다.

91) 兀自: (= 兀的) 역시 아직도.

92) 棒橛: 몽둥이가 부러져서 남은 나무토막.

93) 就地: 그 장소. 현장.

94) 血泊: 피가 괸 작은 웅덩이.

95) 酥軟: (충격 또는 피로 때문에) 나른하다. 녹작지근하다.

96) 儻: (= 倘或) 만약.

97) 理會: 거들떠보다. 처리하다.

就石頭邊尋了氈笠兒，轉過亂樹林邊，一步步挨[98]下岡子來。走不到半里多路，只見枯草叢中，鑽出兩隻大蟲來。武松道：「阿呀！我今番罷了！」只見那兩隻大蟲，於黑影裏直立起來。

　　武松定睛看時，卻是兩個人，把虎皮縫做衣裳，緊緊拼在身上。那兩個人手裏各拿著一條五股叉，見了武松，吃一驚道：「你那人吃了愸律[99]心，豹子膽，獅子腿，膽倒包著身軀！如何敢獨自一個，昏黑將夜，又沒器械[100]，走過岡子來！不知你是人是鬼？」武松道：「你兩個是甚麼人？」那個人道：「我們是本處獵戶。」武松道：「你們上嶺上來做甚麼？」兩個獵戶失驚道：「你兀自不知哩！今景陽岡上有一隻極大的大蟲，夜夜出來傷人！只我們獵戶也折[101]了七八個，過往客人不記其數，都被這畜生吃了！本縣知縣著落當鄉里正[102]和我們獵戶人等捕捉。那業畜勢大難近，誰敢向前！我們為他，正不知吃了多少限棒，只捉他不得！今夜又該我們兩個捕獵，和十數個鄉夫在此，上上下下放了窩弓藥箭等他，正在這裏埋伏，卻見你大剌剌地從岡子上走將下來，我兩個吃了一驚。你卻正是甚人？曾見大蟲麼？」武松道：「我是清河縣人氏，姓武，排行第二。卻才岡子上亂樹林邊，正撞見那大蟲，被我一頓拳腳打死了。」兩個獵戶聽得，痴呆了，說道：「怕沒這話？」武松道：「你不信時，只看我身上兀自有血跡。」兩個道：「怎地打來？」武松把那打大蟲的本事再說了一遍。兩個獵戶聽了，又喜又驚，叫攏那十個鄉夫來。

　　只見這十個鄉夫都拿著鋼叉、踏弩[103]、刀、槍，隨卽攏來。武松問

---

98) 挨: 힘없이.

99) 愸律(hūlǜ): (＝忽律) 악어.

100) 器械: 무기.

101) 折: 타격을 받다. 요절하다.

102) 里正: (＝里長) 옛날, 里의 장. 이장. 당시 110戶를 1里로 함.

道:「他們眾人如何不隨你兩個上山?」獵戶道:「便是那畜生利害,他們如何敢上來!」一夥十數個人,都在面前。兩個獵戶叫武松把打大蟲的事,說向眾人,眾人都不肯信。武松道:「你眾人不信時,我和你去看便了。」眾人身邊都有火刀、火石[104],隨即發出火來,點起五、七個火把。眾人都跟著武松,一同再上岡子來,看見那大蟲做一堆兒死在那裏。眾人見了大喜,先叫一個去報知本縣里正並該管上戶。這裏五、七個鄉夫自把大蟲縛了,擡下岡子來。到得嶺下,早有七、八十人都哄將起來;先把死大蟲擡在前面,將一乘兜轎[105]擡了武松,逕投本處一個上戶[106]家來。那上戶里正都在莊前迎接。把這大蟲扛到草廳上。卻有本鄉上戶,本鄉獵戶,三、二十人,都來相探武松。眾人問道:「壯士高姓大名?貴鄉何處?」武松道:「小人是此間鄰郡清河縣人氏,姓武,名松,排行第二。因從滄州回鄉來,昨晚在岡子那邊酒店吃得大醉了,上岡子來,正撞見這畜生。」把那打虎的身分、拳腳,細說了一遍。眾上戶道:「眞乃英雄好漢!」眾獵戶先把野味將來與武松把杯。武松因打大蟲困乏了,要睡。大戶便叫莊客打併客房,且教武松歇息。

到天明,上戶先使人去縣裏報知,一面合具虎床,安排端正,迎接縣裏去。天明,武松起來,洗漱罷,眾多上戶牽一羫羊,挑一擔酒,都在廳前伺候。武松穿了衣裳,整頓巾幘,出到前面,與眾人相見。眾上戶把盞,說道:「被這畜生正不知害了多少人性命,連累獵戶,吃了幾頓限

---

103) 踏弩: 발로 밟아서 발사하는 쇠뇌(석궁). 한 번에 열 개의 화살을 연속으로 발사할 수 있는데, 제갈량(諸葛亮)이 개량하여 발명하였다고 하여 '제갈노(諸葛弩)'라고 부르기도 한다.

104) 火刀、火石: 부시와 부싯돌. 옛날에 불을 붙일 때에는 부싯돌에 부싯깃을 놓고 부시로 쳐서 불을 일으키면 부싯깃에 불똥이 박혀서 불이 일어난다. 부시(火刀)는 쇳조각을 말하고, 부싯깃은 쑥잎이나 수리취 따위를 볶아 비벼서 만들며, 부싯돌(火石)은 석영의 일종으로 단단하다.

105) 兜轎: 지붕이 없는 가마.

106) 上戶: 부호. 돈이 많은 마을 유지.

棒! 今日幸得壯士來到, 除了這個大害! 第一, 鄉中人民有福; 第二, 客侶通行, 實出壯士之賜!」 武松謝道:「非小子之能, 托賴眾長上福蔭。」 眾人都來作賀。 吃了一早晨酒食, 擡出大蟲, 放在虎床上。 眾鄉村上戶都把段匹花紅[107], 來掛與武松。 武松有些行李包裹, 寄在莊上。 一齊都出莊門前來。 早有陽穀縣知縣相公使人來接武松。 都相見了, 叫四個莊客將乘涼轎來抬了武松, 把那大蟲扛在前面, 也挂著花紅緞匹, 迎到陽穀縣裏來。

那陽穀縣人民, 聽得說一個壯士打死了景陽岡上大蟲, 迎喝將來, 盡皆出來看, 閧動了那個縣治。 武松在轎上看時, 只見亞肩疊背[108], 鬧鬧穰穰, 屯街塞巷, 都來看迎大蟲。 到縣前衙門口, 知縣已在廳上專等。 武松下了轎, 扛著大蟲, 都到廳前, 放在甬道上。 知縣看了武松這般模樣, 又見了這個老大錦毛大蟲, 心中自忖道:「不是這個漢, 怎地打得這個猛虎!」 便喚武松上廳來。 武松去廳前聲了喏, 知縣問道:「你那打虎的壯士, 你卻說怎生打了這個大蟲?」 武松就廳前將打虎的本事, 說了一遍。 廳上廳下眾多人等都驚得呆了, 知縣就廳上賜了幾杯酒, 將出上戶湊的賞賜錢一千貫, 給與武松, 武松稟道:「小人托賴相公的福蔭, 偶然僥幸, 打死了這個大蟲, 非小人之能, 如何敢受賞賜? 小人聞知這眾獵戶, 因這個大蟲, 受了相公的責罰, 何不就把這一千貫給散與眾人去用?」 知縣道:「旣是如此, 任從壯士。」 武松就把這賞錢, 在廳上散與眾人獵戶。 知縣見他忠厚仁德, 有心要擡舉他, 便道:「雖你原是清河縣人氏, 與我這陽穀縣只在咫尺[109], 我今日就參你在本縣做個都頭[110], 如何?」 武

---

107) 花紅: 옛날의 풍속 중 하나로, 지금은 '축하 금품'의 뜻이다.

108) 亞肩疊背: 어깨를 서로 누르다. 즉 사람들이 많이 밀집하여 있음을 뜻한다.

109) 咫尺: 지척. 아주 가까운 거리.

110) 都頭: 당대에는 군관의 이름이었으나, 원대에는 군졸의 존칭으로 바뀌었다.

松跪謝道:「若蒙恩相擡舉,小人終身受賜。」知縣隨卽喚押司立了文案,當日便參武松做了步兵都頭。衆上戶都來與武松作慶賀喜,連連吃了三、五日酒。武松自心中想道:「我本要回清河縣去看望哥哥,誰想倒來做了陽穀縣都頭。」自此上官見愛,鄉里聞名。

又過了三、二日,那一日,武松走出縣前來閑玩,只聽得背後一個人叫聲:「武都頭,你今日發跡[111]了,如何不看覷我則個?」武松回頭來看了,叫聲:「阿呀!你如何卻在這裏?」不是武松見了這個人,有分教:陽穀縣裏,屍橫血染。直教:鋼刀響處人頭滾,寶劍揮時熱血流。畢竟叫喚武都頭的正是甚人?且聽下回分解。

---

111) 發跡: 출세하다.

* 생각해 봅시다 *

1. 『水滸傳』은 '四大奇書' 중 하나로, 『宋史·徽宗本紀』에 전해지고 있는 내용에서 이야기의 발단이 되었다. 淮南의 도적 宋江 등이 淮陽郡을 습격하는 등 말썽을 일으키자 조정에서는 將軍을 파견하여 토벌케 하였고 나중에는 회유를 하였다는 기록이 있다. 비록 正史 속에 간단하게 언급된 宋江과 관련된 이야기이지만 宋나라와 元나라를 지나면서 수많은 이야기꾼들의 입에서 언급이 되었고 숱한 가감의 과정을 거쳐 元나라 末期에 이르러 施耐庵에 의해 정리 완성되기에 이른다. 우리는 『三國演義』를 읽으면서 중국 영토의 지리적 환경에 대해 어느 정도의 상식이 필요했던 것처럼, 여기서는 중국의 왕조흥망성쇠에 대한 사전 지식을 갖고 내용을 접하게 되면 보다 용이하게 작품 속 상황을 이해하게 될 것이다. 특히 宋나라가 北宋과 南宋이라는 명칭에서 나뉜 시대적, 정치적, 군사적 환경 등을 살펴보고, 民衆蜂起가 발생할 수밖에 없었던 당시의 사회상을 이해하는 것도 작품 속 가상적 세계이지만, 그 배경이 되는 시대와 함께 원말 혹은 명말 왕조의 쇠락시기에 즈음하여 발생하는 탐관오리의 부정부패와 중국 민중들의 곤경을 이해하는 데 도움이 될 것이다.

2. 주요 내용은 北宋의 부패한 정치와 권력자들의 부정으로 농촌이 파산하고 백성들은 도탄에 빠지고 결국 도적이 되는 상황을 그리고 있는데, 북송의 시대적 상황과 원의 침략과 함께 民衆蜂起라는 밑바닥으로부터의 개혁은 이후 백성들에게는 미래에 대한 희망이 되었고, 지배 권력층에게는 가장 생각하고 싶지 않은 상황으로 인식되었다. 따라서 백성을 중요시하는 정책은 어느 시대 어느 왕조를 막론하고 최우선의 정책으로 시행되었으며 이러한 전통은 오늘날까지도 계속 유지되어 내려오고 있으며, 그 대표적 표현은 '民以食爲天'이라고 해도 과하지 않을 것이다. 100回本과 120回本 『水滸傳』의 경우 宋江 등 108명의 英雄豪傑들은 조정의 부름을 받아 관군과 함께 遼나라를 공격하고 강남지역에서 발생한 方臘의 반란을 진압하면서, 주인공들이 하나둘 죽고 송강

마저도 마지막에 독살당하는 비극적 최후로 마무리를짓고 있다. 이러한 이유는 근래 우리나라에 소개된 몇 편의 영화, 그중에서도『英雄』과『皇后花』를 통해 나름대로 결론지을 수 있다. 이후 金聖嘆은 송강 등이 梁山泊에서 결의를 맺고 서열을 정하는 내용으로 마무리를 지어 71회본『水滸傳』을 세상에 내놓는다. 백성들이 영원토록 영웅을 기억하고자 하는 바람을 직시하였기 때문이다. 현재에도 사람들은 영웅을 원한다. 治世에는 운동과 예술 방면에서 자기보다 탁월한 재능을 가진 사람을, 亂世에는 자신을 지켜 줄 전쟁영웅이나 보호자를 자신의 주변에 가까이 두기를 희망한다. 영웅은 영웅 스스로 되고자 하여 만들어지는 것은 아니다. 그렇다면 영웅은 어떻게 만들어지는지 생각해 보자.

3. 景陽岡을 넘으려면, 반드시 오전 9시에서 오후 3시까지 무리를 지어 시간을 엄수하여 넘어야 한다는 내용이 나온다. 여기서 낮에는 호랑이가 출몰하지 않는다는 뜻인지 아니면 다른 이유가 있는 것인지 살펴보도록 하자.

4. 武松과 호랑이의 싸움에서 호랑이는 몸과 앞발 그리고 꼬리 등을 이용하여 武松에게 덤빈다. 본문의 내용 중에 호랑이는 모두 세 가지 동작(撲, 掀, 翦)으로 무송을 공격하는데, 이 세 동작을 자세히 살펴보면 호랑이의 사냥방법과 함께 신체적 특징을 알 수 있게 된다. 호랑이와 사자가 싸우면 어떤 동물이 승리할지 다양한 각도에서 살펴보기로 하자.

西遊記

서유기

4. 心性修持大道生

詩曰:

混沌[1] 未分天地亂,　茫茫渺渺無人見。自從盤古[2]破鴻蒙[3],　開闢
從玆淸濁辨。覆載[4]羣生[5]仰至仁,　發明萬物皆成善。欲知造化[6]
會元功,　須看西遊釋厄傳[7]。

　　蓋聞天地之數, 有十二萬九千六百歲爲一元。將一元分爲十二會, 乃
子、丑、寅、卯、辰、巳、午、未、申、酉、戌、亥之十二支也。每會

---

* 本篇은 『西遊記』 第一回 「靈根育孕源流出, 心性修持大道生」으로 영험한 근원이 배태되어 원
　류가 나오고, 심성을 수양하여 큰 도를 깨우치게 되는 뜻으로 손오공의 탄생을 설명하는 부
　분이다. 혼돈 이후 돌 원숭이가 어떻게 탄생하고, 어떻게 하여 원숭이들의 우두머리가 되며
　또한 어떻게 손오공이라는 이름을 짓게 되는지 손오공의 출생에 대한 설명이 있는 부분이다.

1) 混沌: (＝渾沌) 고대 천지개벽 이전의 원시 상태를 말한다.

2) 盤古: 중국 창세신화에서 자신의 몸이 천지만물로 변하였다고 하는 인물.

3) 鴻蒙: 천지개벽 이전의 혼돈상태 또는 그 상태에서의 대자연의 원기(元氣). 혼돈과 같은 뜻
　으로 사용된다.

4) 覆載: 天履地載. 천지가 화육하여 만물을 포용하다.

5) 羣生: 군생하다, 떼를 지어 살다. 모든 생물, 만물. 여기서는 만민, 인류, 중생을 가리킨다.

6) 造化: 창조하여 화육하다. 천지와 자연계를 가리킨다.

7) 『西遊釋厄傳』: 초기 서유기의 판본. 원래 '釋'은 석가모니를 뜻하지만 여기서는 唐僧을 말한
　다. '厄'은 재난을 뜻하지만, 여기서는 '釋'字와 같이 쓰여 '재난과 화를 없애다'는 뜻으로
　쓰였다.

該一萬八百歲。且就一日而論: 子時得陽氣, 而丑則雞鳴; 寅不通光, 而卯則日出; 辰時食後, 而巳則挨排[8]; 日午天中, 而未則西蹉; 申時晡[9] 而日落酉, 戌黃昏而人定[10]亥。譬於大數, 若到戌會之終, 則天地昏曚而萬物否矣。再去五千四百歲, 交亥會之初, 則當黑暗而兩間[11]人物[12] 俱無矣, 故曰混沌。又五千四百歲, 亥會將終, 貞下起元[13], 近子之會, 而復逐漸開明。邵康節[14]曰: 「冬至子之半, 天心無改移。一陽初動處, 萬物未生時[15]。」到此天始有根。再五千四百歲, 正當子會, 輕清上騰, 有日, 有月, 有星, 有辰。日、月、星、辰, 謂之四象。故曰天開於子。又經[16]五千四百歲, 子會將終, 近丑之會, 而逐漸堅實[17]。『易』曰: 「大哉乾元! 至哉坤元! 萬物資生, 乃順承天[18]。」至此, 地始凝結[19]。再

---

8) 挨排: 순서대로 배열되어, 즉 계속 높이 떠올라서.

9) 晡(bū): (태양이) 서쪽으로 기울다.

10) 定: 안정되다. 여기서는 잠자리에 든다는 뜻이다.

11) 兩間: 하늘과 땅 사이.

12) 人物: 사람과 만물.

13) 貞下起元: 『周易』에서는 元, 亨, 利, 貞을 '四德'이라고 하는데, 元은 봄을, 亨은 여름을, 利는 가을을, 貞은 겨울을 가리킨다. 겨울이 가고 봄이 오듯, 옛 元會가 가면 새로운 元會가 시작되어 변화한다는 뜻이다.

14) 邵康節: 邵雍(1011~1077), 字는 堯夫, 죽어서 康節 선생이라 시호를 붙였다. 북송 시기 유심주의 철학가로 그는『周易』의 팔괘형성의 해석에 의거하여 도교사상을 뒤섞어서 천지개벽과 순환에 관한 신비스러운 先天象數 체계를 만들어 냈다. 그의 황당한 논법은 그의 저서『皇極經世』에 상세히 쓰여 있다.

15) 冬至子之半, …… 萬物未生時: 이 구절은『宋元學案』10권『百源學案』에 실린 글로, 옛사람들은 12支를 12개월과 매달 두 개의 節氣를 지배한다고 생각하였다. 子는 음력 11월로 冬至는 이 달의 중간에 해당하기 때문에 '冬至子之半'이라고 한 것이다. '天心無改移'는 하늘의 시간이 운행되는 규율은 영원히 변하지 않는다는 뜻이다. 옛사람들은 동지에서 양기가 움직이기 시작한다고 생각하여 동지를 '一陽生'이라고 말하기도 하였다.

16) 經: 경과하다. 지나다.

17) 堅實: 견고하다. 튼튼하다.

18) 大哉乾元! 至哉坤元! 萬物資生, 乃順承天: 네 구절은『周易』의 乾, 坤 兩卦의 象辭(역경의 각 괘의 뜻을 풀어 놓은 글)에서 발췌하여 모아 이루어진 것이다. 大哉乾元은『周易·乾卦』의 단사에 보인다. 至哉坤元 세 마디는『周易·坤卦』의 단사에 보인다. 만물이 나고 발육하는 것은 모두 천지의 덕을 받들어 따르는 것임을 의미한다.

19) 凝結: 응결하다(되다). 얼다.

五千四百歲，正當丑會，重濁下凝，有水，有火，有山，有石，有土。水、火、山、石、土，謂之五形。故曰地闢於丑。又經五千四百歲，丑會終而寅會之初，發生萬物。曆曰：「天氣下降，地氣上升；天地交合，羣物皆生[20]。」至此，天清地爽，陰陽交合。再五千四百歲，正當寅會，生人，生獸，生禽，正謂天地人，三才定位。故曰人生於寅。

感盤古開闢[21]，三皇治世[22]，五帝定倫[23]，世界之間，遂分為四大部洲：曰東勝神洲，曰西牛賀洲，曰南贍部洲，曰北俱蘆洲[24]。這部書單表[25]東勝神洲。海外有一國土，名曰傲來國。國近大海，海中有一座名山，喚為花果山。此山乃十洲之祖脈，三島之來龍，自開清濁而立，鴻濛判[26]後而成。眞箇好山！有詞賦為證。賦曰：

勢鎮汪洋，威寧瑤海[27]。勢鎮汪洋，潮湧銀山魚入穴；威寧瑤海，波翻雪浪蜃[28]離淵。木火方隅高積土，東海之處聳崇巔[29]。丹崖

---

20) 天氣下降, 地氣上升; 天地交合, 羣物皆生: 하늘의 기운이 하강하고, 땅의 기운이 상승한다. 즉 천지가 교합하여 만물이 생겨난다.

21) 盤古開闢: 반고가 천지를 개벽하다. 세계가 아직 混沌상태였을 때, 1만 8,000년이 지나 반고가 태어났고 또 천지가 생겨났는데, 반고의 키가 자라남에 따라 하늘과 땅도 자라면서 점점 멀리 떨어져 1만 8,000년 후에 오늘날과 같이 되었다고 한다. 이것은 3세기 吳나라의 徐整이 쓴 『三五歷記』에 기록되어 있는데, 6~7세기 梁나라의 任昉이 쓴 『述異記』에 의하면, 반고가 죽은 후, 그 사체가 化生하여 머리는 四岳으로, 눈은 日月로, 脂(기름)는 강과 바다로, 모발은 초목으로 되었다고 한다.

22) 三皇治世: 三皇이 세상을 다스리다. 三皇은 중국 전설상 상고시대의 세 임금으로 漢 孔安國의 『尚書序』와 晉 黃甫謐의 『帝王世紀』에서는 伏羲氏와 神農氏 그리고 黃帝를 三皇으로 말하고 있다.

23) 五帝定倫: 五帝가 인륜을 정하다. 五帝란, 중국 전설상 상고시대의 다섯 황제로, 漢 孔安國의 『尚書序』와 晉 黃甫謐의 『帝王世紀』에서는 少昊, 顓頊, 帝嚳(高辛), 唐堯, 虞舜을 다섯 황제로 말하고 있다.

24) 東勝神洲, 西牛賀洲, 南贍部洲, 北俱蘆洲: 東勝神洲에서 北俱蘆洲. 불경에서 말하기로 須彌山 사방은 전부 바다로 네 개의 큰 관할하는 洲가 있다. 東勝神洲는 본래 東勝身洲였다.

25) 單表: 간단하게 나타내다.

26) 判: (＝分開) 나누어지다.

27) 瑤海: 요해. 아름다운 선해(仙海).

怪石，削壁奇峰。丹崖上，彩鳳雙鳴；削壁前，麒麟獨臥。峰頭時聽錦雞[30]鳴，石窟每觀龍出入。林中有壽鹿仙狐，樹上有靈禽玄鶴[31]。瑤草奇花不謝，青松翠柏長春。仙桃常結果，修竹每留雲。一條澗壑藤蘿密，四面原堤草色新。正是百川會處擎天柱，萬劫[32]無移大地根。

那座山正當頂上，有一塊仙石。其石有三丈六尺五寸高，有二丈四尺圍圓[33]。三丈六尺五寸高，按周天三百六十五度；二丈四尺圍圓，按政曆二十四氣。上有九竅八孔，按九宮八卦[34]。四面更無樹木遮陰[35]，左右倒有芝蘭[36]相襯。蓋自開闢以來，每受天眞地秀，日精月華，感之旣久，遂有靈通之意。內育仙胎。一日迸裂[37]，產一石卵，似圓球[38]樣大。因見風，化作一箇[39]石猴。五官[40]俱備，四肢[41]皆全。便就學爬學走，拜

---

28) 蜃: 대합. 큰 조개.

29) 崇巓: 고봉, 절정. 높다.

30) 錦雞: (＝金鷄) 모습은 꿩과 비슷하며 수컷의 털은 장식품으로 쓸 수 있다.

31) 玄鶴: 옛날 전설에 따르면, 학이 천 년이 지나면 짙은 청색으로 변하고 또다시 천 년이 지나면 검은색으로 변하는데, 이를 현학(玄鶴)이라 한다. 晉 崔豹의 『古今注·鳥獸』에 나옴.

32) 萬劫: 만겁, 시간이 영원하다는 비유. 劫은 불가 용어 劫波의 줄임말로 '영원한 세월'을 의미한다. 옛날 인도에서 전해지길, 세상은 어느 정도의 세월이 지나면 한 차례 소멸하여 다시 새로이 시작되는데, 그 한 주기를 '劫'이라고 한다.

33) 圍圓: 둘레.

34) 九宮八卦: 九宮은 漢代 讖緯家(점술가)의 표현에 의하면, 乾, 坎, 艮, 震, 巽, 離, 坤, 兌 등 八卦의 궁에 토지신이 사는 중앙을 포함하여 '九宮'이라 함.

35) 遮陰: 가리다. 숨기다.

36) 芝蘭: 芝는 영지, 蘭은 목란을 가리킨다.

37) 迸裂: 쪼개지다. 쪼개져 튀어나오다.

38) 圓球: 동그란 공.

39) 箇(gè): (＝個) 개. 명. 사람.

40) 五官: 눈, 코, 입, 귀, 피부 또는 마음.

41) 四肢: 사지. 팔다리, 즉 '수족'을 가리킨다.

了四方42)。目運兩道金光，射冲斗府。驚動高天上聖大慈仁者玉皇大天尊玄穹高上帝，駕座金闕雲宮靈霄寶殿，聚集仙卿，見有金光焰焰，卽命千里眼、順風耳，開南天門觀看。二將果奉旨出門外，看的眞，聽的明。須臾同報道：「臣奉旨觀聽金光之處，乃東勝神洲海東傲來小國之界，有一座花果山，山上有一仙石，石產一卵，見風化一石猴，在那裏拜四方，眼運金光，射冲斗府。如今服餌水食，金光將潛息矣。」玉帝垂賜43)恩慈曰：「下方之物，乃天地精華44)所生，不足爲異。」

那猴在山中，卻會行走跳躍，食草木，飲澗泉，採山花，覓樹果；與狼蟲45)爲伴，虎豹爲羣，麞鹿爲友，獼猿46)爲親；夜宿石崖之下，朝遊峰洞之中。眞是「山中無甲子47)，寒盡不知年」。一朝天氣炎熱，與羣猴避暑，都在松陰之下頑耍。你看他一箇箇：

跳樹攀枝，采花覓果；抛彈子，邷麼兒48)；跑沙窩，砌寶塔；趕蜻蜓，撲八蠟；參老天，拜菩薩49)；扯葛藤，編草袜；捉蝨子50)，咬又掐51)；理毛衣，剔指甲；挨的挨，擦的擦；推的推，壓的壓；扯的扯，拉的拉，靑松林下任他頑，綠水澗邊隨洗濯。

---

42) 四方: (동서남북의) 사방.

43) 垂賜: (베풀어) 주다. 하사하다.

44) 精華: 정화. 정수.

45) 狼蟲: 맹수.

46) 獼猿: 원숭이.

47) 甲子: 세월. 十干과 十二支를 만 1년마다 순서대로 돌아가면서 사용하여 연의 순서를 표시할 때 제일 처음에 조합되는 것이 甲子이며, 육십 조의 간지가 한 바퀴 도는 것을 甲子라고 한다. 六十甲子 또는 六甲이라고도 한다.

48) 邷(wǎ): 蘇北 방언으로, 남자아이들이 작은 돌을 가지고 노는 놀이를 가리킨다. 四川지방에서는 '抓子儿'이라고 함.

49) 菩薩: 범어 '菩提薩埵'의 줄임말로 '大士'를 말함.

50) 蝨子: (=虱子) 이[벌레].

51) 掐: 따다.

一輩猴子耍了一會，卻去那山澗中洗澡。見那股澗水奔流，真箇似滾瓜湧濺。古云：「禽有禽言，獸有獸語。」眾猴都道：「這股水不知是那裏的水。我們今日趕閑無事，順澗邊往上溜頭，尋看源流，耍子去耶！」喊一聲，都拖男挈女，喚弟呼兄，一齊跑來，順澗爬山，直至源流之處，乃是一股瀑布飛泉。但見那：

> 一派白虹起，千尋[52]雪浪飛。海風吹不斷，江月照還依。冷氣分青
> 嶂[53]，餘流潤翠微。潺湲名瀑布，真似掛簾帷。

眾猴拍手稱揚道：「好水，好水！原來此處遠通山腳之下，直接大海之波。」又道：「那一箇有本事的，鑽進去尋箇源頭出來，不傷身體者，我等即拜他為王。」連呼了三聲，忽見叢雜中，跳出一箇石猴，應聲高叫道：「我進去，我進去！」好猴！也是他：

> 今日方名顯，時來大運通。有緣居此地，天遣入仙宮。

你看他瞑目蹲身，將身一縱，徑跳入瀑布泉中。忽睜睛擡頭觀看，那裏邊卻無水無波，明明朗朗的一架橋梁。他住了身，定了神，仔細再看，原來是座鐵板橋，橋下之水，冲貫於石竅之間，倒掛流出去，遮閉了橋門。卻又欠身上橋頭，再走再看，卻似有人家住處一般，真箇好所在。但見那：

> 翠蘚堆藍，白雲浮玉，光搖片片煙霞。虛牎靜室，滑凳板生花。乳
> 窟[54]龍珠倚掛，縈廻滿地奇葩[55]。鍋竈傍崖存火跡，樽罍[56]靠案

---

52) 尋: (고대 길이의 단위) 팔 척이 한 '尋'이다.

53) 嶂: 병풍이 둘러쳐진 것 같은 산봉우리를 형용한 것.

54) 乳窟: 각종 유석(乳石)의 동굴.

見殼渣。石座石牀眞可愛，石盆石碗更堪誇。又見那一竿兩竿修
竹，三點五點梅花。幾樹靑松常帶雨，渾然57) 相箇人家。

看罷多時，跳過橋中間，左右觀看。只見正當中有一石碣58)。碣上有
一行楷書大字，鐫59) 著「花果山福地，水簾洞洞天」。石猿喜不自勝，急抽
身往外便走，復瞑目蹲身，跳出水外。打了兩箇呵呵道：「大造化60)，大
造化！」衆猴把他圍住，問道：「裏面怎麼樣？水有多深？」石猴道：「沒
水，沒水！原來是一座鐵板橋。橋那邊是一座天造地設的家當。」衆猴
道：「怎見得是箇家當？」石猴笑道：「這股水乃是橋下冲貫石竅，倒掛下
來遮閉門戶的。橋邊有花有樹，乃是一座石房。房內有石鍋、石竈、石
碗、石盆、石牀、石凳，中間一塊石碣上，鐫著『花果山福地，水簾洞洞
天』。眞箇是我們安身之處。裏面且是寬闊，容得千百口老小。我們都進
去住，也省得受老天之氣。這裏邊：

刮風有處躲，下雨好存身。霜雪全無懼，雷聲永不聞。煙霞常照耀61)，
祥瑞每箆薰。松竹年年秀，奇花日日新。

衆猴聽得，箇箇歡喜。都道：「你還先走，帶我們進去進去！」石猴卻
又瞑目蹲身，徃裏62) 一跳，叫道：「都隨我進來，進來！」那些猴有膽大

---

55) 葩(pā): 꽃.

56) 樽罍: 고대 술그릇.

57) 渾然: (= 全然) 전연. 전혀. 도무지.

58) 石碣: 돌비석.

59) 鐫: 조각.

60) 造化: 여기서는 행운, 운세, 운명을 가리킴.

61) 照耀: 밝게 비추다, 눈부시게 비치다.

62) 徃裏: 안으로.

的，都跳進去了；膽小的，一箇箇伸頭縮頸63)，抓耳撓腮64)，大聲叫喊，纏一會，也都進去了。跳過橋頭，一箇箇搶盆奪碗65)，占竈爭牀66)。搬過來，移過去，正是猴性頑劣67)，再無一箇寧時，只搬得力倦神疲68)方止。石猿端坐69)上面道：「列位呵，『人而無信，不知其可。』你們才說有本事進得來，出得去，不傷身體者，就拜他爲王。我如今進來又出去，出去又進來，尋了這一箇洞天，與列位安眠穩睡70)，各享成家之福，何不拜我爲王？」眾猴聽説，即拱伏71)無違。一箇箇序齒排班72)，朝上禮拜，都稱「千歲大王」。自此，石猿高登王位，將「石」字兒隱了，遂稱美猴王。有詩爲證，詩曰：

三陽交泰73)産羣生，仙石胞含日月精。借卵化猴完大道，假他名姓配丹成。內觀不識因無相，外合明知作有形。歷代人人皆屬此，稱王稱聖任縱橫。

美猴王領一羣猿猴、獼猴74)、馬猴等，分派了君臣佐使，朝遊花果山，暮宿水簾洞，合契同情75)，不入飛鳥之叢，不從走獸之類，獨自爲王，

---

63) 伸頭縮頸: 고개를 내밀고 살그머니 엿보다.

64) 抓耳撓腮: 귀와 볼을 만지다. 매우 초조해하다.

65) 搶盆奪碗: 대야와 사발들을 훔쳐 가다.

66) 占竈爭牀: 부엌과 침대를 다투어 차지하다.

67) 頑劣: 완고하고 비열하다.

68) 力倦神疲: 피로해서 녹초가 되다.

69) 端坐: 단정하게 앉다.

70) 安眠穩睡: 평온하게 자다.

71) 拱伏: 두 손을 가슴까지 끌어올려 머리 숙여 절하다.

72) 序齒排班: 나이의 많고 적은 순서로 차례를 정하다.

73) 三陽交泰: 옛날 새해를 축하하는 말. 주역의 괘에서 3개의 陽爻가 있는 것이 三陽으로 일년 중 正月에 해당.

74) 獼猴: 원숭이. 얼굴이 붉고, 털이 회갈색이며 짧다.

不勝懽樂。是以：

春採百花爲飮食，夏尋諸果作生涯。秋収芋栗延時節，冬覓黃精[76]
度歲華。

　　美猴王享樂天眞，何期有三五百載。一日，與羣猴喜宴之間，忽然
憂惱，墮下淚來。衆猴慌忙羅拜[77]道：「大王何爲煩惱？」猴王道：「我雖
在懽喜之時，卻有一點兒遠慮，故此煩惱。」衆猴又笑道：「大王好不知
足！我等日日懽會在仙山福地，古洞神洲，不伏麒麟轄，不伏鳳凰管，又
不伏人間王位所拘束，自由自在，乃無量之福。爲何遠慮而憂也？」猴王
道：「今日雖不歸人王法律，不懼禽獸威服，將來年老血衰，暗中有閻王[78]
老子管著，一旦身亡，可不枉生世界之中，不得久注天人之內？」

　　衆猴聞此言，一箇箇掩面悲啼，俱以無常[79]爲慮。只見那班部中，忽
跳出一箇通背猿猴，厲聲[80]高叫道：「大王若是這般[81]遠慮，眞所謂道心
開發也！如今五蟲[82]之內，惟有三等名色，不伏閻王老子所管。」猴王
道：「你知那三等人？」猿猴道：「乃是佛與仙與神聖三者，躱過輪廻[83]，不

---

75) 合契同情：의기투합하다.

76) 黃精：죽대의 뿌리. 죽대는 백합과의 여러해살이풀. 산과 들에서 자라며, 줄기 높이가 1m
　　가량으로 봄에 담녹색의 꽃이 잎겨드랑이에서 밑으로 처지며 달린다. 뿌리줄기는 굵고 옆
　　으로 뻗으며, 강장제로 쓰인다.

77) 羅拜：삥 둘러서서 절하다.

78) 閻王：염라대왕. 불교에서 지옥을 관리하는 마왕을 칭하는 말.

79) 無常：불가의 언어로, 불가에서는 세상의 모든 사물은 영원할 수 없고 모두 쉼 없이 나고,
　　병들고, 자라고, 소멸하는 변화의 과정 속에 있다. 여기서는 사망을 뜻함.

80) 厲聲：성이 나서 갑자기 높은 음성으로 소리치다.

81) 這般：원래는 道心으로 되어 있다.

82) 五蟲：옛날 사람들은 동물을 다섯 가지로 분류하여, 五蟲이라고 하였다. 즉, 倮蟲(인류), 毛
　　蟲(짐승류), 羽蟲(날 짐승류), 鱗虫(비늘 있는 동물, 뱀·물고기 등), 甲蟲(갑충)이다. 『大戴
　　禮記·易本命』에 나옴.

生不滅, 與天地山川齊壽[84]。」猴王道:「此三者居於何所?」猿猴道:「他只在閻浮世界[85]之中, 古洞仙山之內。」猴王聞之, 滿心懽喜道:「我明日就辭汝等下山, 雲遊海角, 遠涉天涯, 務必訪此三者, 學一箇不老長生, 常躲過閻君之難。」噫! 這句話, 頓教跳出輪廻網, 致使齊天大聖成。衆猴鼓掌稱揚[86], 都道:「善哉, 善哉! 我等明日越嶺登山, 廣尋些菓品, 大設筵宴[87]送大王也。」

次日, 衆猴果去採仙桃, 摘異果, 刨山藥, 劚[88]黃精; 芝蘭香蕙, 瑤草奇花, 般般件件, 整整齊齊, 擺開石凳、石桌, 排列仙酒、仙肴。但見那:

金丸珠彈, 紅綻黃肥。金丸珠彈臘櫻桃, 色眞甘美; 紅綻黃肥熟梅子, 味果香酸。鮮龍眼[89], 肉甜皮薄; 火荔枝, 核小囊紅。林檎[90]碧實連枝獻, 枇杷細苞[91]帶葉擎。兎頭梨子鷄心棗, 消渴除煩更解酲[92]。香桃爛杏, 美甘甘似玉液瓊漿[93]; 脆李楊梅, 酸陰陰如脂酥膏酪。紅囊黑子熟西瓜, 四瓣黃皮大柿子。石榴裂破, 丹砂粒現火晶珠[94]; 芋栗剖開, 堅硬肉團金瑪瑙[95]。胡桃銀杏可傳茶,

---

83) 輪廻: (불교 용어) 윤회.

84) 齊壽: 똑같이 오래 살다.

85) 閻浮世界: 여기서는 인간세계를 가리킴.

86) 稱揚: 찬양하다.

87) 筵宴: 잔치. 연회.

88) 劚: 베다. 자르다.

89) 龍眼: (＝桂圓) 열매의 속을 먹는 것으로, 영양이 풍부하다.

90) 林檎: 능금. '花紅'이라고도 하며, 사과의 일종으로 과실이 비교적 작다.

91) 細苞: 살구색 꽃술.

92) 解酲: 숙취를 풀다.

93) 玉液瓊漿: 신선의 술. 여기서는 美酒를 가리킴.

94) 火晶珠: (＝火珠. 火取玉) 여기서는 석류의 타는 듯 붉은 모습에 비유한 것.

椰子葡萄能做酒。榛松榧柰96)滿盤盛，藕蔗柑橙盈案擺。熟煨山藥，
爛煮黃精。搗碎茯苓兼薏苡97)，石鍋微火漫炊羹。人間縱有珍羞味，
怎比山猿樂更寧！

羣猴尊美猴王上坐，各依齒肩排於下邊，一箇箇輪流上前，奉酒，奉
花，奉果，痛飲了一日。

次日，美猴王早起，教：「小的們，替我折些枯松，編作桅子98)，取箇
竹竿作篙，收拾些果品之類，我將去也。」果獨自登桅，儘力撐開，飄飄
蕩蕩，徑向大海波中，趂99)天風，來渡南贍部洲地界。這一去，正是那：

天產仙猴道行隆，離山駕桅趂天風。飄揚過海尋仙道，立志潛修建
大功。有分有緣休俗願，無憂無慮會元龍100)。料應必遇知音101)者，
說破源流102)萬法通。

也是他運至時來，自登木桅之後，連日東南風緊，將他送到西北岸前，
乃是南贍部洲地界。持篙試水，偶得淺水，棄了桅子，跳上岸來。只見

---

95) 金瑪瑙: 원래는 '蜜蠟珀'이다. 석영류의 광물질. 호박처럼 색깔이 옅으며, 원형으로 견고하
다. '金珀'이라고도 한다.

96) 榧柰: 榧는 榧子로 열매의 속이 맛있고 향기로우며, '香榧子'라고도 한다. 柰는 사과와 유
사한 과일이다.

97) 茯苓兼薏苡: 복령과 율무. 복령은 땅속 솔뿌리에 기생하며 구형이나 타원형의 큰 덩이로,
껍질은 흑갈색, 주름이 많고, 속은 담홍색으로 부드러우며, 마르면 딱딱해져 흰빛을 띰. 약
재로 씀.

98) 桅子: (＝筏) 뗏목.

99) 趂: (＝趁)

100) 元龍: (＝元陽) 도교에서는 불로불사의 정신 수련을 거치면 도를 이루었다고 일컫다. 즉
元陽은 得道를 가리킴.

101) 知音: (＝知己)

102) 源流: 道의 本源.

海邊有人捕魚打雁、挖蛤淘鹽。他走近前，弄箇把戲[103]，妝箇𪗋[104]虎，嚇得那些人丟筐棄網[105]，四散奔跑。將那跑不動的拿住一箇，剝了他的衣裳，也學人穿在身上，搖搖擺擺[106]，穿州過府[107]。在於市廛[108]中，學人禮，學人話，朝餐夜宿，一心裏訪問佛仙神聖之道，覓箇長生不老之方。見世人都是爲名爲利之徒，更無一箇爲身命者。正是那：

爭名奪利幾時休？早起遲眠不自由。騎著驢騾思駿馬，官居宰相望王侯。只愁衣食耽勞碌，何怕閻君就取勾。繼子蔭孫圖富貴，更無一箇肯回頭。

猴王參訪仙道，無緣得遇，在於南贍部洲，串長城，遊小縣，不覺八九年餘。忽行至西洋大海，他想著海外必有神仙，獨自箇依前作桴，又飄過西海，直至西牛賀洲地界。登岸徧訪多時，忽見一座高山秀麗，林麓幽深[109]。他也不怕狼蟲，不懼虎豹，登山頂上觀看。果是好山：

千峯排戟[110]，萬仞開屏[111]。日映嵐光[112]輕鎖翠，雨收黛色[113]冷含青。枯藤纏老樹，古渡界幽程。奇花瑞草，修竹喬松。修竹

---

103) 把戲: 속임수. 수작.

104) 妝箇𪗋(qia)虎: (蘇北지역 방언) 괴상한 모양을 만들어 사람을 놀라게 하는 것을 말한다.

105) 丟筐棄網: 광주리를 버리고 그물을 내버리다.

106) 搖搖擺擺: 좌우로 흔들(리)다. 크게 팔을 흔들며 걷는 모양.

107) 過府: 道府.

108) 市廛: 상점이 모여 있는 장거리를 말함.

109) 林麓幽深: 산림이 깊숙하고 고요하다.

110) 千峯排戟: 산봉우리가 마치 미늘창(옛날 무기의 하나)이 정렬한 것처럼 빽빽이 늘어선 모습을 형용.

111) 萬仞開屏: 높은 산들이 겹겹이 치솟은 모습을 비유.

112) 嵐光: 산중의 구름과 안개가 햇볕을 받아 쪼여 나타나는 희미한 빛.

113) 黛色: 검푸른 빛.

喬松，萬載常青欺福地；奇花瑞草，四時不謝賽蓬瀛[114]。幽鳥啼聲近，源泉響溜清。重重谷壑芝蘭繞，處處巉[115]崖苔蘚生。起伏巒頭龍脉好，必有高人隱姓名。

正觀看間，忽聞得林深之處有人言語，急忙趨步穿入林中，側耳而聽[116]，原來是歌唱之聲，歌曰：

觀棋柯爛[117]，伐木丁丁，雲邊谷口徐行。賣薪沽酒，狂笑自陶情[118]。蒼逕秋高，對月枕松根，一覺天明。認舊林，登崖過嶺，持斧斷枯藤。收來成一擔，行歌市上，易米三升。更無些子爭競，時價平平。不會機謀巧算，沒榮辱，恬淡[119]延生。相逢處，非仙卽道，靜坐講『黃庭』[120]。

美猴王聽得此言，滿心懽喜道：「神仙原來藏在這裏！」卽忙跳入裏面，仔細再看，乃是一箇樵子[121]，在那裏舉斧砍柴[122]。但看他打扮非常：

頭上戴箬笠[123]，乃是新笋[124]初脫之籜[125]。身上穿布衣，乃是木

---

114) 蓬瀛: 신화전설 속 신선이 산다는 東海의 蓬萊와 瀛洲 두 산.

115) 巉: 산세가 험준하다.

116) 側耳而聽: 귀를 기울여 듣다.

117) 觀棋柯爛: 신선 세계의 시간은 까마득하며 빠르다는 것에 비유. 전설에 따르면, 晉 대의 王質이 산속에 나무를 하러 갔다가 신선이 장기를 두는 것을 보고 옆에 앉아 잠시 구경하고는 일어나 가려는데 그 쥐고 있던 도끼 자루가 썩어 있었다. 마을로 돌아오니 이미 백년이 흘렀고 당시의 사람들은 만날 수 없었다고 한다. 南朝 梁 任昉의 『述異記』에 보임.

118) 陶情: (인간의 사상·성격을) 도야하다. 훈육하다.

119) 恬淡: 무사태평하고 명예나 이익을 탐내지 않다. 사리사욕이 없다.

120) 黃庭: 도가의 경전 『黃庭經』을 말함.

121) 樵子: 나무꾼.

122) 舉斧砍柴: 도끼로 장작을 패다.

123) 箬笠: (＝斗笠) 해를 가리고 비를 막는 용도의 삿갓으로 주로 대껍질로 만듦.

綿撚就之紗。腰間繫環縧，乃是老蠶口呑之絲。足下踏草履，乃是枯莎槎就之爽[126)]。手執衢鋼斧[127)]，擔挽火麻[128)]繩。扳松劈枯樹，爭似此樵能！

　　猴王近前叫道：「老神仙！弟子起手[129)]！」那樵漢慌忙丟了斧，轉身答禮道：「不當人[130)]，不當人！我拙漢衣食不全，怎敢當『神仙』二字？」猴王道：「你不是神仙，如何説出神仙的話來？」樵夫道：「我説甚麼神仙話？」猴王道：「我纔來至林邊，只聽的你説：『相逢處，非仙卽道，靜坐講《黃庭》。』《黃庭》乃道德眞言，非神仙而何？」樵夫笑道：「實不瞞你説，這箇詞名做《滿庭芳》，乃一神仙教我的。那神仙與我捨下相鄰。他見我家事勞苦，日常煩惱，教我遇煩惱時，卽把這詞兒念念，一則散心[131)]，二則解困[132)]，我纔有些不足處思慮，故此念念。不期被你聽了。」猴王道：「你家旣與神仙相鄰，何不從他修行？學得箇不老之方，卻不是好？」樵夫道：「我一生命苦，自幼蒙父母養育至八九歲，纔知人事。不幸父喪，母親居孀，再無兄弟姊妹，只我一人，沒奈何，早晚侍奉。如今母老，一發不敢抛離。卻又田園荒蕪，衣食不足，只得斫兩束柴薪[133)]，挑向市廛[134)]之間，貨幾文錢，糴[135)]幾升米，自炊自造，安排些茶飯，供養老母，所

---

124) 新笋: 새로운 죽순.

125) 籜: 죽순 껍질.

126) 爽: 짚신에 묶는 끈.

127) 衢鋼斧: 순 강철로 만든 도끼.

128) 火麻: (＝大麻)

129) 起手: (＝稽首) 공경의 뜻으로 머리를 조아림. 출가한 사람이 경례하는 것.

130) 不當人: 不當人子. 사람이 되지 못하다. 마땅찮다. 부당하다.

131) 散心: 근심을 없애다. 기분을 풀다. 기분 전환을 하다.

132) 解困: 곤란을 해결하다.

133) 柴薪: 땔나무.

134) 市廛: (＝市街. 商街)

以不能修行。」猴王道：「據你說起來，乃是一箇行孝的君子，向後必有好處。但求你指與我那神仙住處，卻好拜訪去也。」樵夫道：「不遠，不遠。此山叫做靈臺方寸[136]山，山中有座斜月三星[137]洞，那洞中有一箇神仙，稱名須菩提[138]祖師。那祖師出去的徒弟，也不計其數，見今還有三四十人從他修行。你順那條小路兒，向南行七八里遠近，卽是他家了。」猴王用手扯[139]住樵夫道：「老兄，你便同我去去，若還得了好處，決不忘你指引[140]之恩。」樵夫道：「你這漢子，甚不通變。我方纔這般與你說了，你還不省？假若我與你去了，卻不悞[141]了我的生意？老母何人奉養？我要斷柴，你自去，自去。」

　　猴王聽說，只得相辭。出深林，找上路徑，過了山坡，約有七八里遠，果然望見一座洞府。挺身觀看，眞好去處！但見：

　　　煙霞散彩，日月搖光。千株老栢，萬節修篁[142]。千株老栢，帶雨半空青冉冉[143]；萬節修篁，含煙一壑色蒼蒼。門外奇花布錦，橋邊瑤草噴香。石崖突兀[144]青苔潤，懸壁高張翠蘚長。時聞仙鶴唳[145]，

---

135) 糴: 식량을 사들이다.

136) 靈臺方寸: 靈臺와 方寸 모두 마음의 다른 이름으로, 여기서는 산 이름으로 쓰였으며, 도교에서 마음을 수련하고 기질을 단련한다는 의미로 사용한다.

137) 斜月三星: 斜月은 一勾(한 번 굽은 것), 三星은 三點(점을 찍은 것). 즉 마음 심(心)字를 표현한 것이다.

138) 須菩提: 수보리 조사. 석가의 십대 제자 중 하나.

139) 扯: 당기다. 끌다.

140) 指引: 인도하다. 안내하다.

141) 悞: (= 誤)

142) 修篁: 키가 큰 대나무.

143) 冉冉: (털, 나뭇가지, 잎 따위가) 부드럽게 아래로 드리운 모양.

144) 突兀: 우뚝 솟아 있다.

145) 鶴唳: 선학(仙鶴)의 울음소리.

每見鳳凰翔。仙鶴唳時，聲振九皋霄漢遠[146]；鳳凰翔起，翎毛五色綵雲光。玄猿白鹿隨隱見， 金獅玉象任行藏。細觀靈福地， 眞箇賽天堂！

又見那洞門緊閉，靜悄悄杳無人跡。忽回頭，見崖頭立一石碑，約有三丈餘高，八尺餘闊，上有一行十箇大字，乃是「靈臺方寸山，斜月三星洞」。美猴王十分懽喜道：「此間人果是朴實，果有此山此洞。」 看勾多時，不敢敲門。且去跳上松枝梢頭，摘松子吃了頑耍。

少頃間，只聽得「呀」的一聲，洞門開處，裏面走出一箇仙童，眞箇豐姿[147]英偉，象貌清奇，比尋常俗子不同。但見他：

鬏髻雙絲綰[148]，寬袍兩袖風。貌和身自別，心與相俱空。物外[149]長年客，山中永壽童。一塵全不染，甲子任翻騰。

那童子出得門來，高叫道：「甚麼人在此攪擾？」猴王撲的跳下樹來，上前躬身道：「仙童，我是箇訪道學仙之弟子，更不敢在此攪擾。」仙童笑道：「你是箇訪道的麼？」猴王道：「是。」童子道：「我家師父，正纔下榻，登壇講道，還未說出原由，就教我出來開門，說：『外面有箇修行的來了，可去接待接待。』想必就是你了？」猴王笑道：「是我，是我。」童子道：「你跟我進來。」

---

146) 聲振九皋霄漢遠: 선학의 울음소리가 높고 크게 소리가 하늘 끝까지 울려 퍼지는 것을 형용함.

147) 豐姿: 인간의 풍채를 말함.

148) 鬏髻雙絲綰: 鬏髻과 雙絲綰은 옛날 일종의 두발 형태로, 양쪽 귀 위로 틀어 올린 소녀의 머리를 가리킴.

149) 物外: 속세를 벗어나다. 즉, 신선의 세계를 가리킴.

這猴王整衣端肅[150]，隨童子徑入洞天深處觀看：一層層深閣瓊樓[151]，一進進珠宮貝闕[152]，說不盡那靜室幽居。直至瑤臺之下，見那菩提祖師，端坐在臺上，兩邊有三十箇小仙侍立臺下。果然是：

大覺金仙沒垢姿，西方妙相[153]祖菩提。不生不滅三三行，全氣全神萬萬慈。空寂自然隨變化，眞如[154]本性任爲之。與天同壽莊嚴體，歷刼明心[155]大法師。

美猴王一見，倒身下拜，磕頭不計其數，口中只道：「師父，師父！我弟子志心朝禮，志心朝禮！」祖師道：「你是那方人氏？且說箇鄉貫姓名明白，再拜。」猴王道：「弟子乃東勝神洲傲來國花果山水簾洞人氏。」祖師喝令：「趕出去！他本是箇撒詐搗虛之徒，那裏修甚麼道果！」猴王慌忙磕頭不住道：「弟子是老實之言，決無虛詐。」祖師道：「你旣老實，怎麼說東勝神洲？那去處到我這裏，隔兩重大海，一座南贍部洲，如何就得到此？」猴王叩頭[156]道：「弟子飄洋過海，登界遊方，有十數箇年頭，方纔訪到此處。」祖師道：「旣是逐漸行來的，也罷。你姓甚麼？」猴王又道：「我無性[157]。人若罵我，我也不惱；若打我，我也不嗔，只是陪箇禮兒就罷了。一生無性。」祖師道：「不是這箇性。你父母原來姓甚麼？」

---

150) 整衣端肅: 의복을 단정히 하다.

151) 深閣瓊樓: 깊은 누각 호화로운 건물.

152) 珠宮貝闕: 진주조개 궁궐.

153) 妙相: 현묘한 신의 풍모.

154) 眞如: (불교 용어) 영원불변의 진리. 眞은 진실, 如는 변함없다는 것을 뜻함. 이러한 경지는 깨달음을 통해 비로소 도달할 수 있다.

155) 明心: 마음을 맑고 깨끗하게 하다.

156) 叩頭: 머리를 땅에 대고 절하다.

157) 性: 성깔. 여기서 상대방이 자신의 '姓'(성씨)을 물어본 것을 '性'(성질, 성깔)으로 잘못 알아들은 것이다.

猴王道:「我也無父母。」 祖師道:「旣無父母, 想是樹上生的?」 猴王道:「我雖不是樹上生, 卻是石裏長的。我只記得花果山上有一塊仙石, 其年石破, 我便生也。」 祖師聞言暗喜道:「這等說, 卻是箇天地生成的, 你起來走走我看。」 猴王縱身跳起, 拐呀拐的走了兩徧[158]。

祖師笑道:「你身軀[159]雖是鄙陋[160], 卻像箇食松果的猢猻[161], 我與你就身上取箇姓氏, 意思教你姓『猢』。猢字去了箇獸旁, 乃是箇古月。古者, 老也; 月者, 陰也。老陰不能化育[162], 教你姓『猻』倒好。猻字去了獸傍, 乃是箇子系。子者, 兒男也; 系者, 嬰細也。正合嬰兒之本論, 教你姓『孫』罷。」 猴王聽說, 滿心懽喜, 朝上叩頭道:「好! 好! 好! 今日方知姓也。萬望師父慈悲, 旣然有姓, 再乞賜箇名字, 卻好呼喚。」 祖師道:「我門中有十二箇字, 分派起名, 到你乃第十輩之小徒矣。」 猴王道:「那十二箇字?」 祖師道:「乃『廣、大、智、慧、眞、如、性、海、穎、悟、圓、覺』十二字。排到你, 正當『悟』字。與你起箇法名叫做『孫悟空』, 好麼?」 猴王笑道:「好! 好! 好! 自今就叫做孫悟空也!」

正是: 鴻濛初闢原無姓, 打破頑空[163]須悟空。

畢竟不知向後修些甚麼道果, 且聽下回分解。

---

158) 徧: (=遍)

159) 身軀: 몸집. 체구.

160) 鄙陋: 남루하다. 변변치 못하다.

161) 猢猻: 원숭이.

162) 化育: 천지자연이 만물을 생성 발육시키다. 양육하다. 육성하다.

163) 頑空: (불교 용어) 인지함과 느낌이 없으며, 생각과 행위가 없는 허무의 경계를 말한다. 여기서는 손오공이 돌에서 났다는 것을 비유한 것.

* 생각해 봅시다 *

1. 『西遊記』는 중국 역사상 가장 성공한 神話소설이다. 이 소설은 唐僧 玄奘이 天 竺(오늘날 印度)에 가서 불경을 얻어 唐나라로 돌아온 實話를 토대로, 가상의 수제자 孫悟空과 豬八戒 그리고 沙悟淨이 三藏法師를 수행하고 도중에 모두 81 難의 어려움을 겪으면서 마침내 불경을 구한다는 내용이다. 어떤 권력의 위협 과 회유에도 굴하지 않고 모든 악의 세력을 제압하는 孫悟空이라는 캐릭터를 통해 현실생활 속 나약해지기 쉽고 반대로 자신의 능력을 과신하여 오만방자 해지기 쉬운 인간에게 진정한 삶의 태도를 제시하고 있다. 한편으로 자신의 이익을 위해서는 다른 사람의 권익을 철저히 무시하는 우리 주변의 인물들을 요괴로 묘사하여 인정이 고갈되어 가는 사회상을 풍자하였으며, 특히 작자 吳 承恩은 중국 민간에 고루 퍼져 있는 道敎를 근간으로 하는 민간종교와 佛敎의 사상을 적절히 배합하여, 인간의 기본적 음식(食)과 성욕(色) 그리고 재물과 권 력에 대한 욕구를 자신의 마음을 다스림으로써 통제해야 한다고 말하고 있다. 마음 수양이 중요하다는 내용은 본 편 곳곳에서 그 흔적을 찾아볼 수 있는데, 그 예를 살펴보고 그 의미하는 바를 정리해 보자.

2. 본 편에서는 손오공의 출생과 영웅으로 재탄생하기 위한 수련의 과정을 설명 하고 있다. 돌(石)은 땅(土)과 동일시할 수 있는데, 그렇다면 땅을 子宮으로 삼 아 세상에 나온 손오공의 출생과 수보리 조사를 만나 72가지 遁甲術과 筋斗雲 을 타는 법 등을 배워 익히는 과정은 영웅이 되기 위해 주인공이 겪어야 하는 통과의례이라고 볼 수 있다. 이를 통해 볼 때 손오공은 인간과 별개인 神적 존 재인가, 아니면 인간과 같은 부류이면서 탁월한 능력을 지닌 영웅인가? 아울 러 동양에서의 神과 서양에서의 神에 대한 관점의 차이를 살펴보자.

3. 본 편 각주 21)을 보면 盤古氏가 세상을 창조하였다는 이야기가 나온다. 化生이 라는 것은 '無에서 有로 化하다'는 뜻으로 반고 씨가 자신의 몸을 이용하여 自然 萬物을 만들었다는 것이다. 이러한 생각은 자연과 인간의 몸을 동일시하는 '天

人合一'의 사상에 기본이며, 인간이 神(신) 또는 仙(선인)이 될 수 있다는 가능성을 갖게 한다. 여기서 동양과 서양의 하늘(天)과 자연에 대한 견해의 차이에 대해 비교해 보고, 자신은 어떤 관점이 옳다고 여기는지 그 이유를 설명해 보자.

4. 본 편의 내용 중, 신선을 찾아 나선 孫悟空(이때는 아직 원숭이 왕 시절)은 십여 년 남짓한 세월을 흘려버리고, 마침내 西牛賀洲의 경계에 도착하여 나무꾼을 만나 신선의 거처를 알게 된다. 여기서 우리는 손오공이 뗏목을 타고 동남풍을 만나 남섬부주의 서북쪽 해안에 도착하였다는 여행경로와 손오공과 수보리 조사와의 대화에서 손오공이 사는 동승신주는 수보리 조사가 사는 서우하주와 그 사이에 두 개의 큰 바다와 남섬부주라는 큰 대륙 하나를 사이에 두고 있다는 말을 통해 각 대륙의 위치를 그려 보자. 그리고 손오공은 나무꾼에게 왜 신선을 따라 수행하면서 불로장생의 비방을 배우지 않느냐고 질문하는데, 나무꾼은 자신은 어려서 부친을 여의고 아침저녁으로 모친을 봉양하였는데, 이제는 배우고 싶어도 경제력도 없을뿐더러 나이 드신 노모를 혼자 남겨두고 떠날 수 없다고 말한다. 이러한 대화를 통해 작자는 독자에게 어떠한 메시지를 전달하고자 하는지 작자의 의도를 정리해 보자.

5. 孫悟空은 수보리 조사를 만나 본관과 성명을 질문받게 되는데, 인간 사회에서 본관과 성명이 의미하는 것은 무엇인가? 또한 본 편에서는 손오공이 수보리 조사로부터 이름을 얻고 좋아하는 장면으로 내용이 마무리된다. 여기서 '孫悟空'이라는 이름 속에 담겨 있는 의미와 앞으로 손오공이 겪어야 할 고난과 종국에 가서 얻게 될 결과물에 대해 예측하여 보자.

6. 孫悟空은 태어나면서 다른 무리 원숭이보다 탁월한 능력을 지니고 있었다. 그렇다면 앞으로 펼쳐지는 보따리 속 무궁무진한 신비롭고 재미있는 이야기 중에서 손오공이 원숭이이기 때문에 장점이 될 수 있는 부분과 오히려 단점이 될 수도 있는 부분에 대해 생각해 보자.

警世通言

경세통언

5. 杜十娘怒沉百寶箱

掃蕩殘胡立帝畿, 龍翔鳳舞勢崔嵬。

左環滄海天一帶, 右擁太行山萬圍。

戈戟九邊雄絕塞, 衣冠萬國仰垂衣。

太平人樂華胥世, 永永金甌共日輝。

　　這首詩, 單誇我朝燕京建都之盛。說起燕都的形勢, 北倚雄關, 南壓區夏, 眞乃金城天府, 萬年不拔之基。當年洪武爺[1]掃蕩胡塵[2], 定鼎金陵, 是爲南京。到永樂爺[3]從北平起兵靖難, 遷於燕都, 是爲北京。只因這一遷, 把個苦寒地面[4], 變作花錦世界[5]。自永樂爺九傳[6]至於萬

---

* 本篇은 『警世通言』 第三十二卷에서 발췌한 것이다. 여주인공 杜十娘은 지아비로 섬기려고 하였던 한 남자의 우유부단함과 무기력함 그리고 자신과의 애정을 남자 자기 자신의 안위를 위해 무정하게 포기하는 태도에 배신감을 느끼고는 한 맺힌 일생을 강에 투신하면서 마감한다. 본 편은 특히 남주인공 李甲의 애정과 책임감이 없는 처신을 통해 오늘날에도 남녀 간의 사랑에 있어 가장 소중한 것이 무엇인지를 새삼 일깨워 주고 있다. 마지막 결말부분에서 두십낭이 유언으로 하는 장면이 압권이다. 포옹노인의 『今古奇觀』에도 실려 있다.

1) 洪武爺: 원나라를 멸하고 명나라를 건국한 朱元璋을 말한다. 홍무는 太祖 주원장의 개국 후 연간(1368~1398년)을 말한다.

2) 胡塵: 원나라를 세운 몽고족을 뜻한다. 당시 한족을 중심으로 기타 주변국이나 민족을 오랑 캐라고 여겨 '胡'라고 총칭하였고, 특히 동쪽에 있는 이민족을 '東夷', 남쪽에 있는 이민족을 '南蠻', 서쪽에 있는 이민족을 '西戎', 북쪽에 있는 이민족을 '北狄'이라고 불렀다.

3) 永樂爺: 영락대제.

4) 苦寒地面: 혹한, 즉 지독한 추위를 느끼는 곳. 빈곤하여 살기 어려운 지역.

曆爺，此乃我朝第十一代的天子。這位天子，聰明神武，德福兼全，十歲登基，在位四十八年，削平了三處寇亂。那三處？

日本關白[7]平秀吉，西夏哱承恩，播州楊應龍。

平秀吉侵犯朝鮮，哱承恩、楊應龍是土官謀叛，先後削平。遠夷莫不[8]畏服，爭來朝貢[9]。眞個是：

一人有慶民安樂，四海無虞國太平。

話中單表[10]萬曆[11]二十年間，日本國關白作亂[12]，侵犯朝鮮。朝鮮國王上表[13]告急，天朝[14]發兵泛海[15]往救。有戶部官奏准：目今兵興之

---

5) 花錦世界: 苦寒地面과 같은 겨울에서 꽃이 피어나는 봄처럼 따스하고 비단처럼 화려하고 아름다운 세상을 만들었다는 뜻이다.

6) 九傳: 아홉 차례 왕위가 바뀌어.

7) 關白(간파쿠): 일본 역사에서 어린 天皇 대신 정무를 맡아보는 것을 섭정이라 했고, 天皇이 성인이 되고도 정무를 맡아보는 것을 관백이라 했다. 平安時代(헤이안 시대: 794~1185년)에 생겨난 이 직책은 표면상으로는 천황을 대행해 정무를 수행하였으나 종종 정권의 실세로 행동했다. 887년 최초의 간파쿠가 된 藤原基經(후지와라 모토쓰네) 이래, 후지와라씨 가문은 황족과 폭넓은 혼인관계를 지속적으로 맺어 나감으로써 관례적으로 藤原(후지와라)氏 가문의 사람들이 이 직책을 맡으면서 오랫동안 조정을 지배하게 되었다. 11세기 道長(미치나가)에 이르러 세력이 최고조에 달했다. 1068년 퇴위한 上皇이 천황을 대신해 지배체제를 장악하면서 간파쿠의 정치권력은 무너지기 시작하였다. 후지와라씨 가문 출신이 아닌 간파쿠는 豊臣秀吉(도요토미 히데요시)와 그의 양자 秀次(히데쓰구)뿐이었는데, 히데요시는 1590년 일본을 재통일하여 조정을 자기 지배하에 둘 수 있었다. 그는 후지와라씨 가문의 후손이라 선언하고 간파쿠로 자처했다. 이 직책은 德川時代(도쿠가와 시대: 1603~1867년) 말기까지 계속되었으나, 히데요시 이후에는 실질적인 실권은 없어졌다.

8) 莫不: ……하는 자가(것이) 없다. 모두 ……하다.

9) 朝貢: 종주국에 속국이 때맞추어 예물로 그 나라 혹은 지역의 특산물을 바치던 일 또는 그 예물을 말한다. 이러한 행위는 당시 국가 간 정부 차원의 공식적 무역의 일종이다.

10) 單表: 다만 (생각이나 감정을) 드러내면 혹은 나타내면.

11) 萬曆: 明나라 神宗의 年號(1573~1619년). 여기서는 '황제'를 가리킨다.

12) 作亂: 난을 일으키다. 조선 선조(宣祖) 25년(壬辰年, 1592년) 4월에 일본의 간파쿠 豊臣秀吉(도요토미 히데요시)이 15만 군사를 보내어 조선 땅에 침입하여 일으킨 倭亂을 가리킨다. 1597년 재침(丁酉再亂)을 하여 전후 7년간 전쟁을 하다가 결국 1598년에 모두 물러갔다.

際，粮餉未充，暫開納粟入監16)之例。原來納粟入監的，有幾般便宜17)：好讀書，好科舉，好中18)，結末19)來又有個小小前程結果。以此宦家公子、富室子弟，到不願做秀才20)，都去援例21)做太學生。自開了這例，兩京22)太學生各添至千人之外。內中有一人，姓李名甲，字干先，浙江紹興府人氏。父親李布政23)所生三兒，惟24)甲居長，自幼讀書在庠25)，未得登科，援例入於北雍26)。因在京坐監，與同鄉柳遇春監生同遊教坊司27)院內，與一個名姬相遇。那名姬姓杜名媺，排行第十，院中都稱爲杜十

---

13) 上表: 임금에게 아뢰다. 上奏하다. 당시 명나라와 조선의 관계는 형제의 나라였으나, 중국인의 입장에서는 속국이라고 여겨, 조선의 임금을 중국의 황제가 임명한 지방 제후국의 제후 정도로 여겼다.

14) 天朝: 옛날 중국이 외국에 대해 쓴 中國의 朝廷을 스스로 일컫는 말.

15) 泛海: 여기서 泛은 '물 위에 띄우다'의 뜻으로, 즉 '바다를 건너서'라는 의미이다.

16) 納粟入監: 納粟은 국가에 기근이나 병란이 발생하였을 때, 부족한 재정을 보충하기 위하여 돈을 국가에 기부하고 벼슬을 사는 제도를 말하며, 入監은 태학감에 입학하는 것을 뜻한다. 즉, 일종의 국가에서 공인하는 시험을 치르지 않고 이루어지는 '기부금 입학제'라고 말할 수 있다.

17) 便宜: 편리. 편의.

18) 好中: 好는 '……하기 쉽다'의 뜻이고, 中은 '합격하다. 당첨되다'의 뜻이다. 여기서는 '합격하기에 쉽다'라는 뜻을 말한다.

19) 結末: 마지막. 결국.

20) 秀才: 재능이 우수한 자를 말한다. 科舉 과목의 이름으로, 宋代에는 과거 응시자를 수재라고 일컬었고, 明과 淸代에는 府, 州, 縣의 학교에 입학한 자를 일컬었다.

21) 援例: 예를 들어 인용하다. 전례(관례)에 따르다. 여기서는 '기부금 입학제의 관례에 따라'의 뜻으로 쓰였다.

22) 兩京: 北京과 南京을 말함.

23) 布政: 관직명. 명태조가 홍무 9년(1376년)에 원대의 行中書省을 布政使司로 개편하여, 북경과 남경을 제외한 전국을 13개로 나누고 여기에 布政使司를 설치하였다. 매 司에는 좌우 포정사를 각 한 명씩 두었는데, 각 성에서 최고의 행정장관이었다. 후에 군사적인 필요에 의하여 總督과 巡撫 등의 관직이 별도로 생겨나면서 그 권위가 약화되었다. 여기서는 성씨 뒤에 그가 역임하였던 관직 중에서 가장 중요한 관직을 붙여서 호칭하는 것이다.

24) 惟: 다만. 오로지.

25) 庠(xiáng): 옛날의 지방 학교.

26) 北雍: 北京에 있는 太學.

27) 敎坊司: 기방의 이름.

娘, 生得:

渾身雅艷, 遍體嬌香, 兩弯眉畫遠山青, 一對眼明秋水潤。臉如蓮萼, 分明卓氏文君28); 唇似櫻桃, 何減白家樊素29)。可憐一片無瑕玉, 誤落風塵花柳30)中。

那杜十娘自十三歲破瓜31), 今一十九歲, 七年之内, 不知歷過了多少公子王孫。一個個情迷意蕩32), 破家蕩産而不惜。院中傳出四句口號來, 道是:

坐中若有杜十娘, 斗筲之量飲千觴。院中若識杜老媺, 千家33)粉
面都如鬼。

卻說李公子風流年少, 未逢美色, 自遇了杜十娘, 喜出望外34), 把花柳35)情懷, 一擔兒挑在他身上。那公子俊俏36)寵兒, 温存37)性兒, 又是撒漫38)的手兒, 幫衬的勤兒39), 與十娘一雙兩好, 情投意合40)。十娘

---

28) 卓氏文君: 한나라 때 사마상여와 염문을 뿌렸던 '탁문군'을 가리킨다.

29) 白家樊素: 당나라 중엽의 시인 白居易의 첩 '번소'를 가리킨다.

30) 花柳: 기생생활.

31) 破瓜: 여기서는 '여성이 몸을 팔다'의 뜻으로 쓰였다.

32) 情迷意蕩: 사랑에 빠져 의지가 없어지다.

33) 千家: 집집마다.

34) 喜出望外: (＝喜自天降) 뜻밖의 기쁜 일을 만나 기뻐 어쩔 줄 모르다.

35) 花柳: 여기서는 '풍류'의 뜻으로 쓰였다.

36) 俊俏: (용모가) 빼어나다. 수려하다.

37) 温存: (주로 이성을) 정성껏 위로하다. 온순하다.

38) 撒漫(sǎmàn): 돈을 물 쓰듯 펑펑 잘 쓰다. 돈 씀씀이가 시원시원하고 대범한 것을 말한다.

39) 幫衬的勤兒: (일을) 거들어 도와주는 근면성.

40) 情投意合: 애정이나 감정이 상대방에게 투사되어 서로의 마음이나 생각이 하나로 합쳐지다.

因見鴇兒[41]貪財無義，久有從良[42]之志，又見李公子忠厚志誠，甚有心向他。奈[43]李公子懼怕老爺，不敢應承[44]。雖則如此，兩下情好愈密，朝歡暮樂[45]，終日相守，如夫婦一般。海誓山盟[46]，各無他志。眞個：

　　　　恩深似海恩無底，義重如山義更高。

　　再說杜媽媽[47]，女兒被李公子占住，別的富家巨室[48]，聞名上門，求一見而不可得。初時李公子撒漫用錢，大差大使[49]，媽媽脅肩諂笑[50]，奉承不暇[51]。日往月來，不覺一年有餘，李公子囊篋[52]漸漸空虛，手不應心，媽媽也就怠慢[53]了。老布政在家聞知兒子闞院[54]，幾遍寫字來喚他回去。他迷戀十娘顏色，終日延捱[55]。後來聞知老爺在家發怒，越[56]不

---

41) 鴇兒(보아): 기생어미.

42) 從良: 기생이 기적에서 벗어나 결혼하다. 종이나 천민 또는 기녀 등이 양민이 됨.

43) 奈: 어찌. 어떻게.

44) 應承(yìngchéng): 받아들이다.

45) 朝歡暮樂: 아침저녁으로 항상 즐겁다.

46) 海誓山盟: (바다와 하늘에 영원한 사랑을) 굳게 맹세하다.

47) 杜媽媽: 두십낭의 어미. 여기서의 어미는 '기생어미(鴇兒)'를 가리키다.

48) 富家巨室: 부잣집 사람들.

49) 大差大使: '大……大……'는 명사나 동사 또는 형용사의 앞에 쓰여 규모가 크거나 정도가 심함을 나타내며, 差使는 원래 '(공무로 사람을) 파견하다. 출장을 보내다'의 뜻이다. 여기서는 사람을 이리저리 바쁘게 움직이게 하다의 의미이다.

50) 脅肩諂笑: 어깨를 움츠리고 아첨하는 웃음을 웃다. 비위를 맞추려고 아양을 떨다.

51) 不暇: (……할) 시간이 없다. 겨를이 없다.

52) 囊篋: 囊은 주머니, 篋은 물건을 넣는 작은 상자. 여기서는 돈 주머니, 즉 '경제 상태'를 뜻한다.

53) 怠慢: 냉대하다. 푸대접하다.

54) 闞: (＝嫖) 오입질을 하다. 창기와 놀다.

55) 延捱: 延은 시간을 늦추다. 연기하다. 미루다. 捱(＝挨)는 꾸물거리다. 시간을 끌다. 여기서는 '우물거리며 시일을 끌다'의 뜻이다.

56) 越: 더욱.

敢回。古人云：「以利相交者，利盡而疏⁵⁷⁾。」 那杜十娘與李公子眞情相好，見他手頭愈短，心頭愈熱⁵⁸⁾。媽媽也幾遍教女兒打發⁵⁹⁾李甲出院，見女兒不統口⁶⁰⁾，又幾遍將言語觸突⁶¹⁾李公子，要激怒他起身⁶²⁾。公子性本溫克，詞氣愈和。媽媽没奈何，日逐只將十娘叱罵道：「我們行戶人家，吃客穿客⁶³⁾，前門送舊，後門迎新⁶⁴⁾，門庭鬧如火⁶⁵⁾，錢帛堆成垛。自從那李甲在此，混帳⁶⁶⁾一年有餘，莫說新客，連舊主顧都斷了。分明接了個鍾馗⁶⁷⁾老，連小鬼也没得上門。弄得老娘一家人家，有氣無煙⁶⁸⁾，成甚麽模樣！」

---

57) 以利相交者, 利盡而疏: 이해관계로 얽혀 서로 사귀는 사람은 이해관계가 다하면 소원해진다.

58) 手頭愈短, 心頭愈熱: 手頭은 주머니 사정 또는 돈 씀씀이로, '돈 씀씀이가 갈수록 적어져도, 두 사람의 애정은 더욱 뜨거워졌다'의 뜻이다.

59) 打發: 내쫓다. 해고하다.

60) 統口: 입을 맞추다. 자신의 뜻대로 행동이나 말을 하다.

61) 觸突: 부딪쳐 충돌하다.

62) 起身: 자리에서 일어나다. 여기에서는 (성을 내게 만들어서) 스스로 (몸을 일으켜) 妓房에서 나가게 하다라는 의미로 쓰였다.

63) 吃客穿客: 손님의 돈에 의지하여 먹을 것을 먹고 입을 것을 입고 산다.

64) 前門送舊, 後門迎新: 앞문으로 옛 손님을 보내고, 뒷문으로 새 손님을 맞이한다.

65) 門庭鬧如火: (＝門前成市, 門庭若市) 門庭은 문과 정원. 문과 정원의 시끄러움이 마치 불이 타오르는 듯하다. 또는 불길이 번지듯 왕성해진다는 것은 손님들이 정신이 없을 정도로 자주 내왕하여 장사가 잘된다는 의미이다.

66) 混帳: 混은 되는 대로 그럭저럭 살아가다. 帳은 장막 또는 휘장의 뜻으로 여기서는 '기생집'을 가리킨다. 즉, 기생집에서 무위도식하면서 살고 있는 것을 말한다.

67) 鍾馗(zhōngkuí): 疫病의 신을 몰아낸다는 귀신으로, 終葵(zhōngkuí, 쇠몽둥이)라는 말에서 나왔다. 중국에서는 고대 민간에서 쇠몽둥이로 귀신을 쫓았으며, 六朝時代부터는 사람들이 종규에 의해 사악함을 피할 수 있다고 여기게 되었다. 終葵는 후에 鍾馗로 바뀌었다. 전설에 따르면 당 玄宗(713~755년 재위)이 병환 중에 큰 귀신이 작은 귀신을 잡아먹는 꿈을 꾸었는데, 이때 큰 귀신이 자칭 鍾馗라고 하면서 이전에 무과에 응시했으나 급제하지 못하여 죽은 후에 세상의 요괴를 모두 없앨 것을 결심했다고 말했다. 玄宗은 꿈에서 깨어나 吳道玄에게 종규의 모습을 그리도록 했는데, 찢어진 모자와 누추한 옷차림에 애꾸눈으로, 왼손은 귀신을 잡고 오른손은 귀신의 눈을 들고 있는 모습이었다. 후에 민간에서는 종규의 초상을 붙여 놓으면 귀신을 쫓고 사악함을 피할 수 있다고 생각하여 단오절에 종규의 초상을 부적처럼 붙여 놓음으로써 질병을 예방 귀신을 없애고자 했다.

68) 有氣無煙: (사람들의) 숨은 붙어 있지만, (밥을 짓는) 연기가 없다. 즉, 경제적 수입이 없기 때문에 생활을 하기에 어려움이 많다는 뜻이다.

杜十娘被罵，耐性不住，便回答道：「那李公子不是空手上門的，也曾費過大錢來。」媽媽道：「彼一時，此一時[69]，你只教他今日費些小錢兒，把與老娘辦些柴米，養你兩口也好。別人家養的女兒便是搖錢樹[70]，千生萬活，偏我家晦氣[71]，養了個退財[72]白虎[73]！開了大門，七件事[74]般般都在老身心上。到替你這小賤人[75]白白養著窮漢，教我衣食從何處來？你對那窮漢說：「有本事出幾兩銀子與我，到得你跟了他去，我別討個丫頭[76]過活卻不好？」十娘道：「媽媽，這話是眞是假？」媽媽曉得李甲囊無一錢，衣衫都典盡了，料他沒處設法。便應道：「老娘從不說谎，當眞哩。」十娘道：「娘，你要他許多銀子？」媽媽道：「若是別人，千把銀子也討了。可憐那窮漢出不起，只要他三百兩，我自去討一個粉頭[77]代替。只一件，須是三日內交付與我，左手交銀，右手交人。」若三日沒有銀時，老身也不管三七二十一[78]，公子不公子，一頓孤拐，打那光棍[79]出去。那時莫怪老身！」十娘道：「公子雖在客邊乏鈔，諒三百金還措辦得來。只是三日忒[80]近，限他十日便好。」媽媽想道：「這窮漢一

---

69) 彼一時, 此一時: 그때나 지금이나.

70) 搖錢樹: 신화에서 나오는 흔들면 돈이 떨어진다는 나무. 돈줄 혹은 돈이 되는 나무에 비유되기도 한다. 옛날 여자를 팔면 된다는 뜻에서 여자를 낮추어 부르는 데 쓰이기도 하였다.

71) 晦氣: 재수가 없다. 운수가 사납다.

72) 退財: 재물을 물리치다(내쫓다). 재산을 감소시키다.

73) 白虎: 속어로 '음모(陰毛)가 없는 여자'를 말하며, 여기서는 남에게 재앙을 가져다주는 '재수 없는 계집'의 뜻으로 쓰였다.

74) 七件事: 일상생활에서 필요한 일곱 가지 용품으로, 땔감(柴)·곡식(米)·기름(油)·소금(鹽)·간장(醬)·식초(醋)·차(茶)를 말한다.

75) 這小賤人: (자기 자신을 낮추어 말하는 것) 이 보잘것없는 사람이.

76) 丫頭: (여자아이를 경멸하거나 혹은 친밀하게 부르는 말) 계집애.

77) 粉頭: 옛날의 기생.

78) 三七二十一: 삼 곱하기 칠은 이십일. 자세한 사정 또는 자초지종.

79) 光棍: 무뢰한. 부랑자.

80) 忒(tuī): 지나치게. 터무니없이.

雙赤手[81]，便限他一百日，他那裏來銀子？没有銀子，便鐵皮包臉，料也無顏上門。那時重整家風，嫩兒也没得話講。」答應道：「看你面，便寬到十日。第十日没有銀子，不幹老娘之事。」 十娘道：「若十日内無銀，料他也無顏再見了。只怕有了三百兩銀子，媽媽又翻悔起來。」 媽媽道：「老身年五十一歲了，又奉十齋[82]，怎敢說謊？不信時與你拍掌爲定。若翻悔時，做猪做狗！」

從來海水斗難量，可笑虔婆意不良。
料定窮儒囊底竭，故將財禮難娇娘。

是夜，十娘與公子在枕邊，議及終身之事。公子道：「我非無此心。但教坊落籍，其費甚多，非千金不可。我囊空如洗，如之奈何！」十娘道：「妾已與媽媽議定只要三百金，但須十日内措辦。郎君遊資雖罄，然都中豈無親友，可以借貸。倘得如數，妾身遂爲君之所有，省受虔婆[83]之氣。」公子道：「親友中爲我留戀[84]行院[85]，都不相顧。明日只做束裝起身，各家告辭，就開口假貸路費，湊聚將來，或[86]可滿得此數。」起身梳洗，別了十娘出門。十娘道：「用心作速，專聽佳音。」公子道：「不須吩咐。」

公子出了院門，來到三親四友處，假說起身告別，衆人到也歡喜。

---

81) 赤手: 맨손. 빈털터리.

82) 十齋: 불교에서 한 달 가운데 여러 天王이 온 천하를 돌아다니며 관찰한다는 열 날. 그날에 配定된 불명을 念하면 죄를 덜고 복을 받는다고 함. 곧 음력으로 1일, 8일, 14일, 15일, 18일, 23일, 24일, 28일, 29일, 30일의 열흘을 가리킨다. 여기서는 '불교'라는 뜻이다.

83) 虔婆(qiánpó): 구어체의 妓院 여주인 또는 기생어미. 이외에도 '못된 년', '몹쓸 할망구'와 같이 주로 나이가 든 여자에게 사용되는 단어이지만, 두십낭의 성품상 자신의 기생어미를 나쁘게는 표현하지 않았을 것이라고 생각한다.

84) 留戀: 떠나기 서운해하다. 차마 떠나지 못하다.

85) 行院: 金과 元나라 때의 기생집. 妓樓 또는 妓生을 일컫던 말.

86) 或: 아마도.

後來敍到路費欠缺，意欲借貸。常言道：「說著錢，便無緣。」親友們就不招架。他們也見得是，道李公子是風流浪子，迷戀煙花，年許不歸，父親都爲他氣壞在家。他今日抖然要回，未知眞假。倘或說騙盤纏到手，又去還脂粉錢[87]，父親知道，將好意翻成惡意，始終只是一怪，不如辭了乾淨。便回道：「目今正値空乏，不能相濟，慚愧，慚愧！」人人如此，個個皆然，並沒有個慷慨[88]丈夫，肯統口許他一十二十兩。李公子一連奔走了三日，分毫無獲，又不敢回決[89]十娘，權且[90]含糊答應。到第四日又沒想頭，就羞回院中。平日間有了杜家，連下處[91]也没有了，今日就無處投宿。只得往同鄉柳監生寓所借歇。

柳遇春見公子愁容可掬[92]，問其來歷。公子將杜十娘願嫁之情，備細說了。遇春搖首道：「未必，未必。那杜媺曲中[93]第一名姬，要從良時，怕没有十斛[94]明珠，千金聘禮。那鴇兒如何只要三百兩？想鴇兒怪你無錢使用，白白占住他的女兒，設計打發你出門。那婦人與你相處已久，又礙卻面皮，不好明言。明知你手内空虛，故意將三百兩賣個人情，限你十日。若十日没有，你也不好上門。便上門時，他會說你笑你[95]，落得一場褻瀆[96]，自然安身不牢[97]，此乃煙花逐客之計。足下[98]三思，休[99]被

---

87) 脂粉錢: 기생집에서 기생과 어울리느라 탕진하는 돈을 가리킨다. 脂粉은 연지와 분을 뜻하며 일반적으로 여인을 말하지만, 여기서는 '기생'을 가리킨다.

88) 慷慨: 기개가 있는. 또한 아끼지 않다 또는 후하게 대하다의 의미로도 쓰인다.

89) 回決: 돌아가서 해결하다.

90) 權且: 잠시. 당분간. 임시로. 우선.

91) 下處: 여인숙. 숙박하는 곳.

92) 愁容可掬: 수심어린 얼굴을 양손으로 받쳐 들다.

93) 曲中: 불합리한 곳에서. 궁벽한 곳에서. 즉, 기생들 세계에서는.

94) 斛: 곡식이나 액체 혹은 가루 따위의 분량을 재는 데 쓰이는 그릇. 또는 용량의 단위. 본래 '十斗'가 '一斛'이었는데, 후에 '五斗'로 고쳤다. 또한 '一斗(한 말/두)'는 '一升(한 되)'이다.

95) 說你笑你: 당신을 나무라고(꾸짖고) 비웃다.

96) 褻瀆: 더러운 곳.

其惑。據弟愚意，不如早早開交100)爲上。」公子聽說，半晌101)無言，心中疑惑不定。遇春又道：「足下莫要錯了主意。你若眞個還鄉，不多幾兩盤費，還有人搭救；若是要三百兩時，莫說十日，就是十個月也難。如今的世情，那肯顧『緩急』二字的！ 那煙花也算定你沒處告債102)，故意設法難你。」公子道：「仁兄所見良是。」口裏雖如此說，心中割捨不下。依舊又往外邊東央西告103)，只是夜裏不進院門了。

　　公子在柳監生寓中，一連住了三日，共是六日了。杜十娘連日不見公子進院，十分着緊，就教小廝104)四兒街上去尋。四兒尋到大街，恰好遇見公子。四兒叫道：「李姐夫，娘在家裏望你。」公子自覺無顔，回復道：「今日不得功夫105)，明日來罷。」四兒奉了十娘之命，一把扯住，死也不放，道：「娘叫喒106)尋你，是必同去走一遭。」李公子心上也牽掛着姥子，沒奈何，只得隨四兒進院，見了十娘，嘿嘿107)無言。十娘問道：「所謀之事如何?」 公子眼中流下淚來。十娘道：「莫非人情淡薄，不能足三百之數麼?」公子含淚而言，道出二句：

　　　　　不信上山擒虎易，果然開口告人難。

---

97) 安身不牢: 몸을 의탁하는 것이 견고하지 못하다.

98) 足下: 족하. 귀하. 같은 또래에서 편지 받는 사람의 이름 밑에 써서 존칭어로 쓰이는 말. 여기서는 같은 또래의 상대를 높여서 부르는 말.

99) 休: 그만두다. 끝나다(금지나 말리는 뜻의 부사로도 사용).

100) 開交: 끝을 맺다. 해결하다(부정적 내용에서 주로 사용).

101) 半晌: 한참 동안. '잠시 또는 잠깐 동안'이라는 뜻과 '한나절'이라는 뜻도 있지만 본문에서의 앞뒤 내용을 살펴보면 '오랫동안'의 뜻이 어울린다.

102) 告債: 부채를 청구하다. 즉, 돈을 빌리다.

103) 東央西告: 여기저기에 사정하고 다니다.

104) 小廝: (옛날 잡일을 맡아보는 남자아이) 사환. 머슴애. 심부름꾼 아이.

105) 功夫: 시간. 여유. 틈.

106) 喒(zán): (북방 방언) 나(我). 우리(＝咱).

107) 嘿嘿: 침묵하며 소리를 내지 않는 모양.

一連奔走六日，並無銖兩，一雙空手，羞見芳卿，故此這幾日不敢進院。今日承命呼喚，忍恥而來。非某不用心，實是世情如此。」十娘道：「此言休使虔婆知道。郎君今夜且住，妾別有商議。」十娘自備酒肴，與公子懽飲。睡至半夜，十娘對公子道：「郎君果不能辦一錢耶？妾終身之事，當如何也？」公子只是流涕，不能答一語。漸漸五更天曉。十娘道：「妾所臥絮褥內藏有碎銀一百五十兩，此妾私蓄，郎君可持去。三百金，妾任其半，郎君亦謀其半，庶易為力。限只四日，萬勿遲誤！」十娘起身將褥付公子，公子驚喜過望。喚童兒持褥而去。逕到柳遇春寓中，又把夜來[108]之情與遇春說了。將褥柝開看時，絮中都裹著零碎銀子，取出兌時果是一百五十兩。遇春大驚道：「此婦真有心人也。旣係[109]真情，不可相負，吾當代為足下謀之。」公子道：「倘[110]得玉成[111]，決不[112]有負。」當下柳遇春留李公子在寓，自出頭各處去借貸。兩日之內，湊足一百五十兩交付公子道：「吾代為足下告債，非為足下，實憐杜十娘之情也。」

李甲拿了三百兩銀子，喜從天降，笑逐顏開，欣欣然來見十娘，剛是第九日，還不足十日。十娘問道：「前日分毫難借，今日如何就有一百五十兩？」公子將柳監生事情，又述了一遍。十娘以手加額[113]道：「使吾二人得遂其願者，柳君之力也！」兩個歡天喜地，又在院中過了一晚。

次日十娘早起，對李甲道：「此銀一交，便當隨郎君去矣。舟車之類，合當預備。妾昨日於姊妹中借得白銀二十兩，郎君可收下為行資也。」公

---

108) 夜來: 밤새. 어제 또는 작일의 뜻으로도 쓰인다.

109) 係: (= 是)

110) 倘: (= 如果) 만약에 ……이라면.

111) 玉成: 완전무결하게 이루어 내다.

112) 決不: 결코 혹은 절대로 ……하지 않는다.

113) 加額: 손을 이마에 대고 존경을 표하는 인사.

子正愁路費無出，但不敢開口，得銀甚喜。說猶未了，鴇兒恰來敲門叫道：「嫩兒，今日是第十日了。」公子聞叫，啓戶[114]相延道：「承媽媽厚意，正欲相請。」 便將銀三百兩放在桌上。鴇兒不料公子有銀，嘿然[115]變色，似有悔意。十娘道：「兒在媽媽家中八年，所致金帛，不下數千金矣。今日從良美事，又媽媽親口所訂，三百金不欠分毫，又不曾過期。倘若媽媽失信不許，郎君持銀去，兒即刻自盡。恐那時人財兩失，悔之無及也。」鴇兒無詞以對。腹內籌畫了半晌，只得取天平兌准了銀子，說道：「事已如此，料留你不住了。只是你要去時，即今就去。平時穿戴衣飾之類，毫釐休想！」 說罷，將公子和十娘推出房門，討鎖來就落[116]了鎖。此時九月天氣[117]。十娘纔下床，尚未梳洗，隨身舊衣，就拜了媽媽兩拜[118]。李公子也作了一揖[119]。一夫一婦，離了虔婆大門。

　　鯉魚脫卻金鉤去，擺尾搖頭再不來。

---

114) 啓戶: 문을 열다. 옛날 한 짝으로 된 것을 '戶'라 하고, 두 짝으로 된 것을 '門'이라고 하였다.

115) 嘿然: 말이 없이 침묵을 지키며.

116) 落: (자물쇠를 채워) 남기다.

117) 九月天氣: 중국 소설에서의 달은 모두 지금의 음력을 기준으로 쓰인 것으로, 요즘의 달력으로 계산하면 10월 말에서 11월 초 정도이다. 즉, 날씨가 아침에는 좀 쌀쌀하였다는 의미로 받아들여야 할 것이다.

118) 拜: 절은 몸을 굽혀 공경의 뜻을 나타내는 인사. 경례법의 하나이며 절(拜)은 절을 하는 사람과 받는 사람의 상대적인 관계로 이루어지며, 공경하는 정도나 경우 또는 대상에 따라 그 방법과 종류가 다르다. 일반적으로 윗사람에게 인사를 할 때 1배를 하며, 제사 때와 조문을 갔을 때에는 2배를 하는 것이 맞다. 하지만 전통적으로 볼 때, 이는 간소화한 것으로, 원칙적으로 여자의 경우 큰절은 시부모나 친정부모에게 또는 혼례·상례·제례 등의 의식에서 보통 再拜를 하지만, 혼례 때 시부모를 처음 뵐 때와 사당참배나 제사 때에는 반드시 4배를 하는 것이 원칙이다. 3배의 경우 불교에서 절을 할 때 주로 사용하며, 부처님을 공경하고 나를 낮추는 행위의 표현으로 절을 하는 숫자는 최소 3배에서 9배, 21배, 108배, 1,080배, 3,000배 등으로 여기서 3배가 나온 것이다. 일반적으로 사람이나 제사 그리고 조문의 경우 2배와 4배를 사용하며 3배를 사용하는 경우는 극히 드물다. 再拜는 두 번 절을 한다는 뜻이지만 편지 끝에 쓰이기도 하며, 만날 기약 없이 헤어질 때 행하기도 한다.

119) 揖: 拱手한 손을 얼굴 앞으로 들고 허리를 앞으로 공손히 구부렸다 펴면서 손을 내리는 인사.

公子教十娘且住片時:「我去喚個小轎擡你, 權往柳榮卿寓所去, 再作道理。」十娘道:「院中諸姊妹平昔相厚, 理宜話別。況前日又承他借貸路費, 不可不一謝也。」乃同公子到各姊妹處謝別。姊妹中惟謝月朗、徐素素與杜家相近, 尤與十娘親厚。十娘先到謝月朗家。月朗見十娘禿髻舊衫, 驚問其故。十娘備述來因, 又引李甲相見。十娘指月朗道:「前日路資, 是此位姐姐所貸, 郎君可致謝。」李甲連連作揖。月朗便教十娘梳洗[120], 一面去請徐素素來家相會。十娘梳洗已畢, 謝、徐二美人各出所有[121], 翠鈿金釧, 瑤簪寶珥, 錦袖花裙, 鸞帶繡履, 把杜十娘裝扮得煥然一新, 備酒作慶賀筵席。月朗讓臥房與李甲、杜媺二人過宿。

次日, 又大排筵席, 遍請院中[122]姊妹。凡十娘相厚者, 無不畢集, 都與他夫婦把盞稱喜。吹彈歌舞, 各逞其長, 務要盡歡, 直飲至夜分。十娘向眾姊妹一一稱謝。眾姊妹道:「十姊爲風流領袖[123], 今從郎君去, 我等相見無日。何日長行, 姊妹們尚當奉送。」月朗道:「候有定期, 小妹當來相報。但阿姊千里間關[124], 同郎君遠去, 囊篋蕭條[125], 曾無約束, 此乃吾等之事。當相與共謀之, 勿令姊有窮途之慮也。」眾姊妹各唯唯而散。

是晚, 公子和十娘仍宿謝家。至五鼓, 十娘對公子道:「吾等此去, 何處安身? 郎君亦曾計議有定著否?」公子道:「老父盛怒之下, 若知娶妓而歸, 必然加以不堪, 反致相累。展轉[126]尋思, 尚未有萬全[127]之策。」

---

120) 梳洗: 몸치장.

121) 所有: 가지고 있는 것. 소유하고 있는 것.

122) 院中: 기생집 또는 그곳에서 생활을 하고 있는.

123) 風流領袖: 화류계에서 가장 출중한 인물.

124) 千里間關: 아주 먼 거리, 험난하고 어려운 길을 두루 경험하다.

125) 蕭條: 적막하다. 쓸쓸하다. 여기서는 '불경기이다' 또는 '불황이다'의 뜻으로 쓰였다.

126) 展轉: (＝輾轉) 몸을 엎치락뒤치락하다. 곰곰이.

127) 萬全: 훌륭한.

十娘道:「父子天性, 豈能終絕? 旣然倉卒難犯, 不若與郎君於蘇、杭128)勝地, 權作浮居。郎君先回, 求親友於尊大人面前勸解和順, 然後攜妾於歸, 彼此安妥。」公子道:「此言甚當。」次日, 二人起身辭了謝月朗, 暫往柳監生寓中, 整頓行裝。杜十娘見了柳遇春, 倒身下拜, 謝其周全之德129):「異日我夫婦必當重報。」遇春慌忙答禮道:「十娘鍾情130)所懽, 不以貧窶131)易心, 此乃女中豪傑。僕因風吹火, 諒區區何足掛齒!」三人又飲了一日酒。次早, 擇了出行吉日, 雇倩轎馬停當。十娘又遣童兒寄信, 別謝月朗。臨行之際, 只見肩輿紛紛而至, 乃謝月朗與徐素素拉衆姊妹來送行。月朗道:「十姊從郎君千里間關, 囊中消索132), 吾等甚不能忘情。今合具薄賵, 十姊可檢收, 或長途空乏, 亦可少助。」說罷, 命從人挈一描金文具至前, 封鎖甚固, 正不知甚麼東西在裏面。十娘也不開看, 也不推辭, 但殷勤作謝而已。須臾, 輿馬齊集, 僕夫催促起身。柳監生三杯別酒, 和衆美人送出崇文門外, 各各垂淚而別。正是:

　　　他日重逢難預必, 此時分手最堪憐。

再說李公子同杜十娘行至潞河133), 舍陸從舟。卻好有瓜州134)差使船轉回之便, 講定船錢, 包了艙口。比及下船時, 李公子囊中並無分文餘剩。你道杜十娘把二十兩銀子與公子, 如何就沒了? 公子在院中闖得

---

128) 蘇、杭: 蘇州와 杭州.

129) 周全之德: (일이 성사되도록) 보살펴 준 은덕.

130) 鍾情: 애정을 기울이다. 사랑에 빠지다.

131) 貧窶: 가난하다.

132) 消索: 쪼들리다. 없어지다.

133) 潞河: 潞水는 山西省에 있는 강 이름이고, 潞江은 雲南省에 있는 강 이름이다. 여기서는 北京에서 길을 떠났기에 노수가 맞다.

134) 瓜州: 江蘇省 江都縣에 있음. 大運河와 楊子江이 합치는 교통의 요지.

衣衫藍縷[135]，銀子到手，未免在解庫中取贖幾件穿着，又制辦了鋪蓋，剩來只勾轎馬之費。公子正當愁悶，十娘道：「郎君勿憂，衆姊妹合贈，必有所濟。」及取鑰開箱。公子有傍自覺慚愧，也不敢窺覰箱中虛實[136]。只見十娘在箱裏取出一個紅絹袋來，擲於桌上道：「郎君可開看之。」公子提在手中，覺得沉重，啓而觀之，皆是白銀，計數整五十兩。十娘仍將箱子下鎖[137]，亦不言箱中更有何物。但對公子道：「承衆姊妹高情，不惟途路不乏[138]，卽他日浮寓吳、越[139]間，亦可稍佐吾夫妻山水之費[140]矣。」公子且驚且喜道：「若不遇恩卿，我李甲流落他鄉，死無葬身之地矣。此情此德，白頭不敢忘也！」自此每談及往事，公子必感激流涕。十娘亦曲意[141]撫慰，一路無話。

不一日，行至瓜州，大船停泊岸口，公子別僱了民船，安放行李。約明日侵晨，剪江而渡。其時仲冬[142]中旬，月明如水，公子和十娘坐於舟首。公子道：「自出都門，困守一艙之中，四顧有人，未得暢語。今日獨據一舟，更無避忌。且已離塞北[143]，初近江南，宜開懷暢飲，以舒向來抑鬱之氣。恩卿以爲何如？」十娘道：「妾久疏談笑，亦有此心，郎君

---

135) 藍縷: (= 襤褸. 藍褸) (의복이) 너덜너덜하다. 남루하다.

136) 虛實: (내용물의) 많고 적음의 상태.

137) 下鎖: 자물쇠를 잠그다.

138) 不乏: 부족함이 없다.

139) 吳、越: 오나라와 월나라. 吳는 江蘇省 남부와 浙江省 북부일대를 말하며, 春秋시대 12列國 중 하나이며, 삼국시대 孫權이 세운 나라이기도 하다. 여기서는 춘추시대 12열국 중 하나를 가리킨다. 越은 周나라 말기의 나라로 원래 지금의 浙江省 동부에 있었다.

140) 山水之費: 생활비.

141) 曲意: 자신의 뜻을 굽혀서.

142) 仲冬: 겨울의 두 번째 달. 즉, 음력 11월. 최근의 달력으로 12월경이다. 음력 11월 21일이 '冬至'이다.

143) 塞北: 몽골고원 大漠의 남과 북쪽의 가장자리 일대로, 기후가 습하고 농업생산이 풍부하다. 여기서는 북쪽지방 또는 북경을 가리킨다.

言及，足見同志耳。」公子乃攜酒具於船首，與十娘鋪毡並坐，傳盃交盞。飲至半酣，公子執卮對十娘道：「恩卿妙音，六院[144]推首。某相遇之初，每聞絶調，輒不禁神魂之飛動。心事多違，彼此鬱鬱，鸞鳴鳳奏，久矣不聞。今清江明月，深夜無人，肯爲我一歌否？」十娘興亦勃發，遂開喉頓嗓，取扇按拍，嗚嗚咽咽，歌出元人施君美『拜月亭』[145]雜劇上「狀元執盞與嬋娟」一曲，名＜小桃紅＞[146]。眞個：

聲飛霄漢訟雲皆駐，響入深泉魚出遊。

卻說他舟有一少年[147]，姓孫名富，字善賚，徽州新安人氏。家資巨萬，積祖揚州種鹽[148]。年方二十，也是南雍中朋友。生性風流，慣向青樓買笑，紅粉追歡，若嘲風弄月，到是個輕薄的頭兒[149]。事有偶然，其夜亦泊舟瓜州渡口，獨酌無聊。忽聽得歌聲嘹喨，鳳吟鸞吹，不足喻其美。起立船頭，佇聽半晌，方知聲出隣舟。正欲相訪，音響倏已寂然，乃遣僕者潛窺蹤跡，訪於舟人。但曉得是李相公僱的船，並不知歌者來歷。孫富

---

144) 六院: 명나라 초기 남경의 教坊司에 속해 있던 官妓들이 모여 있는 妓院을 ‘樓’라고 하였다. 후에 단지 여섯 곳만이 남게 되었고 ‘六院’이라고 불렸다고 한다. 이후 ‘기방’의 대명사로 사용되었다.

145) 拜月亭: 明傳奇 중 하나로, 『幽閨記』라고도 한다. 여기서는 雜劇이라고 잘못 표현하고 있다. 12세기 浙江省 永嘉(지금의 溫州) 일대의 지방 小曲들이 宋代의 詞調와 雜劇 그리고 諸宮調를 흡수하여 ‘南曲戲文’(줄여서 ‘南戲’라고도 부름)으로 종합 발전한다. 하지만 원世祖가 수도를 大都(지금의 北京)로 정한 1271년부터 至順 말년(1333년)에 이르는 기간에는 주로 노래와 춤으로 故事를 연출하고, 보통 한 작품이 4절(折, 후세 연극의 幕에 해당함)로 이루어지는 잡극이 성행한다. 하지만 원 말엽 이후부터는 잡극이 귀족의 놀이도구로 전락하여 封建禮敎를 선전하는 도구로 쓰이면서 사람들은 다시 옛 희문을 살리기 시작하였고, 이때 나온 대표적인 작품이 바로 ‘四大傳奇’로 불리는 『荊釵記』, 『白兎記』, 『拜月亭』, 『殺狗記』이다. 한 작품이 수십 척(齣, 折에 대신함)으로 이루어지고 서민적 내용이었던 南宋의 南戲는 명대에 들어와 귀족과 문인들의 관심 속에 禮敎를 중시하는 형식성이 강한 傳奇로 발전한다.

146) 小桃紅: 世德堂에서 간행한 『拜月亭記』第43折의 ＜成親團圓＞齣 안에 있다.

147) 少年: 여기서는 ‘젊은이’를 가리킨다.

148) 種鹽: 소금을 파는 상인.

149) 頭兒: 우두머리. 베테랑.

想道：「此歌者必非良家，怎生得他一見？」展轉尋思，通宵不寐。捱至五更，忽聞江風大作。及曉，彤雲密布，狂雪飛舞。怎見得，有詩爲證：

千山雲樹滅，萬徑人踪絕。
扁舟蓑笠翁，獨釣寒江雪[150]）。

因這風雪阻渡，舟不得開。孫富命艄公移船，泊於李家舟之傍。孫富貂帽狐裘，推窗假作看雪。值十娘梳洗方畢，纖纖玉手，揭起舟傍短簾，自潑盂中殘水，粉容微露，卻被孫富窺見了，果是國色天香。魂搖心蕩，迎眸注目，等候再見一面，杳不可得。沉思久之，乃倚窗高吟高學士[151]）『梅花詩』二句，道：

雪滿山中高士臥，月明林下美人來。

李甲聽得隣舟吟詩，舒頭出艙，看是何人。只因這一看，正中了孫富之計。孫富吟詩，正要引李公子出頭，他好乘機攀話。當下慌忙舉手，就問：「老兄尊姓何諱？」李公子敍了姓名鄉貫，少不得[152]）也問那孫富。孫富也敍過了。又敍了些太學中的閑話，漸漸親熟。孫富便道：「風雪阻舟，乃天遣與尊兄相會，實小弟之幸也。舟次無聊，欲同尊兄上岸，就酒肆中一酌，少領清誨，萬望不拒。」公子道：「萍水相逢，何當厚擾？」孫富道：「說那裏話！『四海之內，皆兄弟也』。」喝教艄公打跳，童兒張傘，迎接公子過船，就於船頭作揖。然後讓公子先行，自己隨後，各各登跳上涯。

---

150) 千山雲樹滅, 萬徑人踪絕。扁舟蓑笠翁, 獨釣寒江雪: 唐나라 시인 柳宗元의 「江雪」이라는 絕句로, 原詩와 차이가 있다. 앞부분이 원래 "千山鳥飛絕, 萬徑人蹤滅……"으로 시작된다.

151) 高學士: 명나라 시인 高啓.

152) 少不得: 빼놓을 수 없이. ……하지 않을 수 없었다.

行不數步，就有個酒樓。二人上樓，揀一副潔淨座頭，靠窗而坐。酒保列上酒肴。孫富舉杯相勸，二人賞雪飲酒。先說些斯文[153]中套話，漸漸引入花柳之事。二人都是過來之人，志同道合，說得入港[154]，一發成相知了。孫富屏去左右，低低問道：「昨夜尊舟清歌者，何人也？」李甲正要賣弄[155]在行，遂實說道：「此乃北京名姬杜十娘也。」孫富道：「既係曲中姊妹，何以歸兄？」公子遂將初遇杜十娘，如何相好，後來如何要嫁，如何借銀討他，始末根由，備細述了一遍。孫富道：「兄攜麗人而歸，固是快事，但不知尊府中能相容否？」公子道：「賤室不足慮。所慮者，老父性嚴，尚費躊躇[156]耳！」孫富將機就機[157]，便問道：「既是尊大人未必相容，兄所攜麗人，何處安頓？亦曾通知麗人，共作計較否？」公子攢眉而答道：「此事曾與小妾議之。」孫富欣然問道：「尊寵必有妙策。」公子道：「他意欲僑居蘇杭，流連山水。使小弟先回，求親友宛轉於家君之前，俟[158]家君回嗔作喜[159]，然後圖歸。高明[160]以為何如？」孫富沉吟半晌，故作愀然之色，道：「小弟乍會之間[161]，交淺言深，誠恐見怪。」公子道：「正賴高明指教，何必謙遜？」孫富道：「尊大人位居方面[162]，必

---

153) 斯文: 中國의 정통 학문인 詩와 文(散文).

154) 入港: 의기투합하다.

155) 賣弄: 자랑하다. 으스대다. 과시하다.

156) 躊躇: 주저하다. 망설이다.

157) 將機就機: 상대방의 계략을 역이용하여 상대방을 공격하다. 여기서는 두십낭의 계책 중에서 이갑이 걱정하는 부분을 부각하여 손부 자신의 계획대로 계책을 바꾸게 하려고, '기회를 이용하여' 이야기를 본격적으로 하기 시작한다는 뜻이다.

158) 俟: ……을 기다리다.

159) 回嗔作喜: 노여워하시는 것을 바꾸어 기뻐하시게 하다.

160) 高明: 명석함이 높으신 분. 高見을 가지고 계신 분. 여기서는 '손부'를 가리킨다.

161) 乍會之間: 처음 만난 사이에. 갓 만났는데.

162) 方面: 布政使. 옛날에는 한 省의 최고 행정관리(布政使)를 '方面官'이라고 부르기도 하였는데, 이것은 그가 그 지역의 한 방면의 직책을 모두 관장하기 때문이다. 이갑의 부친이 布政使를 역임하였기 때문에 손부가 이갑의 부친을 존경하는 뜻에서 성씨 뒤에 붙인 것이다. 하지만 여기서는 손부가 의도적으로 부친의 엄함을 드러내면서 기생 출신의 두십낭

嚴惟薄163)之嫌, 平時旣怪兄遊非禮之地, 今日豈容兄娶不節之人? 況且賢親貴友, 誰不迎合尊大人之意者? 兄枉去求他, 必然相拒。就有個不識時務的進言於尊大人之前, 見尊大人意思不允, 他就轉口了。兄進不能和睦家庭, 退無詞以回復尊寵。卽使留連山水, 亦非長久之計。萬一資斧164)困竭, 豈不進退兩難!」公子自知手中只有五十金, 此時費去大半, 說到資斧困竭, 進退兩難, 不覺點頭道是。

孫富又道:「小弟還有句心腹之談, 兄肯俯聽否?」公子道:「承兄過愛, 更求盡言。」孫富道:「疏不間親165), 還是莫說罷。」公子道:「但說何妨!」孫富道:「自古道:『婦人水性無常。』況煙花之輩, 少眞多假。他旣係六院名姝, 相識定滿天下; 或者南邊原有舊約, 借兄之力, 挈帶而來, 以爲他適之地。」公子道:「這個恐未必然。」孫富道:「旣不然, 江南子弟, 最工輕薄166)。兄留麗人獨居, 難保無踰牆鑽穴167)之事。若挈之同歸, 愈增尊大人之怒。爲兄之計, 未有善策。況父子天倫, 必不可絶。若爲妾而觸父, 因妓而棄家, 海內168)必以兄爲浮浪不經之人。異日妻不以爲夫, 弟不以爲兄, 同袍不以爲友, 兄何以立於天地之間? 兄今日不可不169)熟思也!」

을 데리고 집으로 돌아가는 이갑의 두려움을 극대화시키기 위하여 부친의 체면과 엄한 성품을 강조하여 표현하기 위해서 언급한 것이다.

163) 惟薄: 옛날 관리사회에서는 가정이나 부녀자와 관계되는 일을 모두 '유박'이라고 표현하였다. 여기서 惟는 '幕'의 뜻으로, 薄은 '簾子'의 뜻으로 해석되어, '내실의 일'을 가리킨다.

164) 資斧: 여비.

165) 疏不間親: 가깝지 않은 사람이 가까운 사이를 이간할 수 없다는 속담.

166) 輕薄: 경박하다. 업신여기다. 여기서는 여성을 놀리고 욕을 뵈는 행위를 말한다.

167) 踰牆鑽穴: (＝鑽穴踰牆) 원래 '간통하다' 또는 '은밀한 일을 하다'의 뜻으로 쓰이며, 여기서는 여자에게 집적거리고 희롱하면서 유혹하는 행위를 말한다. 踰牆은 '담을 넘다'의 뜻으로 宋玉의 賦에서 나왔고, 鑽穴은 '구멍을 뚫다'의 뜻으로 『孟子』에서 나온 말이다.

168) 海內: 세상 사람들.

169) 不可不: ……하지 않으면 안 된다.

公子聞言，茫然自失[170]，移席問計：「據高明之見，何以教我？」孫富道：「僕有一計，於兄甚便。只恐兄溺枕席之愛，未必能行，使僕空費詞說耳！」公子道：「兄誠有良策，使弟再睹家園之樂，乃弟之恩人也。又何憚而不言耶？」孫富道：「兄飄零歲餘，嚴親懷怒，閨閣[171]離心。設身以處兄之地，誠寢食不安之時也。然尊大人所以怒兄者，不過為迷花戀柳，揮金如土[172]，異日必為棄家蕩產之人，不堪承繼家業耳！兄今日空手而歸，正觸其怒。兄倘能割衽席[173]之愛，見機[174]而作，僕願以千金相贈。兄得千金以報尊大人，只說在京授館，並不曾浪費分毫，尊大人必然相信。從此家庭和睦，當無間言[175]。須臾之間，轉禍為福。兄請三思，僕非貪麗人之色，實為兄效忠於萬一[176]也！」

李甲原是沒主意的人，本心懼怕老子，被孫富一席話，說透胸中之疑，起身作揖道：「聞兄大教，頓開茅塞。但小妾千里相從，義難頓絕，容歸與商之。得妾心肯，當奉復耳。」孫富道：「說話之間，宜放婉曲。彼既忠心為兄，必不忍使兄父子分離，定然玉成兄還鄉之事矣。」二人飲了一回酒，風停雪止，天色已晚。孫富教家僮算還了酒錢，與公子攜手下船[177]。正是：

逢人且說三分話，未可全拋一片心。

---

170) 茫然自失: 정신을 잃고 어리둥절함. 아무 생각 없이 멍함.

171) 閨閣: 규방. 내실. 여기서는 '두십낭'을 가리킨다.

172) 揮金如土: 돈을 쓰는 것이 마치 흙을 뿌리는 것처럼 낭비가 심하다.

173) 衽席: 침실.

174) 見機: 기회를 보다.

175) 間言: 이간시키는 말. 불화하게 만드는 말.

176) 萬一: 뜻밖의 일.

177) 下船: 배에 오르다. 배를 타다.

卻說杜十娘在舟中，擺設酒果，欲與公子小酌，竟日未回，挑燈以待。公子下船，十娘起迎。見公子顏色匆匆[178]，似有不樂之意，乃滿斟熱酒勸之。公子搖首不飲，一言不發，竟自床上睡了。十娘心中不悅，乃收拾杯盤爲公子解衣就枕[179]，問道：「今日有何見聞，而懷抱鬱鬱如此？」公子嘆息而已，終不啓口。問了三四次，公子已睡去了。十娘委決不下[180]，坐於床頭而不能寐。到夜半，公子醒來，又嘆一口氣。十娘道：「郎君有何難言之事，頻頻嘆息？」公子擁被而起，欲言不語者幾次，撲簌簌[181]掉下淚來。十娘抱持公子於懷間，軟言撫慰道：「妾與郎君情好，已及二載[182]，千辛萬苦，歷盡艱難，得有今日。然相從數千里，未曾哀戚。今將渡江，方圖百年歡笑，如何反起悲傷？必有其故。夫婦之間，死生相共，有事盡可商量，萬勿諱也。」

　　公子再四被逼不過，只得含淚而言道：「僕天涯窮困，蒙恩卿不棄，委曲相從，誠乃莫大之德也。但反覆思之，老父位居方面，拘於禮法，況素性方嚴，恐添嗔怒，必加黜逐。你我流蕩，將何底止？夫婦之歡難保，父子之倫又絕。日間蒙新安孫友邀飲，爲我籌及此事，寸心如割！」十娘大驚道：「郎君意將如何？」公子道：「僕事內之人[183]，當局而迷。孫友爲我畫一計頗善，但恐恩卿不從耳！」十娘道：「孫友者何人？計如果善，何不可從？」公子道：「孫友名富，新安鹽商，少年風流之士也。夜間聞子清歌，因而問及。僕告以來歷，幷談及難歸之故，渠意欲以千金聘汝。我得千金，可籍口以見吾父母，而恩卿亦得所[184]耳。但情不能捨，是以悲

---

178) 匆匆: 허둥지둥.

179) 就枕: 잠을 자다.

180) 委決不下: 우물쭈물 거리며 결단을 내리지 못함.

181) 撲簌簌: (눈물이 흐르는 모양을 형용) 뚝뚝. 줄줄.

182) 載: (＝年) 해. 년.

183) 事內之人: 당사자. 그 일에 관련된 사람.

泣。」說罷，淚如雨下。

　　十娘放開兩手，冷笑一聲道：「爲郎君畫此計者，此人乃大英雄也！郎君千金之資旣得恢復，而妾歸他姓[185]，又不致爲行李之累，發乎情，止乎禮[186]，誠兩便之策也。那千金在那裏?」公子收淚道：「未得恩卿之諾，金尚留彼處，未曾過手。」十娘道：「明早快快應承了他，不可挫過機會。但千金重事，須得兌足交付郎君之手，妾始過舟，勿爲賈豎子[187]所欺。」時已四鼓，十娘卽起身挑燈梳洗道：「今日之粧，乃迎新送舊，非比尋常。」於是脂粉香澤，用意修飾，花鈿繡袄，極其華艷，香風拂拂，光采照人。裝束方完，天色已曉。

　　孫富差家童到船頭候信。十娘微窺公子，欣欣似有喜色，乃催公子快去回話，及早兌足銀子。公子親到孫富船中，回復依允。孫富道：「兌銀易事，須得麗人妝臺爲信[188]。」公子又回復了十娘，十娘卽指描金文具道：「可便擡去。」孫富喜甚。卽將白銀一千兩，送到公子船中。十娘親自檢看，足色足數，分毫無爽，乃手把船舷，以手招孫富。孫富一見，魂不附體。十娘啓朱唇，開皓齒道：「方纔箱子可暫發來，内有李郎路引[189]一紙，可檢還之也。」孫富視十娘已爲甕中之鱉[190]，卽命家童送那描金文具，安放船頭之上。十娘取鑰開鎖，内皆抽替[191]小箱。十娘叫公子抽

---

184) 得所: 걸맞은 지위나 자리를 얻다.

185) 妾歸他姓: 소첩은 그의 성에 귀착하게(속하게) 된다. 즉, 그의 사람이 된다는 뜻이다. 중국에서는 여자가 시집을 가면 남자의 성을 따라 사용하게 된다.

186) 發乎情, 止乎禮: 여기서는 이갑의 입장에서, 부친과의 정을 다시 피어나게 하고, 두십낭과의 결혼, 즉 '부부간의 예를 멈추다'는 뜻이다. 즉, 이갑의 고민이 모두 해결된다는 의미이다.

187) 賈豎子: 상인을 멸시해 부르는 말.

188) 爲信: 징표로 삼다.

189) 路引: 國子監에서 발급한 다시 복학을 허락하는 서류이다.

190) 甕中之鱉: 독 안의 자라. 흔히 '독 안에 든 쥐'라고 표현한다.

191) 抽替: (＝抽屜) 서랍.

第一層來看，只見翠羽明璫，瑤簪寶珥，充牣於中，約值數百金。十娘遽投之江中。李甲與孫富及兩船之人，無不驚詫。又命公子再抽一箱，乃玉簫金管；又抽一箱，盡古玉紫金玩器，約值數千金。十娘盡投之於大江中。岸上之人，觀者如堵。齊聲道：「可惜，可惜！」正不知甚麼緣故。最後又抽一箱，箱中復有一匣。開匣視之，夜明之珠，約有盈把。其他祖母綠[192]，猫兒眼[193]，諸般異寶，目所未睹，莫能定其價之多少。衆人齊聲喝采，喧聲如雷。十娘又欲投之於江。李甲不覺[194]大悔，抱持十娘慟哭，那孫富也來勸解。

十娘推開公子在一邊，向孫富罵道：「我與李郎備嘗艱苦，不是容易到此。汝以奸淫之意，巧為讒說，一旦破人姻緣，斷人恩愛，乃我之仇人。我死而有知[195]，必當訴之神明，尚妄想枕席之歡乎！」又對李甲道：「妾風塵數年，私有所積，本為終身之計。自遇郎君，山盟海誓，白首不渝。前出都之際，假托衆姊妹相贈，箱中韞藏百寶，不下萬金。將潤色[196]郎君之裝，歸見父母，或憐妾有心，收佐中饋[197]，得終委托，生死無憾。誰知郎君相信不深，惑於浮議，中道見棄，負妾一片眞心。今日當衆目之前，開箱出視[198]，使郎君知區區千金，未為難事。妾檟中有玉，

---

192) 祖母綠: (아랍어 Zumunrud의 음역) 푸른빛을 띠는 몸 전체가 투명한 보석.

193) 猫兒眼: 표면을 둥글고 볼록하게 만들어 광을 내는 카보숑 연마를 할 경우, 고양이 눈을 연상시키는 밝은 띠를 나타내는 보석으로, 가장 희귀하고 값비싼 것은 시모페인이라고 하는 크리소베릴(Chrysoberyl)의 녹색 섬유광을 띠는 변종(金綠石)이다. 크리소베릴의 변종인 알렉산드라이트는 관찰되는 결정축 방향에 따라 적색에서 적황색 또다시 녹색으로 색이 변하는 매우 독특하고 귀중한 변종이다. 또한 햇빛 아래에서는 녹색을 띠나 인공빛 아래에서는 적색을 띤다. 虎眼石으로 더 잘 알려진 푸른 석면 묘안석(아프리카 묘안석)은 실리카로 치환된 푸른 석면의 평행한 섬유상 집합체를 포함하는 석영이고, 鋼玉猫眼石은 별 모양이 밝은 띠 모양으로 축소된 불완전한 스타사파이어 또는 스타루비이다.

194) 不覺: 자신도 모르게.

195) 有知: 지각이 있다면. 죽어서도 영혼이 있다면.

196) 潤色: 치장하다.

197) 中饋: 부인이 방 한가운데 있어 식사를 보살핀다는 뜻으로 이후 '아내'의 의미로 사용하였다.

恨郎眼内無珠[199]。命之不辰，風塵困瘁，甫得脱離，又遭棄捐。今衆人各有耳目，共作證明，妾不負郎君，郎君自負妾耳!」於是衆人聚觀者，無不流涕，都唾罵李公子負心薄倖。公子又羞又苦，且悔且泣，方欲向十娘謝罪。十娘抱持寶匣，向江心一跳。衆人急呼撈救，但見雲暗江心，波濤滾滾，杳無蹤影。可惜一個如花似玉的名姬，一旦葬於江魚之腹!

　　三魂渺渺歸水府，七魄悠悠入冥途。

　　當時旁觀之人，皆咬牙切齒，爭欲拳毆李甲和那孫富。慌得李、孫二人，手足無措，急叫開船，分途遁去。李甲在舟中，看了千金，轉憶十娘，終日愧悔，鬱成狂疾，終身不瘳。孫富自那日受驚，得病臥床月餘，終日見杜十娘在傍詬罵，奄奄而逝。人以爲江中之報也。

　　卻說柳遇春在京坐監完滿，束裝回鄉，停舟瓜步。偶臨江淨臉，失墜銅盆於水，覓漁人打撈。及至撈起，乃是個小匣兒。遇春啓匣觀看，内皆明珠異寶，無價之珍。遇春厚賞漁人，留於床頭把玩。是夜夢見江中一女子，凌波而來，視之，乃杜十娘也。近前萬福，訴以李郎薄倖之事，又道:「向承君家慷慨，以一百五十金相助。本意息肩之後，徐圖報答，不意事無終始。然每懷盛情，悒悒[200]未忘。早間曾以小匣托漁人奉致，聊表寸心，從此不復相見矣。」言訖，猛然驚醒，方知十娘已死，嘆息累日。

　　後人評論此事，以爲孫富謀奪美色，輕擲千金，固非良士; 李甲不識杜十娘一片苦心，碌碌蠢才，無足道者。獨謂十娘千古女俠，豈不能覓一佳侶，共跨秦樓之鳳，乃錯認李公子。明珠美玉，投於盲人，以致

---

198) 出視: 꺼내어 보여 주다.

199) 眼内無珠: 눈은 있으되 눈동자가 없다. 즉, 보는 식견이 없음을 뜻한다.

200) 悒悒(yìyì): 근심스럽다. (가슴에) 울적함이 맺히다.

恩變為仇，萬種恩情，化為流水，深可惜也！有詩嘆云：

不會風流莫妄談，單單情字費人參。
若將情字能參透，喚作風流也不慚。

* 생각해 봅시다 *

1. 『警世通言』은 중국 明代 말기 馮夢龍(1574~1646)이 수집·간행한 擬話本 소설집이다. 『喩世明言』과 『醒世恒言』과 함께 '三言'으로 불리며, 각각 40편씩을 수집 간행되었다. 宋元代의 話本소설과 明代의 의화본소설이 수록되어 있으며, 이 작품들은 모두 백화단편소설이다. 「陳可常端陽仙化」과 「崔待詔生死冤家」 같은 송원대의 것이 절반을 차지하고 있으며, 명대 의화본소설은 「王安石三難蘇學士」과 같이 古書에 근거한 것과 민간의 강창소설을 개작한 것도 있다. 그중 가장 우수한 작품이 바로 여기에 소개된 '杜十娘'에 관한 이야기로, 중국 명말 崇禎年間(1628~1644)에 蘇州의 抱甕老人이 『三言二拍』 속에서 비교적 우수한 것 40편을 골라 편찬한 『今古奇觀』에도 소개되어 있다. 따라서 명나라 때 서민들로부터 사랑을 받던 단편소설의 실상을 어느 정도 대표하는 것이라 할 수 있다. 그렇다면 본 편에서 杜十娘의 사회적 지위는 어떠하였는지 정리해 보자.

2. 여주인공 杜十娘은 從良을 하면서 남성을 돈 많은 商人이라든지, 아니면 건장한 시골총각과 같이 좀 더 수월한 상대자를 구하지 않고, 서생 특히 지배계층의 자제를 상대로 선택한 이유는 무엇이라고 생각하는가? 또한 기생과 결혼하는 데 있어 분명 자신의 장래는 물론 자신의 주변 인물들과의 교류 그리고 자신의 가계를 고려할 수밖에 없는 당시의 남성들, 특히 주위 봉건적 사상이 깊게 뿌리박혀 있을 기득권층인 부모형제와의 갈등을 슬기롭게 극복하기에는 역부족인 유약한 李甲을 택한 이유는 무엇일까?

3. 여주인공 杜十娘은 기생어미의 從良 제안에 열흘의 말미와 3백 냥의 贖錢을 지불하기로 약조한다. 그리고 이 이야기를 李甲에게 전해 속전을 구해 오도록 시킨다. 하지만 무능한 이갑은 결국 구해 오지 못하고, 두십낭이 꾀를 내어 자신이 반을 내고 나머지를 이갑에게 다시 구해 오도록 시키는데, 이때 두십낭은 어떤 연유에서 이갑에게 돈을 구해 오라고 시켰는지 그 까닭에 대해 살펴보기로 하자.

4. 여주인공 杜十娘은 자신의 경제적 능력을 감추어 보여 주지 않고 있다가, 나중에 돈 몇 푼에 자신을 孫富에게 팔아넘기는 상황이 되어서야 자신 수중에 있는 값나가는 물건을 만천하에 공개하고 또 이를 아무 망설임 없이 강물에 던져 버리고는 자신도 물에 투신하여 자살한다. 이러한 방법으로 한 많은 한 평생을 마감하는 방법 말고 다른 방법으로 자신을 배신한 李甲에게 복수하는 방법은 없었을까? 만약 당신이라면 어떻게 하였을지 생각을 정리해 보자.

5. 본 편의 여주인공 杜十娘은 당시 가장 사회에서 약자로 불리는 계층으로, 결국 자신의 뜻을 이루지 못하고 자신이 사랑하고 믿었던 남성에게 통한의 배신을 당하고 차가운 강물 속으로 몸을 던진다. 후에 자신을 도와준 柳遇春에게 은혜를 갚기 위해 귀신이 되어 다시 나타나는 杜十娘의 모습을 보면서 통상적인 민간전설과 비슷한 줄거리가 비슷함을 느낄 수 있다. 하지만 이러한 내용의 작품이 당시 민중의 눈시울을 적시우고, 무능력하면서 유약하기 짝이 없는 연인 李甲의 줏대 없음과 자신의 욕심을 위해 다른 사람의 행복을 무참히 짓밟는 孫富의 양심 없음을 비난하면서 당시 봉건사회의 정체성을 간파하도록 민중의 시선을 이끌어 주었다. 그럼 명대의 사회상과 21세기 현재의 중국 혹은 우리나라의 현실을 생각하면서 직업이나 가정환경과 같은 신분(계층) 간의 차이가 있는 상태에서 남녀 간의 연애는 과연 얼마나 아름다운 결말로 이어질 수 있을지 생각해 보자.

紅樓夢

홍루몽

6. 賈雨村風塵懷閨秀

　　此開卷第一回也。作者自云：「因曾歷過一番夢幻之後，故將眞事隱去[1]，而借『通靈』之說，撰此『石頭記』[2]一書也。」故曰『甄士隱』[3]云云。但書中所記何事何人？自又云：「今風塵碌碌[4]，一事無成，忽念及當日所有之女子，一一細考較去，覺其行止見識，皆出於我之上。何我堂堂鬚眉[5]，誠不若彼裙釵[6]哉？實愧則有餘，悔又無益之大無可如何之日也！當此，則自欲將已往所賴天恩祖德[7]，錦衣紈袴之時，飫甘饜肥[8]之日，背[9]父兄教育之恩，負師友規訓之德，以至今日一技無成，半生[10]潦

---

* 本篇은『紅樓夢』第一回에서 발췌한 것이다. 작품의 전체적 내용과 함께 작자의 창작 의도까지도 엿볼 수 있는 부분으로, 처음에 女媧氏가 구멍 난 하늘을 오색 돌로 깁는 작업을 하다가 남게 된 돌 조각 하나. 그리고 그 돌 조각의 소망과 함께 이후에 연출되는 榮國府 賈氏 집안의 홍망성쇠와의 관련성은 독자로 하여금 인생의 무상함과 함께 청대 귀족층 생활의 화려하고 사치스러움을 살펴볼 수 있게 해 줄 것이다. 원제는「甄士隱夢幻識通靈, 賈雨村風塵懷閨秀」이다.

1) 隱去: 은폐하다.

2) 石頭記:『紅樓夢』의 원래 제목이다. 石頭는 돌을 뜻하며,『石頭記』란 돌에 쓰여 있는 이야기 또는 돌에 관련된 이야기를 기록하였다는 뜻이다.

3) 甄士隱(zhēn shì yǐn): 사람의 이름. 서문에서도 밝히고 있는 것처럼, 진실을 은폐하였다는 의미의 '眞事隱(zhēn shì yǐn)'의 소리를 빌려 표기한 것이다.

4) 碌碌: 사무가 번잡하고 쓸데없이 바빠 고생하는 모양.

5) 鬚眉: 수염과 눈썹을 기른 사람. 사내대장부.

6) 彼裙釵: 치마를 두른 사람. 여인네.

7) 天恩祖德: 천자(황제)의 은혜와 조상의 덕분.

8) 飫甘饜肥: 산해진미를 물릴 만큼 배불리 먹다.

倒之罪，編述一集，以告天下人：我之罪固不免[11]，然閨閣中本自歷歷有人，萬不可因我之不肖[12]，自護己短，一併[13]使其泯滅[14]也。雖今日之茅椽蓬牖[15]，瓦灶繩床[16]，其晨夕風露[17]，階柳庭花[18]，亦未有妨我之襟懷筆墨者。雖我未學，下筆無文[19]，又何妨用假語村言，敷演出一段故事來，亦可使閨閣昭傳，復可悅世之目，破人愁悶，不亦宜乎？」故曰「賈雨村」[20]云云。

此回中凡用「夢」用「幻」等字，是提醒閱者眼目，亦是此書立意本旨。

＊　　　　＊　　　　＊　　　　＊

列位看官：你道此書從何而來？說起根由，雖近荒唐，細按則深有趣味。待在下將此來歷注明，方使閱者了然不惑。

原來女媧氏煉石補天[21]之時，於大荒山無稽崖煉成高經十二丈、方[22]

---

9) 背: 배반하다. 등지다.

10) 半生: 반평생.

11) 罪固不免: 죄(잘못)는 원래 용서를 받지 못하더라도.

12) 不肖: 품행이 나쁘다. 현명하지 않다.

13) 一併: 함께.

14) 泯滅: (형체, 인상, 공적 등이) 소멸하다. 사라지다.

15) 茅椽蓬牖: 띠를 이은 초가집에 쑥대 얽은 창문. 누추한 집.

16) 瓦灶繩床: 질흙으로 만든 부뚜막과 노끈 얽은 침대. 가난한 살림살이.

17) 晨夕風露: 새벽의 이슬과 저녁에 부는 바람.

18) 階柳庭花: 섬돌 위 버드나무와 뜰 안의 꽃들.

19) 文: 고상한 문인들의 필체.

20) 賈雨村(jiǎ yǔ cūn): 사람의 이름. 속된 시골말이란 의미의 '假語村言(jiǎ yǔ cūn yán)'에서 '假語村'의 소리를 빌려 표기한 것이다.

21) 女媧氏煉石補天: 중국 고대신화 중 창세개벽에 관련된 내용. 女神 女媧가 오색 돌로 구멍 난 하늘과 기울어진 땅을 안정시켰다는 내용이다.

22) 方: 사방.

經二十四丈頑石三萬六千五百零一塊。媧皇氏只用了三萬六千五百塊，只單單剩了一塊未用，便棄在此山青埂峰下。誰知此石自經煅煉之後，靈性已通，因見眾石俱得補天，獨自己無材不堪入選，遂自怨自嘆，日夜[23]悲號慚愧。

一日，正當嗟悼之際，俄見一僧一道[24]遠遠而來，生得骨格不凡，豐神迥別，說說笑笑，來至峰下，坐於石邊，高談快論：先是說些雲山霧海、神仙玄幻之事，後便說到紅塵中榮華富貴。此石聽了，不覺打動凡心，也想要到人間去享一享這榮華富貴；但自恨粗蠢，不得已，便口吐人言，向那僧道說道：「大師，弟子蠢物，不能見禮了！適聞二位談那人世間榮耀繁華，心切慕之。弟子質雖粗蠢，性卻稍通；況見二師仙形道體，定非凡品，必有補天濟世[25]之材，利物濟人之德。如蒙發一點慈心，攜帶弟子得入紅塵，在那富貴場中，溫柔鄉裏受享幾年，自當永佩洪恩，萬劫[26]不忘也！」二仙師聽畢，齊憨笑道：「善哉，善哉！那紅塵中有卻有些樂事，但不能永遠依恃；況又有『美中不足[27]，好事多磨[28]』八個字緊相連屬，瞬息間則又樂極悲生，人非物換，究竟是到頭一夢，萬境歸空，倒不如不去的好。」這石凡心已熾，那裏聽得進這話去，乃復苦求再四。二仙知不可強制，乃嘆道：「此亦靜極思動，無中生有之數也！旣如此，我們便攜你去受享受享，只是到不得意時，切莫後悔！」石道：「自然，自然。」那僧又道：「若說你性靈，卻又如此質蠢，並更無奇貴之處。如此也只好踮腳[29]而已。也罷！我如今大施佛法助你助，待劫終之日，復還

---

23) 日夜: 밤낮으로.

24) 一僧一道: 승(大士) 한 명과 도사(眞人) 한 명.

25) 補天濟世: 하늘의 틈 사이를 메우고, 세상을 구제하다.

26) 劫: (불교 용어) 겁. 대단히 긴 시간.

27) 美中不足: 훌륭한 가운데에도 조금 모자라는 것이 있다. 바로 옥에도 티가 있다는 의미이다.

28) 好事多磨: 좋은 일에는 고통이 따른다.

本質，以了此案。你道好否？」 石頭聽了，感謝不盡。那僧便念咒書符，大展幻術，將一塊大石登時變成一塊鮮明瑩潔的美玉，且又縮成扇墜30)大小的可佩可拿。那僧托於掌上，笑道：「形體倒也是個寶物了！還只沒有實在的好處，須得再鐫上數字，使人一見便知是奇物方妙。然後好攜你到那昌明隆盛之邦、詩禮簪纓31)之族、花柳繁華地、溫柔富貴鄉去安身樂業。」 石頭聽了，喜不能禁32)，乃問：「不知賜了弟子那幾件奇處，又不知攜了弟子到何地方？ 望乞明示，使弟子不惑。」 那僧笑道：「你且莫問，日後自然明白的。」 說著，便袖了這石，同那道人飄然而去，竟不知投奔何方何舍。

後來，不知過了幾世幾劫33)，因有個空空道人訪道求仙，從這大荒山無稽崖青埂峰下經過，忽見一大塊石上字跡分明，編述歷歷。空空道人乃從頭一看，原來就是無材補天34)，幻形入世，蒙茫茫大士、渺渺眞人35)攜入紅塵，歷盡離合悲歡36)、炎涼世態的一段故事。後面又有一首偈37)云：

---

29) 跛腳: 절름거리다.

30) 扇墜(shànzhuì): 부채의 손잡이에 단 장식. 반적으로 옥이나 돌로 제작되었다.

31) 詩禮簪纓: 書香門第(학자 또는 선비의 집안)와 官宦家族(관리 집안)을 가리킨다.

32) 喜不能禁: 기쁨을 금치 못하다.

33) 幾世幾劫: 불교의 숙명론적 사상에 의하면, 우주는 형성과 소멸의 끝없는 순환과정을 거친다. 우주가 한 번 형성되면서부터 소멸되기까지의 기간을 '劫'이라 하는데, '몇 세 몇 겁'은 그 경과한 시간이 매우 장구함을 뜻한다. 불교의 유심론적 사상에서는 또 세계가 '虛幻'한 것이라고 믿어, 세계에서 사람이 한평생 사는 것을 '허무하고 환상적인 세계'를 한 번 겪는 것과 같은 것이라고 생각하였다.

34) 無材補天: 하늘을 기울 재간이 없어. 하늘의 구멍을 메울 때 그 쓰임새가 없었다는 뜻이다.

35) 茫茫大士、渺渺眞人: 망망대사와 묘묘진인. 즉, 앞에 나온 스님과 도사를 말한다. 大士는 佛家에서 부처나 보살을 일상적으로 이르는 말이지만 여기서는 불법에 귀의하여 믿음이 두터운 사람을 가리킨다. 眞人은 道家에서 참된 도를 터득한 사람을 일컫는 말로, 주로 호칭으로 사용된다.

36) 離合悲歡: 헤어짐과 만남 그리고 슬픔과 기쁨.

37) 偈(jì): 불가에서의 게. 가타(伽陀). 즉, 불경의 노래가사를 가리킨다. 頌의 뜻인 梵語 'gatha'

無材可去補蒼天, 枉入紅塵若許年。

此係身前身後事, 倩38)誰記去作奇傳?

詩後便是此石墜落之鄉, 投胎39)之處, 親自經歷的一段陳跡故事。其中家庭閨閣瑣事, 以及閑情詩詞倒還全備, 或可適趣解悶; 然朝代年紀、地輿邦國卻反失落無考。

空空道人遂向石頭說道: 「石兄, 你這一段故事, 據你自己說有些趣味, 故編寫在此, 意欲問世傳奇40)。據我看來: 第一件, 無朝代年紀可考; 第二件, 並無大賢大忠理朝廷治風俗的善政, 其中只不過幾個異樣女子, 或情或痴, 或小才微善, 亦無班姑、蔡女41)之德能。我縱抄去, 恐世人不愛看呢!」 石頭笑答道: 「我師何太痴耶! 若云無朝代可考, 今我師竟借漢、唐等年紀添綴, 又有何難? 但我想, 歷來野史42), 皆蹈一轍, 莫如我這不借此套者, 反倒新奇別致。不過只取其事體情理罷了, 又何必拘拘於朝代年紀哉! 再者, 市井俗人喜看理治之書43)者甚少, 愛適趣

를 음역한 '偈陀'의 약자이다.

38) 倩(qìng): (＝請) 청하다.

39) 投胎: 환생하다. 영혼이 모태에 들어가 다시 세상에 태어나는 것을 말한다.

40) 問世傳奇: 기이한 일을 세상에 전하려 하다.

41) 班姑、蔡女: 班姑는 班昭로 동한시기 『漢書』를 집필한 사학자 班固의 여동생으로 박학하여 『한서』 편찬에도 관여하였고, 和帝 때에는 궁정 敎師를 담임하기도 하여 '大家(姑)'라 불리었기에 그녀를 '班姑'라고도 한다. 부녀자의 德의 典範이라고 할 수 있는 『七誡』7篇을 펴냈다. 蔡女는 동한시기 문학가 蔡邕의 딸 蔡文姬를 가리킨다. 그녀는 박학다식함은 물론 음률에도 정통하여 역사상 '才女'로 이름을 날렸다. 두 사람 모두 중국 역사상 재능이 뛰어났던 여자를 대표하는 인물이다.

42) 野史: 일반적으로 관이에 의하여 쓰인 正史와 상대적인 말로 사용되어 개인적으로 기록한 역사류의 글을 말한다. '야사'라는 말은 처음으로 『新唐書‧藝文志』에서 보이며, 이후에 점차 小說家와 함께 언급이 되는 稗官과 같이 사용되면서, '稗官野史'라고 말한다. 여기서는 '소설'의 의미로 사용되었다.

43) 理治之書: 옛날 조정을 관리하고, 풍속을 안정시키는 책. 즉 상류사회의 문인이나 학자들의 立言文이나 상소문 같은 글을 가리킨다.

閑文者特多。歷來野史，或訕謗44)君相，或貶45)人妻女，奸淫凶惡，不可勝數。更有一種風月筆墨46)，其淫穢污臭，屠毒筆墨，壞人子弟，又不可勝數。至若佳人才子47)等書，則又千部共出一套，且其中終不能不涉於淫濫，以致滿紙潘安、子建、西子、文君48)。不過作者要寫出自己的那兩首情詩艷賦來，故假擬出男女二人名姓，又必旁出一小人其間撥亂，亦如劇中之小丑然。且鬟婢開口即者也之乎49)，非文即理。故逐一看去，悉皆自相矛盾、大不近情理之話，竟不如我半世親睹親聞的這幾個女子，雖不敢說強似前代書中所有之人，但事跡原委，亦可以消愁破悶；也有幾首歪詩50)熟話，可以噴飯51)供酒。至若離合悲歡，興衰際遇，則又追蹤躡跡，不敢稍加穿鑿，徒為供人之目而反失其真傳者。今之人，貧者日為衣食所累，富者又懷不足之心；縱然一時稍閑，又有貪淫戀色、好貨尋愁之事，那裏去有工夫看那理治之書！所以我這一段故事，也不願世人稱奇道妙，也不定要世人喜悅檢讀，只願他們當那醉淫飽臥52)之

---

44) 訕謗: 비방하다.

45) 貶(biǎn): (지위나 가치를) 낮추다. 나쁘게 평가하다.

46) 風月筆墨: 원래는 자연경관이나 남녀 간의 애정을 묘사한 글을 말하지만, 여기서는 과장되게 남녀 간의 성적 욕망을 표현한 작품을 가리킨다.

47) 佳人才子: (＝才子佳人) 佳人은 현인이나 군자와 같은 훌륭한 사람을 가리키거나 부인이 남편을 지칭할 때 사용되기도 한다. 才子 역시 뛰어난 사람을 가리킨다. 그러나 여기서는 재주 있는 남자와 아리따운 여자의 쓰였다.

48) 潘安、子建、西子、文君: 대표적인 재자가인들이다. 潘安은 潘安仁을 말하며 晉代 문인으로 유명한 미남자였고, 子建은 曹植의 字로 삼국시대 문학가로 그 재능이 높았던 것으로 유명하다. 西子는 西施를 말하는데 春秋시기에 越나라의 미녀로 이름을 떨쳤다. 文君은 漢代 卓王孫의 딸로, 과부가 된 후 문인 司馬相如와 바람을 피웠다가 후에 정식 부부의 연을 맺은 여성이다.

49) 者也之乎: 之乎者也. 옛날 말투로 쓰인 문장. 케케묵은 지식을 자랑하는 말투.

50) 歪詩: 시의 형식에 맞지 않는 시. 불순한 뜻을 감추고 있는 시. 자신이 지은 시를 겸손하게 일컫는 말.

51) 噴飯: (식사 중 웃음을 참지 못하여) 입속에 있는 밥을 내뿜다. 참지 못하고 웃음을 터뜨리다.

52) 醉淫飽臥: 판본에 따라 ‘醉飽淫臥’, ‘醉餘飽臥’, ‘醉心飽臥’, ‘醉酒飽臥’ 등 여러 설이 있다. 그러나 대부분 ‘취하도록 술을 마시고, 배불리 음식을 먹고 나서 잠시 (누워서) 쉬다’의 뜻으로 사용되었다.

時，或避世[53]去愁之際，把此一玩，豈不省了些壽命筋力？就比那謀虛逐妄，卻也省了口舌是非之害、腿腳奔忙之苦。再者，亦令世人換新眼目，不比那些胡牽亂扯[54]，忽離忽遇，滿紙才人淑女、子建、文君、紅娘、小玉[55]等通共熟套之舊稿。我師[56]意為何如？」

空空道人聽如此說，思忖半晌，將『石頭記』再檢閱一遍，因見上面雖有些指奸責佞、貶惡誅邪之語，亦非傷時罵世之旨；及至君仁臣良、父慈子孝，凡倫常[57]所關之處，皆是稱功頌德，眷眷無窮[58]，實非別書之可比。雖其中大旨談情，亦不過實錄其事，又非假擬妄稱，一味淫邀艷約，私訂偷盟之可比。因毫不干涉時世，方從頭至尾抄錄回來，問世傳奇。從此空空道人因「空」[59]見「色」，由「色」生「情」，傳「情」入「色」，自「色」悟「空」，空空道人遂易名為情僧，改『石頭記』為『情僧錄』。東魯孔梅溪則題曰『風月寶鑒』[60]。後因曹雪芹於悼紅軒中，披閱十載，增刪五

---

53) 避世: 세상을 피해. 간혹 避事로 쓰인 판본도 있다.

54) 胡牽亂扯: 이러쿵저러쿵 제멋대로 허튼소리를 지껄이다.

55) 紅娘、小玉: 紅娘은 唐代 元稹의 『會眞記』(『鶯鶯傳』이라고도 함. 元代에는 王實甫의 『崔鶯鶯待月西廂記』의 잡극으로 개작된다)에 나오는 崔鶯鶯의 몸종(丫鬟)을 가리키고, 小玉은 唐代 蔣防의 『霍小玉傳』에 나오는 여자 주인공의 이름이다.

56) 我師: 상대방을 친근하게 호칭하기 위하여 '우리의 누구누구 또는 나의 누구누구'로 표현하는 것이며, 師는 大師의 줄인 말로, 여기서는 空空道人을 가리킨다.

57) 倫常: 윤리도덕. '倫'은 사람과 사람 사이의 관계와 행위에 대한 준칙인 '인륜'을 말하며, 맹자는 『孟子‧滕文公上』에서 "使契爲司徒, 教以人倫, 父子有親, 君臣有義, 夫婦有別, 長幼有序, 朋友有信"(설로 하여금 사도를 삼아 가르치되 인륜으로 하시니, 부자는 친함이 있으며, 군신은 의가 있으며, 부부는 분별이 있으며, 장유는 차례가 있으며, 붕우는 믿음이 있는 것이다)라고 설명하고 있다. 父子, 君臣, 夫婦, 長幼, 朋友를 일러 '五倫'이라 하고, 변해서는 안 되는 '常道'를 '五常'이라고 한다.

58) 眷眷無窮: 眷眷은 늘 그리워하는 모양. 無窮은 무궁하다. 끝이 없다.

59) 空: 空과 色 그리고 情은 모두 불교용어로, '空'은 천지만물의 본체로 일체가 공허에 종속되고, '色'은 만물의 본체(空)가 한순간 생겨났다가 사라지는 허상(가상. 거짓된 형상)이며, '情'은 바로 '色'과 같은 가상으로부터 발생하는 사랑과 증오와 같은 여러 감정을 말한다.

60) 風月寶鑒: 남녀 사이 애정 이야기의 본보기. 風月은 남녀 사이의 감정(애정)을 말하며, 寶鑒은 값진 거울이라는 뜻으로 본보기라는 의미로 쓰인다. 경거망동한 남녀 사이의 애정에 대해 훈계한다는 의미로 해석하는 사람도 있는데, 간혹 책제목 『紅樓夢』을 대신하기도 한다.

次，纂成目錄，分出章回，則題曰『金陵十二釵』[61]，並題一絕云：

　　滿紙荒唐言，一把辛酸淚！
　　都云作者痴，誰解其中味？

　　出則旣明，且看石上是何故事。按那石上書云：

　　當日地陷東南[62]，這東南一隅有處曰姑蘇[63]，有城曰閶門[64]者，最是紅塵中一二等富貴風流之地。這閶門外有個十里街，街內有個仁清巷，巷內有個古廟，因地方窄狹，人皆呼作葫蘆廟。廟旁住著一家鄉宦，姓甄名費，字士隱。嫡妻封氏，情性賢淑，深明禮義。家中雖不甚富貴，然本地便也推他為望族了。只因這甄士隱稟性恬淡，不以功名為念，每日只以觀花修竹、酌酒吟詩為樂，倒是神仙一流人品。只是一件不足：如今年已半百，膝下無兒，只有一女，乳名英蓮，年方三歲。

　　一日，炎夏永晝，士隱於書房閒坐，至手倦拋書，伏几少憩，不覺朦朧[65]睡去。夢至一處，不辨是何地方。忽見那廂來了一僧一道，且行且

---

61) 金陵十二釵: 금릉은 楚威王 7년(기원전 333년)에 설치된 도시로 지금의 南京市를 가리킨다. 釵는 부녀자들이 머리에 쓰던 장신구로, 이 때문에 옛날에는 여성을 '裙釵' 혹은 '金釵'라고 불렀다. 十二釵는 『古樂府』에는 "머리 위에 금차 12줄"이라고 하여 상투와 같은 머리 위에 비녀를 많이 꽂은 것을 말하였다. 唐代 白居易의 시 「酬牛思黯」에서는 '金釵十二行'을 이용하여 여자들의 서열을 나타냈다. 宋代 沈立은 『海棠百韵』에서 "金釵人十二, 珠履客三千"이라고 하여 분명하게 열두 명의 여자라고 말하였다. 第五回 「冊子」에 쓰여 있는 것처럼 열두 명의 여성 이름으로 보는 것이 마땅하다.

62) 地陷東南: 중국의 땅덩어리가 동남쪽으로 내려앉다. 옛날 중국 신화에 共工과 顓頊이 황제의 자리를 두고 서로 싸우다가, 공공이 화가 나서 不周山을 머리로 들어 박으니 하늘기둥인 天柱가 부러지고 땅이 갈라지면서 하늘은 서북쪽으로 기울고, 땅은 동남쪽으로 꺼지게 되었다. 이 이야기는 『淮南子・天文訓』에 보인다.

63) 姑蘇: 蘇州의 다른 이름으로, 蘇州 서남쪽에 姑蘇山이 있기 때문에 생겨난 말이다.

64) 閶門: 蘇州城의 서북쪽에 있는 문으로, '破楚門'이라고도 부른다. 여기서는 蘇州城을 가리킨다.

65) 朦朧: 모호하다. 어렴풋하다.

談。只聽道人問道:「你攜了這蠢物, 意欲何往?」 那僧笑道:「你放心, 如今現有一段風流公案正該了結。這一干風流冤家[66], 尚未投胎入世。 趁此機會, 就將此蠢物夾帶於中, 使他去經歷經歷。」 那道人道:「原來 近日風流冤孽又將造劫歷世去不成? 但不知落於何方何處?」 那僧笑道: 「此事說來好笑, 竟是千古未聞的罕事: 只因西方靈河岸上三生石[67]畔, 有絳珠草[68]一株, 時有赤瑕宮神瑛侍者[69], 日以甘露灌漑, 這絳珠草便 得久延歲月。後來既受天地精華, 復得雨露滋養, 遂得脫卻草胎木質, 得 換人形, 僅修成個女體, 終日遊於離恨天[70]外, 饑則食蜜青[71]果為膳[72], 渴則飲灌愁海[73]水為湯。只因尚未酬報灌漑之德, 故其五內[74]便鬱結著

---

66) 風流冤家: 서로 매우 사랑하는 남녀. 冤家는 '원수'라는 뜻과 '미워하는 것 같지만 실은 사랑하여 마음속에 번민을 가져오는 사람'이라는 뜻을 가지고 있는 불교에서의 용어이다. 『五燈會元』에는 "불교는 자비스러워, 원수와 우리 편에 평등하다"는 언급이 있다. 후에 '仇人'과 '對頭'로 표현하기도 하는데, 서로 사랑하는 사람과 반대가 되는 애칭이다.

67) 西方靈河岸上三生石: 西方靈河岸은 작자가 가상으로 만들어 낸 신선 세계이다. 서방(西方)이란, 원래 불교의 발원지인 천축(天竺, 고대 印度)을 말한다. 靈河란, 원래 恒河를 가리키며 지금 인도 사람들은 '聖水'라고 부른다. 三生이란, 前生·今生·來生을 말한다. 이것은 불교에서의 '轉世投胎(죽어서 이 세상에 다시 태어나다)'에 대한 설법을 전파하기 위한 구분이다. 三生石이란, 唐代 사람 李源이 승 圓觀과 교분을 나누면서 두 사람의 관계가 자주 절친하였다는 일화에서 나온 말이다. 한번은 원관이 이원에게 "12년 후 중추절에 杭州 천축사 근처에서 우리 서로 만나기로 하지요"라고 말하고는 곧 숨을 거둔다. 후에 이원이 기일에 맞춰 항주에 가서, 우연히 가축을 방목하는 어린아이 하나가 "삼생석 위에서 옛 혼백이, 달구경과 시 짓는 것은 바라지도 않는다네. 미안스럽게도 옛 친구가 멀리서 날 만나러 왔지만, 이 육신은 비록 다르지만 마음만은 항시 가지고 있었다네!"라고 노래 부르는 것을 듣게 된다. 이 목동이 바로 원관의 다시 태어난 몸(後身)이었다. 唐代 袁郊의 『甘澤謠·圓觀』에 이 이야기가 실려 있다. 이후에 이 '三生石'을 이용하여 '인연은 이미 정해져 있다'는 것을 비유한다.

68) 絳珠草: 붉은색 눈물모양의 풀. 絳은 붉은색을 뜻하고, 絳珠는 피눈물을 말한다. 여기서 앞으로 벌어질 비극적 사랑을 암시하고 있다.

69) 神瑛侍者: 신영시자는 바로 여와의 손길로 영험함을 지니게 된 通靈寶玉의 現身이다. 瑛은 '빛나는 옥'이라는 뜻이다.

70) 離恨天: 불경에서 수미산(須彌山)정 가운데 있는 하늘로, 사방에 각각 여덟 개씩 모두 33개의 하늘이 있다고 한다. 민간전설에 33개 天이(하늘)중에서 이별의 한을 하는 하늘이 가장 높고, 404개 病중에서 상대방을 그리워하는 병이 가장 고통스럽다는 말이 있다. 후에 남녀가 생이별을 하여 평생토록 한을 품는 지경을 비유한다.

71) 蜜青: (= 秘情) 애끓는 정.

72) 膳: 식사.

一段纏綿不盡[75]之意。恰近日這神瑛侍者凡心偶熾，乘此昌明太平朝世，意欲下凡造歷幻緣，已在警幻仙子[76]案前掛了號[77]。警幻亦曾問及，灌溉之情未償，趁此倒可了結的。那絳珠仙子道：『他是甘露之惠，我並無此水可還。他旣下世為人，我也去下世為人，但把我一生所有的眼淚還他，也償還得過他了。』因此一事，就勾出多少風流冤家來，陪他們去了結此案。」那道人道：「果是罕聞。實未聞有『還淚』之說。想來這一段故事，比歷來風月事故更加瑣碎細膩[78]了。」那僧道：「歷來幾個風流人物，不過傳其大概以及詩詞篇章而已；至家庭閨閣中一飲一食，總未述記。再者，大半風月故事，不過偷香竊玉[79]，暗約私奔而已，並不曾將兒女之眞情發泄一二。想這一干[80]人入世，其情痴色鬼、賢愚不肖[81]者，悉與前人傳述不同矣！」那道人道：「趁此你我何不也去下世度脫[82]幾個，豈不是一場功德？」那僧道：「正合吾意。你且同我到警幻仙子宮中，將蠢物交割清楚，待這一干風流孽鬼下世已完，你我再去。如今雖已有一半落塵，然猶未全集。」道人道：「旣如此，便隨你去來。」

卻說甄士隱俱聽得明白，但不知所云「蠢物」係何東西。遂不禁上前施禮，笑問道：「二仙師請了。」那僧道也忙答禮相問。士隱因說道：「適

---

73) 灌愁海: 수심을 부어 넣는다. 즉, 근심 걱정이 심각하다.

74) 五內: 心臟, 肝臟, 脾臟, 肺臟, 腎臟 등 五臟을 말한다. 또한 '마음속 깊은 곳'을 의미하기도 한다.

75) 纏綿不盡: 끝없이 병이나 감정 등에 사로잡혀 있다.

76) 警幻仙子: 太虛幻境(아주 헛되고 텅 빈 환상적인 경계)의 주관자로, 인간 세상의 애정문제를 맡아보는 선녀이다.

77) 掛了號: 신청하다. 접수시키다. 등록하다.

78) 瑣碎細膩: 瑣碎는 자질구레하고 번거롭다. 細膩는 세밀하다.

79) 偷香竊玉: 남녀가 몰래 정을 통하다. 사통하다.

80) 一干: (어떤 사건과 관련이 있는) 일련의. 한 무리의.

81) 不肖: 옛날 부친의 가업을 계승하지 못하는 아들을 가리킨다.

82) 度脫: (불교 용어) 가장 높은 경지의 해탈을 가리킨다.

聞仙師所談因果，實人世罕聞者。但弟子愚濁，不能洞悉[83]明白，若蒙大開痴頑，備細一聞，弟子則洗耳諦聽[84]，稍能警省，亦可免沉倫[85]之苦。」二仙笑道：「此乃玄機[86]不可預泄者。到那時，只不要忘了我二人，便可跳出火坑[87]矣。」士隱聽了，不便再問，因笑道：「玄機不可預泄，但適云『蠢物』，不知為何，或可一見否？」那僧道：「若問此物，倒有一面之緣。」說著，取出遞與士隱。士隱接了看時，原來是塊鮮明美玉，上面字跡分明，鑴著「通靈寶玉」四字，後面還有幾行小字。正欲細看時，那僧便說：「已到幻境！」便強從手中奪了去，與道人竟過一大石牌坊，上書四個大字，乃是「太虛幻境」[88]，兩邊又有一幅對聯，道是：

假作真時真亦假，無為有處有還無。

士隱意欲也跟了過去，方舉步時，忽聽一聲霹靂，有若山崩地陷。士隱大叫一聲，定睛一看，只見烈日炎炎，芭蕉冉冉[89]，所夢之事，便忘了大半。又見奶母正抱了英蓮走來。士隱見女兒越發生得粉妝玉琢，乖覺可喜，便伸手接來，抱在懷內，逗他玩耍一回，又帶至街前，看那過會[90]的熱鬧。方欲進來時，只見從那邊來了一僧一道：那僧則癩頭跣腳，那道則跛足蓬頭，瘋瘋癲癲，揮霍[91]談笑而至。及至到了他門前，看見

---

83) 洞悉: 꿰뚫어 분명하게 알다.

84) 洗耳諦聽: 귀를 씻고 자세하게 듣다. 마음을 쏟아 가르침을 받다. 洗耳恭聽(귀를 씻고 공손하게 듣다)과 같은 의미로 사용한다. 諦는 '찬찬히', '상세히'의 뜻.

85) 沉倫: (고통과 죄악에) 빠지다. 타락하다.

86) 玄機: (＝天機) (도가 용어) 현묘한 이치. 玄微하고 奧妙한 도리를 말한다.

87) 火坑: 불구덩이. 지극히 비참한 생활환경을 뜻한다.

88) 太虛幻境: 작자가 임의로 만들어 낸 仙境(신선의 세계). 太虛는 헛되고 텅 빈 상태를 말한다.

89) 冉冉: (털이나 나뭇가지 또는 잎 따위가) 부드럽게 아래로 드리운 모양. 한들거리는 모양. 천천히 움직여 나아가는 모양.

90) 過會: (축제날에) 거리에서 줄지어 행진하다.

士隱抱著英蓮，那僧便大哭起來，又向士隱道:「施主，你把這有命無運92)，累及爹娘之物，抱在懷內作甚?」士隱聽了，知是瘋話93)，也不去睬他。那僧還說:「捨我罷，捨我罷!」士隱不耐煩，便抱女兒撤身進去，那僧乃指著他大笑，口內念了四句言詞道:

　　　　慣養嬌生笑你癡，菱花空對雪澌澌94)。
　　　　好防佳節元宵後，便是煙消火滅時。

　　士隱聽得明白，心下猶豫，意欲問他們來歷。只聽道人說道:「你我不必同行，就此分手，各幹營生去罷。三劫後，我在北邙山95)等你，會齊了同往太虛幻境銷號。」那僧道:「最妙，最妙!」說畢，二人一去，再不見個踪影了。士隱心中此時自忖: 這兩個人必有來歷，該試一問，如今悔卻晚也!

---

91) 揮霍: 揮攉와 같은 의미로 사용하는데, 揮는 손을 흔드는 것(搖手)을, 攉은 손바닥을 뒤집는 것(反手)을 뜻한다. '돈을 물 쓰듯 헤프게 쓰다', '가볍게 너울거리다', '(동작이) 민첩한 모양', '분방하다' 등 여러 의미가 있지만, 여기서는 '마음 내키는 대로, 소탈하게, 태연하게'의 뜻으로 사용되었다.

92) 有命無運: 명은 있으되 운이 없어 평생 행운이 사리에 어긋나게 비정상적으로 역행하여 처하는 상황이 매우 불쌍하다. 옛날의 '算命(운명을 점치는 것)'을 말한다. 사람이 태어난 연월일시를 그것이 속한 12干支와 金·木·水·火·土의 五行의 生剋관계를 이용하여 사람의 길흉화복을 예측하는 것이다. 사람의 일생의 좋고 나쁨 상황을 '命'이라 하고, 일정한 짧은 시간 동안의 만남을 '運'이라고 한다.

93) 瘋話: 미친 소리. 정신 나간 소리. 망언.

94) 菱花空對雪澌澌: 英蓮이 薛蟠에 의하여 강제로 妾이 되는 불행한 처지를 당하게 되는 것을 비유하고 있다. 菱花는 후에 영련이 이름을 香菱(＝淩)으로 바꾸기 때문에 나온 말이고, 원래 마름꽃을 말한다. 마름은 진흙 속에 뿌리를 박고, 줄기는 물속에서 가늘고 길게 자라 물 위로 나오며 깃털 모양의 물속뿌리가 있다. 잎은 줄기 꼭대기에 뭉쳐나고 삼각형이며, 잎자루에 공기가 들어 있는 불룩한 부낭이 있어서 물 위에 뜬다. 여름에 흰 꽃이 피는데 여기서는 바로 영련이 때를 제대로 만나지 못하여 원래의 배우자가 아닌 다른 사람과 만나 불행하게 된다는 것을 나타내고 있다. 澌澌는 '司司'의 발음으로 눈이 내리는 소리를 뜻한다. 雪(雪xuě,xuè)은 '薛蟠'의 '薛(xuē)'과 동음이다.

95) 北邙山: 묘지. 지금은 河南省 洛陽 북쪽에 있는 산의 이름이다. 東漢과 北魏 때 王侯와 公卿들이 모두 이곳에 묻혀, 이후로는 墓地를 뜻하는 말로 사용되고 있다. '北芒山'이라고도 쓴다.

這士隱正痴想，忽見隔壁葫蘆廟內寄居的一個窮儒──姓賈名化，字表時飛，別號雨村者走了出來。這賈雨村原係胡州人氏，也是詩書仕宦之族，因他生於末世，父母祖宗根基已盡，人口衰喪，只剩得他一身一口，在家鄉無益，因進京求取功名，再整基業。自前歲來此，又淹蹇[96]住了，暫寄廟中安身，每日賣字作文為生，故士隱常與他交接。當下雨村見了士隱，忙施禮陪笑道：「老先生倚門佇望，敢是街市上有甚新聞否？」士隱笑道：「非也。適因小女啼哭，引她出來作耍，正是無聊之甚，兄來得正妙，請入小齋一談，彼此皆可消此永晝。」說著，便令人送女兒進去，自與雨村攜手來至書房中。小童獻茶。方談得三五句話，忽家人飛報：「嚴老爺來拜。」士隱慌得忙起身謝罪道：「恕誑駕[97]之罪！略坐，弟即來陪。」雨村忙起身亦讓道：「老先生請便，晚生乃常造之客，稍候何妨。」說著，士隱已出前廳去了。

這裏雨村且翻弄書籍解悶。忽聽得窗外有女子嗽聲，雨村遂起身往窗外一看，原來是一個丫鬟，在那裏擷花。生得儀容不俗，眉目清明，雖無十分姿色，卻有動人之處。雨村不覺看得呆了。那甄家丫鬟擷了花，方欲走時，猛抬頭見窗內有人，敝巾舊服，雖是貧窘，然生得腰圓背厚，面闊口方；更兼劍眉星眼，直鼻權腮[98]。這丫鬟忙轉身迴避，心下乃想：「這人生的這樣雄壯，卻又這樣襤褸，想他定是我家主人常說的甚麼賈雨村了，每有意幫助周濟[99]，只是沒甚機會。我家並無這樣貧窮親友，想定

---

96) 淹蹇: 어쩔 수 없이 어렵고 힘든 상황(처지)에 놓이다. 여기서는 '(장애로) 지체하다'의 뜻으로 쓰였다.

97) 誑駕: 손님을 청해 놓고 손님을 접대할 수 없는 사정이 생겨 손님에게 양해를 구할 때 사용하는 말. 誑은 '誆'으로도 쓰이며, '기만하다', '속이다'의 뜻을 가지고 있다. 駕는 손님에 대한 존칭이다.

98) 權腮: 權骨腮라고도 하는데, 사람의 키와 골격이 크면 옛사람들은 귀한 모습(貴相)이라 여겼다. 沈括의 『夢溪筆談』에 보면 "公滿面權骨, 不十年必總樞柄(당신의 얼굴과 골상을 보니, 10년이 되기 전에 반드시 나라의 가장 중요한 부분을 다스리겠군요)"라는 내용이 있다.

99) 幫助周濟: 물질적으로뿐만 아니라 여러모로 도와주다.

是此人無疑了。怪道又說他必非久困之人。」 如此想來，不免又回頭兩次。雨村見她回了頭，便自謂這女子心中有意於他，便狂喜不盡，自謂此女子必是個巨眼英雄100)，風塵101)中之知己102)也。一時小童進來，雨村打聽得前面留飯，不可久待，遂從夾道中自便出門去了。士隱待客既散，知雨村自便，也不去再邀。

一日，早又中秋佳節。士隱家宴已畢，乃又另具一席於書房，卻自己步月至廟中來邀雨村。原來雨村自那日見了甄家之婢曾回顧他兩次，自謂是個知己，便時刻放在心上。今又正值中秋，不免對月有懷，因而口占五言一律103)云：

未卜三生願104)，頻105)添一段愁。

悶來時斂額106)，行去幾回頭。

自顧風前影，誰堪月下儔107)？

蟾光如有意，先上玉人樓108)。

---

100) 巨眼英雄: 널리 앞을 내다볼 수 있는 능력을 가진 인물. 안목이 있는 사람.

101) 風塵: 어지럽고 소란스러운 속세. 여기서는 특히 집을 떠나 여행을 하면서 간난하고 고생스러운 상황에 처해 있는 현실 상황을 뜻하기도 한다.

102) 知己: 절친하여 막역한 친구. 여기서는 나 자신을 알아(이해하여)주는 인물.

103) 口占五言一律: 口占은 입에서 나오는 대로 읊조리다.(= 口號) 五言一律이란, 구마다 다섯 글자로 이루어진 律詩 한 수를 말한다.

104) 未卜三生願: 未卜란 앞을 예지할 수 없음을 나타낸다. 詩 전체의 내용은 상대방과 함께 결혼을 하는 혼인의 연분이 실현될 수 있을지 알 수 없음을 안타까워하는 것이다.

105) 頻: (= 屢屢. 時時) 자주. 항상.

106) 斂額: 이마를 수축시키다. 여기서는 '눈살이나 미간을 찌푸리다'의 뜻이다.

107) 自顧風前影, 誰堪月下儔: 自顧風前影은 顧影自憐의 의미를 가지고 있고, 堪은 가능할까? 月下儔는 달 아래에서 짝하다. 벗하다. 즉, 결혼하여 부부가 되는 것을 말한다. 당나라 때 韋固라는 사람이 宋城에서 우연히 노인 한 분이 달빛 아래에서 세상의 혼인에 대한 책을 살펴보고 있는 것을 보게 되는데, 자루에는 또한 붉은 끈이 있어 이것으로 남녀의 발을 묶게 되면 두 사람은 반드시 부부가 된다고 한다. 이 이야기는 李復言의 『續玄怪錄』에 기재되었다. 이후에 혼인을 주관하는 신을 '月下老人' 또는 '月老'라 하는 까닭도 여기에 있으며, 중매하는 사람을 가리키기도 한다. 여기서 儔는 '반려자'를 가리킨다.

雨村吟罷，因又思及平生抱負苦未逢時，乃又搔首對天長嘆，復高吟一聯云：

　　玉在匵中求善價，釵於奩內待時飛[109]。

　　恰值士隱走來聽見，笑道：「雨村兄眞抱負不淺也！」雨村忙笑道：「不過偶吟前人之句，何敢狂誕至此！」因問：「老先生何興至此？」士隱笑道：「今夜中秋，俗謂『團圓之節』，想尊兄旅寄僧房，不無寂廖之感，故特具小酌，邀兄到敝齋一飮，不知可納芹意[110]否？」雨村聽了，並不推辭，便笑道：「旣蒙厚愛，何敢拂此盛情。」說著，便同士隱復過這邊書院中來。

　　須臾茶畢，早已設下杯盤，那美酒佳肴，自不必說。二人歸坐，先是款斟漫飮，次漸談至興濃，不覺飛觥限斝[111]起來。當時街坊上家家簫管，

---

108) 蟾光如有意，先上玉人樓: 蟾光이란 달빛을 말한다. 尾聯은 전체적으로 '달빛이 진정 감정이 있다면, 여인이 있는 곳을 먼저 비추어 주었으면' 하는 바람을 나타내고 있다. 어떻게 보면 자신이 과거에 급제하면 반드시 먼저 여인이 있는 곳을 찾아가서 청혼을 하겠다는 의미로 생각할 수 있다. 玉人樓란, 아리따운 사람이 기거하는 장소를 말하며, 여기서 玉人은 바로 嬌杏을 가리킨다.

109) 玉在匵中求善價，釵於奩內待時飛: 여기서 賈雨村은 스스로를 玉(구슬)과 釵(비녀)에 비유하여, 자신을 알아주기를 시도하고 또한 벼락출세하기를 바란다는 내용이다. 上句에서 美玉이 상자 속에 감추어져 있으면서 좋은 값에 팔리기를 바란다는 내용은 재간이 있는 사람이 출세할 기회를 기다린다는 뜻이고, 下句에서 옥으로 만든 비녀는 거울함 속에 놓여 있는데 때를 기다렸다가 그날이 오면 세상에 나와 빛을 발할 것이라는 내용은 지금은 비록 평범한 삶을 살고 있지만 언제든 높은 관직에 나갈 때가 올 것이며 지금은 그때를 기다리고 있다는 뜻이다. 漢武帝(기원전 141년~기원전 87년 재위) 元鼎 元年(기원전 116년) 神女 하나가 玉釵(옥비녀) 하나를 남겨 놓았는데, 昭帝(기원전 87년~기원전 74년 재위) 때 어떤 사람이 몰래 그 함을 열어 보니 옥비녀는 보이지 않고 단지 하얀 제비 한 마리가 안에서 날아 나오고는 이내 하늘로 높이 날아 올라갔다고 한다. 이 이야기는 郭憲이 편찬한 『洞冥記』에 실려 있다. 匵은 櫝(dú)과 같은 의미로 쓰였고, 奩(lián)은 화장 상자로, 옛날에는 뚜껑을 열어서 뒤집으면 거울이 되는 것이 많았다.

110) 芹意: 조그만 마음의 표시. 옛날에 어떤 이가 芹菜의 맛이 너무나 좋아 마을 부호에게 권하였더니 그 부호는 맛을 본 연후에 오히려 맛이 없다고 느꼈다고 한다. 이 이야기는 『列子·楊朱篇』에 실려 있다. 후에 사람들은 '獻芹' 또는 '芹意'를 사용하여 선물을 보내거나 손님을 청하는 겸어로 사용한다. 寸心와 寸志 그리고 微衷과 같은 뜻으로 쓰인다.

111) 飛觥限斝: 손님과 주인이 술을 마시면서 매우 정겨운 모습. 觥과 斝는 모두 고대에 사용하던 술잔이다. 飛觥은 술잔을 흔들다. 限斝는 (주령을 하면서) 술을 마시는 양을 정하다.

戶戶弦歌。當頭一輪明月，飛彩凝輝，二人愈添豪興，酒到杯乾。雨村此時已有七八分酒意，狂興不禁，乃對月寓懷，口號一絕云：

時逢三五[112]便團圓，滿把晴光護玉欄[113]。
天上一輪才捧出，人間萬姓仰頭看[114]。

士隱聽了，大叫：「妙哉！吾每謂兄必非久居人下者，今所吟之句，飛騰之兆已見，不日可接履於雲霓之上[115]矣。可賀！可賀！」乃親斟一斗爲賀。雨村因乾過，嘆道：「非晚生酒後狂言，若論時尚之學[116]，晚生也或可去充數沽名，只是目今行囊、路費一概無措，神京路遠，非賴賣字撰文卽能到者。」士隱不待說完，便道：「兄何不早言。愚每[117]有此心意，但每遇兄時，兄並未談及，愚故未敢唐突[118]。今旣及此，愚雖不才，『義利』二字[119]卻還識得。且喜明歲正當大比，兄宜作速入都，春闈[120]

酒令이란, 옛날 술자리의 흥을 돋우기 위한 罰酒 놀이를 말한다.

[112] 三五: 3×5 = 15. 음력으로 15일을 가리킨다.

[113] 滿把晴光護玉欄: 滿把는 가득 쥐다. 晴光은 휘영청 밝은 달빛. 護玉欄은 옥석으로 만든 난간을 감싸주다.

[114] 天上一輪才捧出, 人間萬姓仰頭看: 다음의 이야기에 근거하고 있다. 宋代 陳師道의 『後山詩話』를 보면 趙匡胤(宋太祖)이 아직 등극하지 않았을 때, 「咏月」이라는 시를 지어 徐鉉에게 보여 준 일이 있다. 서현은 '未離海底千山黑, 才到中天萬國明(바다 밑을 떠나기 전에는 온 세상이 어둡지만, 하늘 중앙에 이르면 온 세상이 밝아지네)'라는 두 구절을 읽고는 그에게서 제왕의 징조가 이미 나타나고 있음을 느꼈다고 한다. 賈雨村의 이 시구에서 이와 같은 그의 웅대한 포부를 서술하자, 甄士隱은 그에게 '飛騰之兆'가 이미 보인다고 말하게 되는 것이다.

[115] 接履於雲霓之上: 接履는 한 발 한 발. 雲霓는 높은 지위.

[116] 時尚之學: 당시 사람들이 숭상하는 학문. 여기서는 명대와 청대에 과거시험에 필요했던 '八股文'과 '試帖詩' 등을 가리킨다.

[117] 每: (＝久)

[118] 唐突: 거스르다. 저촉하다.

[119] 『義利』二字: 義는 '道義'를, 利는 '功利'를 뜻한다. 여기서는 '돈과 재물'을 가리킨다. 『論語・里仁』을 보면 "君子喩於義, 小人喩於利(군자는 정의를 밝히어 이해하고 소인은 이익을 표준으로 하여 이해한다)"고 하였다.

[120] 春闈: 明淸代의 과거제도를 보면, 시험은 3등급으로 나누어진다. 제1급은 院試로 府縣의

一戰，方不負兄之所學也。其盤費餘事，弟自代為處置，亦不枉兄之謬識矣！」當下卽命小童進去，速封五十兩白銀，並兩套冬衣。又云：「十九日乃黃道之期，兄可卽買舟西上，待雄飛高舉，明冬再晤，豈非大快之事耶？」雨村收了銀衣，不過略謝一語，並不介意，仍是吃酒談笑。那天已交三鼓，二人方散。

士隱送雨村去後，回房一覺，直至紅日三竿方醒。因思昨夜之事，意欲再寫兩封薦書，與雨村帶至神都，使雨村投謁個仕宦之家，為寄足之地。因使人過去請時，那家人去了回來說：「和尚說，賈爺今日五鼓已進京去了，也曾留下話與和尚轉達老爺，說『讀書人不在黃道黑道[121]，總以事理為要，不及面辭了。』」士隱聽了，也只得罷了。

眞是閑處光陰易過，倏忽[122]又是元宵佳節[123]矣。士隱命家人霍啟抱了英蓮去看社火花燈[124]，半夜中，霍啟因要小解，便將英蓮放在一家

童生(열대여섯 이하의 남자아이)들이 시험을 치르며, 합격하면 '生員(秀才라고도 함)'이 된다. 제2급은 省마다 각 성의 생원들이 시험을 치르며, 합격을 하게 되면 '擧人'이 된다. 제3급은 '會試'로 전국의 거인들이 시험에 참여하며 합격한 사람은 '貢士'가 된다. 貢士가 다시 '殿試(궁전의 大殿에서 거행하며 황제가 친히 주지하는 시험)'에 합격을 하게 되면 '進士'의 신분이 된다. 鄕試(제1급에서 제2급까지)와 會試(제3급)는 3년에 한 번 거행되며, '大比'라고도 부른다. 향시는 가을에 있기 때문에 '秋闈'라고 하며, 회시는 봄에 치르기 때문에 '春闈'라고 한다. 闈는 고사(시험)장을 뜻하며, 여기서 大比는 會試를 가리킨다.

121) 黃道黑道: 중국에서 고대 천문학을 이르는 말. 황도는 태양으로 吉(길복)을 주관하고, 흑도는 달로 凶(흉재)을 주관한다고 여겼다. 『漢書·藝文志』를 살펴보면 "日有中道", "中道者黃道，一曰光道"와 "月有九行者，黑道二"라는 말이 있다. 후에 별점을 믿는 사람들은 매일의 干支와 陰陽을 가지고 황도와 흑도로 구분하였는데, 황도는 좋은 날이므로 중대한 일을 행하면 성공하고, 흑도는 나쁜 날이므로 중대한 일을 하면 실패하거나 해를 입게 된다고 믿었다.

122) 倏忽: 어느덧. 별안간.

123) 元宵佳節: 음력 정월 대보름. 이날 특별히 소가 들어 있는 새알심 모양의 식품을 먹는다.

124) 社火花燈: 元宵節의 등불. 元宵節은 上元節 또는 元夕節이라고 부른다. 元宵는 음력 1월 15일 새해 첫 보름달이 뜬 밤에 중국 민간에서는 역대로 色燈을 거는 습관이 있어 '燈節'이라고도 하였다. 이날 밤 사람들은 모두 집에서 나와 새해 첫 보름달과 등불을 구경하고 여러 가지 간식용 과자에 속을 하고 겉은 찹쌀가루를 발라 둥글게 만들어 익힌 元宵(남방에서는 湯圓 또는 湯團이라고 함)를 먹었다. 즉, 燈을 걸어 '與民同樂'과 '天下太平'을 기원하고, 元宵를 먹으면서 '온 가족이 모여 화목하게 지냄'을 소망하였다. 社는 제삿날 또

門檻上坐著。待他小解完了來抱時，那有英蓮的踪影？急得霍啟直尋了半夜，至天明不見。那霍啟也就不敢回來見主人，便逃往他鄉去了。那士隱夫婦，見女兒一夜不歸，便知有些不妥，再使幾人去尋找，回來皆云連音響皆無。夫妻二人，半世只生此女，一旦失落，豈不思想，因此晝夜啼哭，幾乎不曾尋死。看看的一月，士隱先就得了一病。當時，封氏孺人[125]也因思女構疾，日日請醫療治。

　　不想這日三月十五，葫蘆廟中炸供[126]，那些和尚不加小心，致使油鍋火逸，便燒著窗紙。此方人家多用竹籬木壁者，大抵也因劫數，於是接二連三，牽五挂四，將一條街燒得如火焰山一般。彼時雖有軍民來救，那火已成了勢，如何救得下！直燒了一夜，方漸漸熄去，也不知燒了多少家。只可憐甄家在隔壁，早已燒成一片瓦礫場[127]了，只有他夫婦並幾個家人的性命不曾傷了。急得士隱惟跌足長嘆而已。只得與妻子商議，且到田莊上去安身。偏值近年水旱不收，鼠盜[128]蜂起，無非搶田奪地，鼠竊狗偷，民不安生，因此官兵剿捕[129]，難以安身。士隱只得將田莊都折變了，便攜了妻子與兩個丫鬟投他岳丈家去。

　　他岳丈名喚封肅，本貫大如州人氏，雖是務農，家中都還殷實。今見女婿這等狼狽[130]而來，心中便有些不樂。幸而士隱還有折變田地的銀子

는 명절 당일을 가리킨다. 옛날 지신께 제사를 지내는 날은 봄과 가을로 나누어져, 立春을 지나 다섯 번째 되는 戊가 春社이고, 立秋를 지나 다섯 번째 되는 戊가 秋社이다. 社火란, 원소절 당일 벌어지는 각종 연예활동을 말한다. 花燈이란, 음력 1월 15일 원소절에 행해지던 꽃등을 거는 풍속을 가리킨다.

125) 孺人: 明淸代에 7품 관리의 모친이나 아내에게 내려주는 官爵. 옛날 통용되는 婦人에 대한 존칭이다.

126) 炸供: 기름으로 튀겨서 신께 바친 식품.

127) 瓦礫場(wǎlìchǎng): (깨어진) 기와조각과 벽돌 부스러기와 같은 쓸모없는 물건이 쌓여 있는 속.

128) 鼠盜: 쥐 같은 좀도둑. 鼠竊狗盜(쥐와 개처럼 좀도둑질하다)에서 나온 말.

129) 剿捕(jiǎobǔ): 토벌하여 체포하다.

未曾用完，拿出來托他隨分就價，薄置些須[131]房地，為後日衣食之計。那封肅便半哄半賺[132]，些須與他些薄田朽屋[133]。士隱乃讀書之人，不慣生理[134]稼穡[135]等事，勉強支持了一二年，越覺窮了下去。封肅每見面時，便說些現成話[136]，且人前人後又怨他們不善過活，只一味好吃懶作等語。士隱知投人不著，心中未免悔恨，再兼上年驚唬，急忿怨痛，已傷暮年之人，貧病交攻，竟漸漸露出那下世[137]的光景來。

可巧這日挂了拐杖，掙挫到街前散散心時，忽見那邊來了一個跛足道人，瘋癲[138]落脫[139]，麻屣鶉衣，口內念著幾句言詞，道是：

世人都曉神仙好，惟有功名忘不了。
古今將相在何方？ 荒塚一堆草沒了！
世人都曉神仙好，只有金銀忘不了。
終朝只恨聚無多，及到多時眼閉了！
世人都曉神仙好，只有姣妻忘不了。
君生日日說恩情，君死又隨人去了！
世人都曉神仙好，只有兒孫忘不了。
痴心父母古來多，孝順兒孫誰見了？

---

130) 狼狽: (＝進退維谷) 궁지에 빠져 있다. 매우 난처하다.

131) 些須: 조금쯤의. 대수롭지 않은.

132) 半哄半賺: 속여서 어느 정도의 이익을 챙기고는.

133) 薄田朽屋: 메마른 밭과 낡아서 쓰지 못하는 집.

134) 生理: 살아갈 방도 또는 생활.

135) 稼穡: 파종과 수확. 즉, '농사일'을 말한다.

136) 現成話: 방관자의 무책임한 발언 또는 비평.

137) 下世: 사망하다.

138) 瘋癲: 미치다. 실성하다.

139) 落脫: 제멋대로.

士隱聽了，便迎上來道：「你滿口說些甚麼？ 只聽見些『好』、『了』、『好』、『了』。」 那道人笑道：「你若果聽見『好』、『了』二字，還算你明白。可知世上萬般，好便是了，了便是好。若不了，便不好；若要好，須是了。我這歌兒，便名『好了歌』。」 士隱本是有宿慧[140]的，一聞此言，心中早已徹悟[141]。因笑道：「且住！待我將你這『好了歌』解注出來何如？」道人笑道：「你解，你解。」 士隱乃說道：

陋室空堂，當年笏滿床[142]，衰草枯楊，曾為歌舞場。蛛絲兒結滿雕梁，綠紗今又糊在蓬窗上。說甚麼脂正濃、粉正香，如何兩鬢又成霜？昨日黃土隴頭[143]送白骨，今宵紅燈帳底臥鴛鴦。金滿箱，銀滿箱，展眼乞丐人皆謗。正嘆他人命不長，那知自己歸來喪！訓有方，保不定日後作強梁[144]。擇膏粱[145]，誰承望流落在煙花巷[146]！因嫌紗帽小，致使鎖枷扛。昨憐破襖寒，今嫌紫蟒[147]長。亂烘烘你方唱罷我登場，反認他鄉是故鄉。甚荒唐，到頭來都是為他人

---

140) 宿慧: (불교 용어) 일상적인 사람의 생각을 초월한 지혜. 이러한 지혜는 宿世(前世)로부터 가져온 것이라고 여겼다.

141) 徹悟: (불교 용어) 大徹大悟의 줄인 말. 세상의 이치를 모두 간파하여 얻는 깨달음의 경지.

142) 笏滿床: 笏은 고대 중국에서는 신하들이 정사를 의논하기 위하여 조정에 나가 임금을 배알할 때, 손에 상아 혹은 나무나 대나무 조각으로 된 좁고 긴 판자를 말한다. 간혹 손에 들고 있다가 중요한 일을 기록할 필요가 있을 경우에는 임시로 여기에 기록을 하기도 하였다고 한다. 집안에 고위관직에 있는 사람이 많음을 형용하고 있다.

143) 黃土隴頭: 隴은 밭 중에서 높은 땅으로, '무덤'을 가리킨다.

144) 強梁: (＝橫覇) 횡포하다. 여기서는 강도를 가리킨다.

145) 擇膏粱: 부귀한 집 자제를 사위로 선발한다는 뜻이다. 여기서 膏는 지방, 즉 기름을 뜻하고, 粱은 정선한 쌀을 의미한다. 따라서 膏粱은 정선되고 아름답게 차린 음식(기름진 고기와 차진 곡식)으로 '膏粱子弟(부잣집 자제)'의 줄임말이다.

146) 煙花巷: 옛날 기생집들이 밀집되어 있던 곳. 煙花는 歌妓(노래를 부르는 기생)와 娼妓(몸을 파는 매춘부)를 말한다.

147) 紫蟒: 자주색의 망포(명청대 대신들이 입던 예복으로 황금색의 이무기를 수놓은 것이다). 옛날 중국의 관리들은 등급에 따라 각기 다른 색깔의 관복을 입었는데, 당나라 때에는 친왕(親王, 황제의 친속들에게 봉해진 작위)과 3품의 관리는 자주색(紫色)의 관복을 착용하였다.

作嫁衣裳!

那瘋跛道人聽了，拍掌笑道：「解得切！解得切！」士隱便說一聲「走罷!」 將道人肩上褡褳[148]搶了過來背著， 竟不回家， 同了瘋道人飄飄而去。當下烘動街坊， 眾人當作一件新聞傳說。封氏聞得此信， 哭個死去活來[149]，只得與父親商議，遣人各處訪尋，那討音信？ 無奈何，少不得依靠著她父母度日。幸而身邊還有兩個舊日的丫鬟伏侍，主僕三人，日夜作些針線發賣，幫著父親用度[150]。那封肅雖然日日抱怨，也無可奈何了。

這日，那甄家大丫鬟在門前買線，忽聽街上喝道之聲，眾人都說新太爺到任。丫鬟於是隱在門內看時，只見軍牢快手[151]一對一對的過去。俄而大轎抬著一個烏帽猩袍的官府過去。丫鬟倒發了個怔，自思：「這官好面善，倒像在那裏見過的?」於是進入房中，也就丟過，不在心上。至晚間，正該歇息之時，忽聽一片聲打得門響，許多人亂嚷說：「本府太爺差人來傳人問話!」 封肅聽了， 唬[152]得目瞪口呆[153]， 不知有何禍事。且聽下回分解。

---

148) 褡褳(dālián): 纏帶 또는 肩帶. 중간을 열 수 있고 양쪽 끝에 돈과 같은 물건을 넣을 수 있는 네모난 주머니. 작은 것(纏帶)은 허리에 찰 수 있으며, 큰 것(肩帶)은 어깨에 멜 수 있다.

149) 死去活來: 죽었다가 살아나다. 여기서는 극도의 슬픔 때문에 죽었다가 살아났다고 느낄 정도의 애통함으로 생각하는 것도 바람직하지만, 주위의 시선도 아랑곳하지 않고 자신의 체면이고 뭐고 돌보지 않고 애절하게 우는 상황으로 연상하는 것도 좋을 듯하다.

150) 用度: (생활필수품 등을 구입하는 등 생활을 위한) 지출.

151) 軍牢快手: 옛날 관리 밑에서 죄인을 쫓고 체포하며, 관할지를 방위하고 형을 집행하는 관청의 종복을 가리킨다. 관리가 순시 또는 행차를 할 때면, 보통 그들의 앞에서는 소리쳐 길을 열면서(선도하면서) 뒤에서는 그들을 보호하는 등, 위세를 나타내어 보인다.

152) 唬: 사전적 의미로는 (허세를 부리거나 사실을 과장하여 남을) 위협하거나 공갈 또는 협박하여 놀라게 하는 행위로 쓰이고 있지만, 여기서는 본인이 '놀라서'로 해석하는 것이 좋겠다.

153) 目瞪口呆: (어안이 벙벙하여) 눈을 크게 뜨고, 입을 벌리다. 놀란 모습을 형용하고 있다.

* 생각해 봅시다 *

1. 『紅樓夢』(80회)은 曹霑(자는 夢阮이고 호는 雪芹, 1719~1763년)의 작품이다. 名門巨族의 후손으로 태어났으나 자신의 代에 이르러서는 집안이 몰락하여 소년시절의 호화로운 생활과 이후의 빈궁한 삶이 극적으로 대비를 이루는 파란만장한 삶을 살았던 작자는, 한 사람의 특정 인물에게 자신의 思想과 希望을 기탁하고 특히 隱蔽手法의 운용을 통해 예술성이 저하된 인정소설의 보편적 결함을 극복하면서 자신의 창작의도를 드러내지 않고 독자들로 하여금 세심하게 살펴 그 숨은 뜻을 깨닫도록 하고 있다. 『紅樓夢』은 明代의 『金甁梅』와 淸初의 才子佳人小說의 전통을 계승하는 데 그치지 않고, 그것을 비판적으로 수용하여 주제와 제재 그리고 구성에서 인물묘사와 언어의 運用에 이르기까지 모든 면에서 기존의 소설뿐만 아니라 이후의 어떤 小說과도 비교할 수 없는 참신하고도 대담한 작품으로 평가받고 있으며, 이 밖에는 많은 우수성으로 인하여 『紅樓夢』은 지금까지도 예술적 매력을 풍부하게 지닌 중국 고전소설을 대표하는 가장 중요한 작품으로 인정받고 있는 것이다. 『石頭記』, 『金玉緣≫, 『金陵十二釵』, 『情僧錄』, 『風月寶鑑』라고도 부른다. 이 소설의 版本은 80회본과 120회본이 있는데, 80회본은 筆寫本이며 120회본은 高鶚(1738年?~1815年?, 자는 蘭墅)이 쓴 40회본을 덧붙여서 1791년경 程偉元에 의해 간행되었는데, 이를 '程甲本'이라 하고, 이를 다시 개정하여 1792년에 간행하니 이를 '程乙本'이라고 부른다. 본 편에는 기존 다른 소설이 지니고 있는 폐해를 언급하면서, 『紅樓夢』만이 지니고 있는 내용과 형식상의 특징을 설명하고 있다. 그 내용을 정리하고, 神話傳說과 같은 民間故事 이후 志怪小說에서 章回通俗小說에 이르기까지 中國 小說이 지니고 있는 문제점과 그 특유의 장점에 대해 살펴보 자.

   또한 『紅樓夢』이 中國小說史에 차지하고 있는 지위에 대해서도 조사하여 보자.

2. 女媧가 補天하고 남은 大荒山 無稽崖 靑埂峰에 있던 돌 하나는 점차 영험함을 지니면서 스스로 걸어 다니기도 하고 큰 바위나 작은 옥으로 변하기도 한다.

이후 중을 만나 그에 의해 부채꼭지에 꿸 수도 있고 허리띠에 찰 수도 있을 정도의 크기로 만들어져 사라지게 되는데, 이때 중은 이 옥으로 변한 돌에 '通靈寶玉'이라는 글자를 새겨 넣는다. 이후 이 돌은 空空道人이 大荒山 無稽崖 靑埂峰을 지나갈 때 바위의 모습으로 나타나고, 甄士隱의 꿈속에서는 작은 옥으로 등장하며 또한 이후에 이 소설의 남자 주인공 賈寶玉이 출생할 때 그의 손에 작은 옥으로 쥐어져 등장하게 된다. 작자는 돌을 통해 우리에게 어떤 메시지를 전하려 하는지 본 편(1回)의 내용을 통해 미루어 짐작해 보자.

3. 본 편에는 처음부터 마지막까지 중과 도사가 등장한다. 大荒山 無稽崖 靑埂峰에 있던 돌에 '通靈寶玉'이라는 글자를 새겨 넣고 소매 속에 챙겨 가지고 간 중과 도사가 있고, 空空道人이 大荒山 無稽崖 靑埂峰을 지나갈 때 발견한 바위 위에 기록되어 있는 이야기 속의 茫茫大士와 渺渺眞人이 있으며 또한 甄士隱의 꿈속에서 대화를 나누고 있다가 甄士隱의 인사를 받은 중과 도사가 있고, 甄士隱이 세 살배기 딸 英蓮을 안고 집 밖을 거닐다 집에 들어가려 할 때 마주친 절름발이 도사와 중, 마지막으로 甄士隱이 火災를 당하고 丈人 封肅의 농간에 모든 家産을 탕진한 후 시름에 빠져 있을 때에 만나게 된 미치광이같이 머리를 풀어 헤치고 다 해진 누더기를 몸에 걸친 절름발이 도사 등 여러 차례 등장하고 있다. 여기서 어떤 이는 茫茫大士와 渺渺眞人의 이름을 통해 작자가 불교와 도교를 비웃었다고 말하기도 하는데, 과연 본 편의 내용을 통해서 볼 때 작자의 佛敎觀과 道敎觀은 어떠한지 생각해 보자.

4. 본 편에는 여러 만남이 있다. '옷깃만 스쳐도 因緣'이라는 말도 있지만, 우리들의 만남이 偶然인지 아니면 必然인지 생각해 보고, 자신의 경험을 통해 세상의 일 중에서 이미 정해져 있는 것과 그 누구도 예측할 수 없는 일에 대해 자신의 견해를 정리해 보자.

7. 怡紅院劫遇母蝗蟲

話說劉姥姥[1]兩隻手比[2]著說道:「花兒落了結個大倭瓜。」 衆人聽了哄堂[3]大笑起來。 於是吃過門杯, 因又逗笑道:「實告訴說罷, 我的手腳子粗笨, 又喝醉了酒, 仔細[4]失手打了這瓷杯。 有木頭的杯取個子來, 便失手掉了地下也打不了。」 衆人聽了, 又笑將起來。 鳳姐兒聽如此說, 便忙笑道:「果眞要木頭的, 我就取了來。 可有一件先說下: 這木頭的可比不得瓷的, 那都是一套, 定要吃遍一套方使得。」 劉姥姥聽了心下掂綴[5]道:「我方才不過是趣話取笑兒, 誰知他果眞竟有。 我時常在村莊上縉紳大家也赴過席, 金杯銀杯倒都見過, 從來沒見有木頭的。 哦! 是了,

---

* 本篇은 『紅樓夢』 四十一回에서 발췌한 내용이다. 四十回에서 대부인이 劉노파를 데리고 집안 이곳저곳을 돌아다니다가 綴錦閣에 이르러 술자리를 만들어 술을 마시면서 주령놀이를 하게 된다. 四十一回 역시 그 주령놀이의 연장에서 이야기가 전개된다. 특히 본 回에서는 劉노파는 村婦이긴 하지만 文中에 그의 性格과 言辭 等 禮敎에 구속되지 않고 자연스럽게 행동하는 모습을 살펴볼 수가 있다. 특히 술에 취해서 벌이는 騷動에서는 독자로 하여금 마치 옆에서 지켜보는 것처럼 생동감을 느끼게 하고 아울러 절로 손뼉을 치며 웃음을 터뜨리게 한다. 원제는 「櫳翠庵茶品梅花雪, 怡紅院劫遇母蝗蟲」이다.

1) 姥姥: 노부인. 姥는 원래 사람을 도와 어린아이를 돌봐주는 나이가 비교적 많은 부인이나, 나이가 많이 드신 부인을 가리킨다. 姥姥는 나이 드신 부인에 대한 존칭으로, 북방 사람들은 '외조모'를 지칭할 때 사용한다. 여기서는 '노파'로 해석하는 것이 어울린다.

2) 比: (상황에 맞게) 모방하다.

3) 哄堂: (모든 사람이 웃어서) 집안이 떠들썩하다.

4) 仔細: 주의하다. 조심하다.

5) 掂綴: 짐작하다. 따져 보다.

想必是小孩子們使的木碗子，不過誆我多吃兩碗。別管它，橫豎6)這酒蜜水似的，多喝點子也不怕。」想畢，便說：「取了來再商量。」

鳳姐乃命豐兒：「到前面里間屋，書架子上有十個竹根套杯取來。」豐兒聽了，答應著才要去，鴛鴦笑道：「我知道你這十個杯還小。況且你才說是木頭的，這會子又拿了竹根子的來，倒不好看。不如把我們那裏的黃楊7)根整摳的十個大套杯拿來，灌他十下子。」鳳姐兒笑道：「更好了。」鴛鴦果命人取來。劉姥姥一看，又驚又喜：驚的是一連十個，挨次大小分下來，那大的足似個小盆子，第十個極小的還有手裏的杯子兩個大；喜的是雕鏤奇絕8)，一色山水樹木人物，並有草字9)圖印。因10)忙說道：「拿了那小的來就是了，怎麼這樣多？」鳳姐兒笑道：「這個杯沒有喝一個的理。我們家因沒有這大量的，所以沒人敢使他。姥姥既要，好容易尋了出來，必定要挨次吃一遍才使得。」劉姥姥唬的忙道：「這個不敢。好姑奶奶，饒了我罷。」賈母、薛姨媽、王夫人知道他上了年紀的人，禁不起，忙笑道：「說是說，笑是笑，不可多吃了，只吃這頭一杯罷。」劉姥姥道：「阿彌陀佛11)！我還使小杯吃罷。把這大杯收著，我帶了家去慢慢的吃罷。」說的眾人又笑起來。鴛鴦無法，只得命人滿斟了一大杯，劉姥姥兩手捧著喝。

賈母、薛姨媽都道：「慢些，不要嗆了。」薛姨媽又命鳳姐兒佈了菜。

---

6) 橫豎: 어쨌든. 아무튼.

7) 黃楊: 회양목. 회양목과의 상록 활엽 관목 또는 작은 교목. 산기슭 또는 골짜기에 나며 봄에 엷은 황색 꽃이 핀다. 도장이나 지팡이 재료로 쓰이며, 가지와 잎은 약재로 사용된다.

8) 雕鏤奇絕: 기교하고 절묘하게 조각하다.

9) 草字: 초서체 글자.

10) 因: 그리하여. 이로 인하여.

11) 阿彌陀佛: (불교 용어) 서방 정토의 부처 이름. 모든 중생을 제도하려는 大願을 품은 부처로 이 부처를 念하면 사후 곧 극락정토에 태어날 수 있다고 한다. 여기서는 '아이고, 나 죽었네!'와 같은 의미로 사용되었다.

鳳姐笑道:「姥姥要吃甚麼,說出名兒來,我撥了喂你。」劉姥姥道:「我知甚麼名兒,樣樣都是好的。」賈母笑道:「你把茄鯗[12]撥些喂他。」鳳姐兒聽說,依言撥些茄鯗送入劉姥姥口中,因笑道:「你們天天吃茄子,也嘗嘗我們的茄子弄的可口不可口。」劉姥姥笑道:「別哄我,茄子跑出這個味兒來了,我們也不用種糧食,只種茄子了。」眾人笑道:「真是茄子,我們再不哄你。」劉姥姥詫異[13]道:「真是茄子?我白吃了半日。姑奶奶再喂我些,這一口細嚼嚼。」鳳姐果兒果又撥了些放入口內。劉姥姥細嚼了半日,笑道:「雖有一點茄子香,只是還不像是茄子。告訴我是個甚麼法子弄的,我也弄著吃去。」鳳姐兒笑道:「這也不難。你把才下來的茄子把皮劖[14]了,只要淨肉,切成碎釘子[15],用雞油炸了,再用雞脯子肉並香菌、新笋[16]、蘑菇、五香腐干、各色乾果子,俱切成釘子,用雞湯煨乾,將香油一收,外加糟油[17]一拌,盛在瓷罐子裏封嚴,要吃時拿出來,用炒的雞瓜[18]一拌就是了。」

　　劉姥姥聽了,搖頭吐舌說道:「我的佛祖!倒得十來只雞來配它,怪道這個味兒!」一面說笑,一面慢慢的吃完了酒,還只管細玩那杯。鳳姐笑道:「還是不足興,再吃一杯罷。」劉姥姥忙道:「了不得,那就醉死了。我因為愛這樣範[19],虧他怎麼樣作了。」鴛鴦笑道:「酒吃完了,到

---

12) 茄鯗: 가지와 말린 생선으로 만든 음식. 鯗(xiǎng)은 원래 말린 생선과 건어물을 가리키며, 넓은 의미에서는 평평하고 얇게 썬 조각이나 주사위 모양으로 도막을 낸 소금에 절인 식품을 가리킨다.

13) 詫異: 놀랍고 의아해하다.

14) 劖: (=削) 깎다.

15) 釘子: 못.

16) 笋: (=筍) 죽순.

17) 糟油: 酒精(알코올)으로 만든 기름. 澆拌은 뿌려서 버무리다. 凉菜를 만들 때 주로 사용한다.

18) 雞瓜: 닭의 다리살 또는 가슴살. 그 모양이 호박씨를 닮았다고 해서 붙은 이름이다. 일설에는 작고 네모나게 썬 닭고기를 가리킨다고 한다.

19) 範: 모양.

底這杯子是甚麼木的?」劉姥姥笑道:「怨不得姑娘不認得,你們在金門繡戶的,如何認得木頭!我們成日家和樹林子作街坊,困了枕著他睡,乏了靠著它坐,荒年間餓了還吃他,眼睛裏天天見他,耳朵裏天天聽他,口兒裏天天講他,所以好歹真假,我是認得的。讓我認一認。」一面說,一面細細端詳了半日,道:「你們這樣人家斷沒有那賤東西,那容易得的木頭,你們也不收著了。我掂著這杯體重,斷乎不是楊木的,一定是黃松的。」眾人聽了,哄堂大笑起來。

只見一個婆子走來請問賈母,說:「姑娘們都到了藕香榭,請示下,就演罷還是再等一會子?」賈母忙笑道:「可是倒忘了他們,就叫他們演罷。」那個婆子答應去了。不一時,只聽得簫管悠揚,笙笛並發。正值風清氣爽之時,那樂聲穿林度水而來,自然使人神怡心曠。寶玉先禁不住,拿起壺來斟了一杯,一口飲盡。復又斟上,才要飲,只見王夫人也要飲,命人換暖酒來,寶玉連忙將自己的杯捧了過來,送到王夫人口邊,王夫人便就他手內吃了兩口。一時暖酒來了,寶玉仍歸舊坐,王夫人提了暖壺下席來,眾人皆都出了席,薛姨媽也立起來,賈母忙命李、鳳二人接過壺來:「讓你姨媽坐下,大家才便。」王夫人見如此說,方將壺遞與鳳姐,自己歸坐。賈母笑道:「大家吃上兩杯,今日著實有趣。」說著拿杯讓薛姨媽,又向湘雲、寶釵道:「你姊妹兩個也吃一杯。你妹妹雖不大會吃,也別饒他。」說著自己已乾了。湘雲、寶釵、黛玉也都乾了。當下劉姥姥聽見這般音樂,且又有了酒,越發喜的手舞足蹈起來。寶玉因下席過來向黛玉笑道:「你瞧劉姥姥的樣子。」黛玉笑道:「當日聖樂一奏,百獸率舞[20],如今才一牛耳。」眾姐妹都笑了。

---

20) 聖樂一奏, 百獸率舞: 이 말은 『尙書‧虞書』益稷篇에 실린 것으로 원문은 "擊石拊石, 百獸率舞(바위를 치고 두드리자, 즉 악기에서 소리가 나오자 온갖 짐승들이 모두 음악에 맞춰 춤을 추기 시작하다)", 즉 순임금 때 악기가 소리를 내자 모든 짐승들이 모두 음악에 맞춰 춤을 추기 시작하였다는 내용이다. 여기서 聖은 '舜임금'을 가리킨다.

須臾樂止，薛姨媽出席笑道：「大家的酒想也都有了，且出去散散再坐罷。」賈母也正要散散，於是大家出席，都隨著賈母遊玩。賈母因要帶著劉姥姥散悶，遂攜了劉姥姥至山前樹下盤桓了半晌，又說與他這是甚麼樹，這是甚麼石，這是甚麼花。劉姥姥一一的領會，又向賈母道：「誰知城裏不但人尊貴，連雀兒也是尊貴的。偏這雀兒到了你們這裏，它也變俊了，也會說話了。」眾人不解，因問甚麼雀兒變俊了，會講話。劉姥姥道：「那廊下金架子上站的綠毛紅嘴是鸚哥21)兒，我是認得的。那籠子裏黑老鴰子怎麼又長出鳳頭來22)，也會說話呢。」眾人聽了都笑將起來。

一時只見丫鬟們來請用點心。賈母道：「吃了兩杯酒，倒也不餓。也罷，就拿了這裏來，大家隨便吃些罷。」丫鬟便去抬了兩張几來，又端了兩個小捧盒。揭開看時，每個盒內兩樣：這盒內一樣是藕粉桂糖糕，一樣是松穰鵝油捲；那盒內一樣是一寸來大的小餃兒，賈母因問甚麼餡子，婆子們忙回是螃蟹的。賈母聽了，皺眉說：「這油膩膩的，誰吃這個！」那一樣是奶油炸的各色小麵果，也不喜歡。因讓薛姨媽吃，薛姨媽只揀了一塊糕，賈母揀了一個捲子，只嘗了一嘗，剩的半個遞與丫鬟了。劉姥姥因見那小麵果子都玲瓏剔透，便揀了一朵牡丹花樣的笑道：「我們那裏最巧的姐兒們，也不能鉸出這麼個紙的來。我又愛吃，又捨不得吃，包些家去給他們做花樣子去倒好。」眾人都笑了。賈母笑道：「家去我送你一罈子。你先趁熱吃這個罷。」別人不過揀各人愛吃的一兩點就罷了；劉姥姥原不曾吃過這些東西，且都作得小巧，不顯盤堆的，他和板兒每樣吃了些，就去了半盤子。剩的，鳳姐又命攢了兩盤並一個攢盒23)，拿

---

21) 鸚哥: 앵무새의 통칭.

22) 黑老鴰子怎麼又長出鳳頭來: 여기서 가리키는 것은 사실 八哥(구관조)이다. 黑老鴰子는 烏鴉(까마귀)를 말한다. 구관조는 까마귀와 모양이 비슷하지만 부리 부분에 대체로 한 움큼의 봉황깃털이 있다.

23) 攢盒: 밥, 반찬, 술안주 등을 담는 그릇. 사기나 나무 등으로 둥글거나 네모나게 여러 층으

與文官等吃去。忽見奶子[24]抱了大姐兒來，大家哄他頑了一會。那大姐兒因抱著一個大柚子玩的，忽見板兒抱著一個佛手[25]，便也要佛手。丫鬟哄他取去，大姐兒等不得，便哭了。眾人忙把柚子與了板兒，將板兒的佛手哄過來與她才罷。那板兒因玩[26]了半日佛手，此刻又兩手抓著些麵果子吃，又忽見這柚子又香又圓，更覺好玩，且當球踢著玩去，也就不要佛手了。

　　當下賈母等吃過茶，又帶了劉姥姥至櫳翠庵來。妙玉忙接了進去。至院中見花木繁盛，賈母笑道：「到底是他們修行的人，沒事常常修理，比別處越發好看。」一面說，一面便往東禪堂[27]來。妙玉笑往裏讓，賈母道：「我們才都吃了酒肉，你這裏頭有菩薩，沖了罪過。我們這裏坐坐，把你的好茶拿來，我們吃一杯就去了。」妙玉聽了，忙去烹了茶來。寶玉留神看他是怎麼行事。只見妙玉親自捧了一個海棠花式雕漆填金雲龍獻壽的小茶盤，裏面放一個成窑[28]五彩小蓋鐘[29]，捧與賈母。賈母道：「我不吃六安茶[30]。」妙玉笑說：「知道。這是老君眉[31]。」賈母接了，又問

로 만듦. 또는 여러 층으로 된 합에 담은 반찬과 술안주.

24) 奶子: 유모.

25) 佛手: 佛手柑의 줄임말. 불수감나무는 운향과의 상록 관목이다. 따뜻한 곳에 나는데, 높이가 2~3m 정도이고 여름철에 담자색 다섯 잎의 꽃이 핀다. 겨울에 긴 타원형의 누른 과실이 열린다. 과육은 없으나 향내가 좋다.

26) 玩: 원래 '頑(어린아이가 장난이 심하다. 어리석다)'字로 되어 있는 것을, 다른 판본에 있는 '玩(놀이하다. 장난하다.)'字로 바꾸었다.

27) 禪堂: 불당을 가리킨다. 승 또는 여승(비구니)들이 참선하고 예불하는 곳이다.

28) 成窑: 명대 成化 연간에 官窯에서 만들어 나온 자기로 오색무늬로 되어 있는 것이 상품이다.

29) 蓋鐘: 뚜껑(덮개)이 달린 작은 찻잔. 鍾은 盅(zhōng)과 동일한 의미이다.

30) 六安茶: 安徽省 六安縣에서 생산되는 차. 명대 屠隆의 『茶箋餘事』를 보면 "육안차는 품질이 정선되어 약으로 쓰기에 매우 효과가 좋다. 그러나 잘 볶지 않아 향이 나지 않고, 맛이 쓰다. 그러나 차의 본 성질은 실제로 좋다"고 기재되어 있다.

31) 老君眉: 湖南省 洞庭湖 君山에서 생산되는 銀針茶로 어린 새싹을 정선하여 제조하는데, 향기가 고상하고, 맛이 달고 순수하며, 모양이 긴 눈썹과 같다. 역대로 국가에 바치는 貢物이었다.

是甚麼水。妙玉笑回「是舊年蠲[32]的雨水。」賈母便吃了半盞，便笑著遞與劉姥姥說：「你嘗嘗這個茶。」劉姥姥便一口吃盡，笑道：「好是好，就是淡些，再熬濃些更好了。」賈母眾人都笑起來。然後眾人都是一色官窰脫胎填白蓋碗[33]。

那妙玉便把寶釵和黛玉的衣襟一拉，二人隨他出去，寶玉悄悄的隨後跟了來。只見妙玉讓他二人在耳房[34]內，寶釵坐在榻上，黛玉便坐在妙玉的蒲團[35]上。妙玉自向風爐上扇滾了水，另泡了一壺茶。寶玉便走了進來，笑道：「偏你們吃梯己茶呢。」二人都笑道：「你又趕了來飺[36]茶吃。這裏並沒你的。」妙玉剛要去取杯，只見道婆[37]收了上面的茶盞來。妙玉忙命：「將那成窰的茶杯別收了，擱在外頭去罷。」寶玉會意，知為劉姥姥吃了，她嫌髒不要了。又見妙玉另拿出兩只杯來。一個旁邊有一耳，杯上鐫著「㼏㹠斝[38]」三個隸字，後有一行小真字是「晉王愷珍玩」[39]，

---

32) 蠲(juān): (＝涓) 청결한 물. 밀폐하고 봉인하여 깨끗하게 만든 물.

33) 官窰脫胎填白蓋碗: 이름이 유명하고 가격이 비싼 청자로 뚜껑이 달린 큰 찻잔. 官窰는 전문적으로 필요에 따라 설치되어 도자기를 구워 궁정에 상납하는 가마를 말한다. 北宋 大觀과 政和 연간부터 시작되었다. 脫胎는 가운데가 볼록하게 둥근 자수무늬를 찍고, 깊고 얕음이 다르게 녹두색 瑪瑙유약을 바르는데, 광택이 빛난다. 질이 매우 얇아서 잿물만으로 만든 것같이 보이는 투명한 瓷器의 몸체로 인하여 '脫胎'라고 부른다. 그 제조법으로는 반탈태와 진탈태가 있다. 송대 汝州의 青器窰에서 제조되기 시작하였는데, 이후의 관요에서 생산되는 것 역시 모조품이다.

34) 耳房: 正房의 양쪽 옆에 있는 작은 방.

35) 蒲團: (僧이 坐禪 또는 佛事 때에 깔고 앉는) 부들방석.

36) 飺(zǐ): 중간에서 이익을 착복하다.

37) 道婆: 비구니 절에서 잡일을 하는 여자.

38) 㼏㹠斝: 㼏(bān)와 㹠(páo)은 모두 박과에 속하는 식물이다. 박은 밭에나 담 또는 지붕에 올려 재배하는 열매가 둥근 호박모양으로 바가지를 만드는 한해살이풀이다. 斝는 고대 옥으로 만든 주둥이가 둥글고 다리가 세 개이며 주로 음료를 마실 때 사용하는 그릇(술잔)이다. 따라서 㼏㹠斝은 주둥이가 둥글고 다리가 셋인 斝의 모양으로 된 틀을 만들어, 어린 박에 이것을 씌운다. 이후 박이 틀의 모양처럼 성장하면, 박을 잘라내어 그것을 바람에 말려 건조시킨 후 음료를 마시는 그릇(술잔)으로 사용하는 것이다. 일설에는 특별히 제작한 잔의 모양이 조롱박처럼 생겼다고 해서 붙은 이름이라고도 한다.

39) 王愷珍玩: 王愷는 晉代 이름난 부호로 희귀하고 값진 보물 모으는 것을 즐겨 하였다. 珍玩

又有「宋元豐五年四月眉山蘇軾見於秘府」40)一行小字。妙玉便斟了一斝，遞與寶釵。那一只形似鉢41)而小，也有三個垂珠篆字，鐫著「點犀䀓42)」。妙玉斟了一䀓與黛玉。仍將前番自己常日吃茶的那只綠玉斗來斟與寶玉。寶玉笑道：「常言『世法平等』43)，他兩個就用那樣古玩奇珍，我就是個俗器了。」 妙玉道：「這是俗器？ 不是我說狂話，只怕你家裏未必找的出這麼一個俗器來呢。」 寶玉笑道：「俗說『隨鄉入鄉』44)，到了你這裏，自然把那金玉珠寶一概貶為俗器了。」 妙玉聽如此說，十分歡喜，遂又尋出一只九曲十環一百二十節蟠虬整雕竹根的一個大盒45)出來，笑道：「就剩了這一個，你可吃的了這一海46)？」 寶玉喜的忙道：「吃的了。」妙玉笑道：「你雖吃的了，也沒這些茶你糟塌47)。豈不聞『一杯為品，二杯卽是解渴的蠢物，三杯便是飲牛飲騾了』。你吃這一海便成甚麼？」 說的寶釵、黛玉、寶玉都笑了。妙玉執壺，只向海內斟了約有一杯。寶玉細細吃了，果覺輕浮48)無比，賞贊不絕。妙玉正色道：「你這遭吃的茶是

은 진귀한 골동품 또는 값진 노리개.

40) 秘府: 비밀 누각. 고대 궁정 안에 도서와 보기 드문 보배를 숨겨 놓은 곳.

41) 鉢(bō): 절에서 쓰는 중의 공양 그릇. 나무나 놋쇠 따위로 대접처럼 만들어 안팎에 칠을 한다.

42) 點犀䀓: 코뿔소의 뿔로 만든 음료를 마실 때 사용하는 그릇(술잔). 䀓는 주발 또는 사발 모양의 그릇이다. '點犀'라는 이름이 붙은 것은 唐代詩人 李商隱의「無題」詩의 "心有靈犀一點通"이라는 구절은 䀓의 진귀함을 직접적으로 가장 잘 표현하고 있다. 일설에 '點犀'는 '杏犀'라고 써야 한다고 한다. 그 이유는 일반적으로 코뿔소의 뿔로 만든 그릇은 환한 대낮이든, 밝은 등불 아래에서든 모두 불투명의 회갈색을 띠는데, 가장 좋은 코뿔소의 뿔로 만든 그릇을 들고 빛을 향해 보면 그릇의 색깔이 반투명의 붉은 빛이 약간 도는 노란색, 즉 살구빛이 된다는 것이다. 하지만 이와 같은 상급의 코뿔소 뿔로 만든 그릇은 보기 드물다.

43) 世法平等: (불교 용어) 세상의 모든 사물을 평등하게 대해야 한다는 뜻. 法이란, 梵文의 '達磨'를 음역한 것으로, 신조 또는 규범을 가리킨다.

44) 隨鄉入鄉: (＝入境隨俗) 그 지방에 가면, 그 지방의 풍속을 따른다.

45) 盒: 큰 찻잔.

46) 海: 海碗(＝大碗). 여기서는 용량이 큰 그릇을 가리킨다.

47) 糟塌: 못쓰게 하다. 손상하다. 낭비하다.

48) 輕浮: 경망스럽다. 경박하다. 또는 가벼워 (수면에) 뜨다. 여기서는 가벼워 날아갈 듯 차의 맛이 범상하지 않음을 가리킨다.

托他兩個福，獨你來了，我是不給你吃的。」寶玉笑道：「我也不領你的情，只謝他二人便是了。」妙玉聽了方說：「這話明白。」黛玉因問：「這也是舊年的雨水？」妙玉冷笑道：「你這麼個人，竟是大俗人，連水也嘗不出來。這是五年前我在玄墓[49] 蟠香寺住著，收的梅花上的雪，共得了那一鬼臉青[50] 的花甕一甕，總捨不得吃，埋在地下，今年夏天才開了。我只吃過一回，這是第二回了。你怎麼嘗不出來？隔年蠲的雨水那有這樣輕淳，如何吃得。」黛玉知他天性怪僻，不好多話，亦不好多坐，吃完茶，便約著寶釵走了出來。

寶玉和妙玉陪笑道：「那茶杯雖然髒了，白擱了豈不可惜？依我說，不如就給了那貧婆子罷，他賣了也可以度日。你道可使得？」妙玉聽了，想了一想，點頭說道：「這也罷了。幸而那杯子是我沒吃過的，若我吃過的，我就砸碎了也不能給他。你要給他，我也不管你，只交給你，快拿了去罷。」寶玉笑道：「自然如此，你那裏和他說話授受去，越發連你也髒了。只交與我就是了。」妙玉便命人拿來遞與寶玉。寶玉接了，又道：「等我們出去了，我叫幾個小么兒來河裏打幾桶水來洗地如何？」妙玉笑道：「這更好了，只是你囑咐他們，抬了水只擱在山門外頭墻[51] 根下，別進門來。」寶玉道：「這是自然的。」說著，便袖著那杯，遞與賈母房中小丫頭拿著，說：「明日劉姥姥家去，給他帶去罷。」交代明白，賈母已經出來要回去。妙玉亦不甚留，送出山門，回身便將門閉了。不在話下。

且說賈母因覺身上乏倦，便命王夫人和迎春姊妹陪了薛姨媽去吃酒，自己便往稻香村來歇息。鳳姐忙命人將小竹椅抬來，賈母坐上，兩個婆

---

49) 玄墓: 산 이름. 지금은 江蘇省 吳縣을 말한다. 東晉의 郁泰玄이 이곳에 묻혔다고 하여 붙은 이름이다. 산에는 매실이 많아 꽃이 필 때면 그것이 마치 눈이 내린듯하다고 한다.

50) 鬼臉青: 유약의 색깔이 진한 청색의 도자기를 가리킨다.

51) 墙: (= 牆)

子抬起，鳳姐、李紈和眾丫鬟婆子圍隨去了。不在話下。這裏薛姨媽也就辭出。王夫人打發文官等出去，將攢盒散與眾丫鬟們吃去，自己便也乘空歇著，隨便歪在方才賈母坐的榻上，命一個小丫頭放下簾子來，又命他捶著腿，吩咐他：「老太太那裏有信，你就叫我。」說著，也歪著睡著了。

　　寶玉、湘雲等看著丫鬟們將攢盒擱在山石上，也有坐在山石上的，也有坐在草地下的，也有靠著樹的，也有傍著水的，倒也十分熱鬧。一時又見鴛鴦來了，要帶著劉姥姥各處去逛，眾人也都趕著取笑。一時來至「省親別墅」的牌坊底下，劉姥姥道：「噯呀！這裏還有個大廟呢。」說著，便爬下磕頭。眾人笑彎了腰。劉姥姥道：「笑甚麼？這牌樓上字我都認得。我們那裏這樣的廟宇最多，都是這樣的牌坊，那字就是廟的名字。」眾人笑道：「你認得這是甚麼廟？」劉姥姥便抬頭指那字道：「這不是『玉皇寶殿』四字？」眾人笑的拍手打腳，還要拿他取笑。劉姥姥覺得腹內一陣亂響，忙的拉著一個小丫頭，要了兩張紙就解衣。眾人又是笑，又忙喝他「這裏使不得！」忙命一個婆子帶了東北上去了。那婆子指與地方，便樂得走開去歇息。

　　那劉姥姥因喝了些酒，他脾氣[52]不與黃酒相宜，且吃了許多油膩飲食，發渴多喝了幾碗茶，不免通瀉起來，蹲了半日方完。及出廁來，酒被風禁，且年邁[53]之人蹲了半天，忽一起身，只覺得眼花頭眩，辨不出路徑。四顧一望，皆是樹木山石樓臺房舍，卻不知那一處是往那一路去的了，只得順著一條石子路慢慢的走來。及至到了房舍跟前，又找不著門，再找了半日，忽見一帶竹籬，劉姥姥心中自忖[54]道：「這裏也有扁豆

---

52) 脾氣: 脾臟과 胃臟. 즉, 체질을 말한다.

53) 年邁: 연로한.

54) 自忖: 혼자 생각하다.

架子。」 一面想，一面順著花障走了來，得了一個月洞門進去。只見迎面忽有一帶水池，只有七八尺寬，石頭砌岸，裏面碧瀏的清水流往那邊去了，上面有一塊白石橫架在上面。劉姥姥便度石過去，順著石子甬路走去，轉了兩個彎子，只見有一房門。於是進了房門，只見迎面一個女孩兒，滿面含笑迎了出來。劉姥姥忙笑道：「姑娘們把我丟下來了，要我碰頭碰到這裏來。」說了，只覺那女孩兒不答。劉姥姥便趕來拉他的手，「咕咚」一聲，便撞到板壁上，把頭碰得生疼。細瞧了一瞧，原來是一幅畫兒。劉姥姥自忖道：「原來畫兒有這樣活凸出來的。」 一面想，一面看，一面又用手摸去，卻是一色平的，點頭嘆了兩聲。一轉身方得了一個小門，門上掛著蔥綠撒花軟簾。劉姥姥掀簾進去，抬頭一看，只見四面墻壁玲瓏[55]剔透[56]，琴劍瓶爐皆貼在墻上，錦籠紗罩，金彩珠光，連地下踩的磚，皆是碧綠鑿花，竟越發把眼花了，找門出去，那裏有門？左一架書，右一架屏。剛從屏後得了一門轉去，只見他親家母[57]也從外面迎了進來。劉姥姥詫異，忙問道：「你想是見我這幾日沒家去，虧你找我來。那一位姑娘帶你進來的？」他親家只是笑，不還言。劉姥姥笑道：「你好沒見世面，見這園裏的花好，你就沒死活戴了一頭。」他親家也不答。便心下忽然想起：「常聽大富貴人家有一種穿衣鏡[58]，這別是我在鏡子裏頭呢罷。」說畢，伸手一摸，再細一看，可不是[59]，四面雕空紫檀板壁將鏡子嵌在中間。因說：「這已經攔住，如何走出去呢？」 一面說，一面只管用手摸。這鏡子原是西洋機括[60]，可以開合。不意劉姥姥亂摸

---

55) 玲瓏: 金玉이 울리는 소리. 곱고 투명한 모양.

56) 剔透: (＝通徹) 사물에 밝음.

57) 親家母: 암사돈.

58) 穿衣鏡: 전신 거울.

59) 可不是: 그대로이다.

60) 西洋機括: 서양의 기계. 機括에서 機는 弩(nǔ)를 발사하는 기계를 말하며, 括(guā)은 활 끝의 활줄을 묶는 곳을 말한다. 여기서는 손을 대자마자 움직이는 열고 닫는 장치를 가리킨

之間, 其力巧合, 便撞開消息[61], 掩過鏡子, 露出門來。劉姥姥又驚又喜, 邁步出來, 忽見有一副最精致的床帳。他此時又帶了七八分醉, 又走乏了, 便一屁股坐在床上, 只說歇歇, 不承望[62]身不由己, 前仰後合的, 朦朧著兩眼, 一歪身就睡熟在床上。

且說眾人等他不見, 板兒見沒了他姥姥, 急得哭了。眾人都笑道:「別是掉在茅廁[63]裏了? 快叫人去瞧瞧。」 因命兩個婆子去找, 回來說沒有。眾人各處搜尋不見。襲人猜其道路:「是他醉了迷了路, 順著這一條路往我們後院子裏去了。若進了花障子[64]到後房門進去, 雖然碰頭, 還有小丫頭[65]們知道; 若不進花障子再往西南上去, 若繞出去還好, 若繞不出去, 可夠他繞回子好的。我且瞧瞧去。」 一面想, 一面回來, 進了怡紅院便叫人, 誰知那幾個房子裏小丫頭已偷空頑去了。

襲人一直進了房門, 轉過集錦扇子[66], 就聽得鼾齁[67]如雷。忙進來, 只聞得酒屁臭氣, 滿屋一瞧, 只見劉姥姥扎手舞腳的仰臥在床上。襲人這一驚不小, 慌忙趕上來將他沒死活的[68]推醒。那劉姥姥驚醒, 睜眼見了襲人, 連忙爬起來道:「姑娘, 我失錯了! 並沒弄髒了床帳。」 一面說, 一面用手去撣[69]。襲人恐驚動了人, 被寶玉知道了, 只向他搖手, 不

다. '消息' 또는 '機關' 모두 같은 뜻이다.

61) 消息: 기계의 개폐관. 누르면 자동으로 작동함.

62) 不承望: 뜻밖의 일.

63) 茅廁: 측간. 화장실.

64) 花障子: 대나무 울타리에 꽃이나 덩굴 등이 걸쳐진 것.

65) 小丫頭: 어린 계집종.

66) 集錦扇子: 귀여운 장난감을 넣어 두는 상자. '多寶塔' 또는 '博古架'라고 부르기도 한다. 값비싼 목재로 각양각색의 상자를 만들어 각종 진귀한 골동품 등을 넣어 둔다.

67) 鼾齁: 코 고는 소리.

68) 沒死活的: 죽자 살자. 필사적으로. 앞뒤 가리지 않고.

69) 撣: 털다.

叫他說話。忙將鼎內貯了三四把百合香，仍用罩子罩上。些須收拾收拾，所喜不曾嘔吐，忙悄悄的笑道：「不相干，有我呢。你隨我出來。」劉姥姥跟了襲人，出至小丫頭們房中，命他坐了，向他說道：「你就說醉倒在山子石上打了個盹兒。」劉姥姥答應知道。又與他兩碗茶吃，方覺酒醒了，因問道：「這是那個小姐的繡房，這樣精緻？ 我就像到了天宮70)裏的一樣。」襲人微微笑道：「這個麼，是寶二爺的臥室。」那劉姥姥嚇得不敢作聲。襲人帶她從前面出去， 見了眾人， 只說他在草地下睡著了，帶了他來的。眾人都不理會，也就罷了。

　　一時賈母醒了，就在稻香村擺晚飯。賈母因覺懶懶的，也不吃飯，便坐了竹椅小敞轎，回至房中歇息，命鳳姐兒等去吃飯。他姊妹方復進園來。要知端的，且聽下回分解。

70) 天宮: 천당.

* 생각해 봅시다 *

1. 『紅樓夢』은 봉건귀족 집안인 賈府를 대표로, 賈寶玉이란 公子와 그를 둘러싼 이른바 '金陵十二釵'란 열두 미녀를 題材로 하여 집안이 몰락하는 과정을 심도 있게 다루고 있다. 『紅樓夢』의 특징은 賈寶玉과 林黛玉의 애정과 혼인의 비극을 이야기의 씨줄로 삼고, 賈府의 衰亡을 줄거리의 날줄로 삼아 당시의 사회상을 반영하였다. 특히 작자는 뚜렷한 현실인식과 암울한 상황에서도 미래에 대한 희망과 이상을 잃지 않고 寶玉과 金陵十二釵로 대표되는 작자 자신의 이상을 기탁한 인물들의 마지막을 대부분 불행으로 결말지으면서 『紅樓夢』의 비극성을 한층 더 강조하면서 기존 才子佳人小說에서 나타나는 부족함을 극복하고 전통적 사상과 작법에서 벗어나 새로운 소설의 경지에 다다르게 된다. 본 편에서도 전형적 인물들을 대거 등장시키고 있는데, 특히 하층인물인 유노파를 자각적이며 독특한 개성을 소유한 긍정적 인물로 그리고 있다. 본 편에 묘사된 유노파의 일거수일투족을 살펴보고, 유노파의 말과 행위를 통해 나타내고자 한 작자의 의도를 알아보자.

2. 『紅樓夢』의 언어는 자연스럽고 유창할 뿐만 아니라 당시 북경지역의 口語에 기초하여 순수하고 소박하면서 간결하고 또한 생동적이다. 특히 일상생활에서 쓰이는 평범한 언어로 수많은 등장인물들의 형상을 적절하게 묘사하여 강렬한 예술적 효과를 거두었다. 또한 『紅樓夢』에 삽입된 詩詞와 曲賦 등은 예술적 효과는 물론 주제의 전개와 인물 및 환경 묘사에 있어서 다른 어떤 작품보다도 뛰어난 역할을 담당하고 있다. 본 편에는 詩詞와 曲賦이 삽입되어 있지 않지만 대부인 등 일행이 櫳翠庵으로 건너가 젊은 비구니 妙玉의 茶접대를 받는 도중, 妙玉이 寶釵와 黛玉 그리고 寶玉에게 말한 "一杯為品, 二杯卽是解渴的蠢物, 三杯便是飮牛飮驟了"라는 속담의 의미를 살펴보고, 요즘 중국에서는 어떤 종류의 茶를 즐겨 마시는지 또 그 茶를 마시는 방법은 어떤지에 대해 조사하고, 우리나라의 茶文化와도 비교하여 보자.

3. 『紅樓夢』은 중국인의 문화, 특히 淸代의 사회상을 현실감 넘치게 묘사하고 있는 중국인이 가장 자랑스러워하는 문학 작품이다. 본 편에 나타난 상류층 사람들의 음식문화와 주거환경 그리고 생활태도를 정리하여 살펴보고, 아울러 그 주변에 있는 시녀와 종교인과 같은 인물들의 가치관과 생활태도 그중에서도 하층인에 대한 태도를 통해 봉건지배계급사회의 문제점을 알아보자. 또한 21세기 우리나라에서 문제시되고 있는 상류층과 빈곤층의 양극화 현상의 해결 방안을 모색하여 보자.

4. 淸王朝는 康熙帝(1662~1722년 재위)에서 雍正帝(1723~1735년 재위)를 거쳐 乾隆帝(1735~1795년 재위)에 이르러 고도의 중앙집권적 통치를 통해 사회적으로 盛世의 국면을 맞는다. 하지만 그 이면에는 통치 집단 내부뿐만 아니라 계층과 사상 간의 갈등이 점차 심화되고 있었다. 당시 滿洲族 출신의 통치자들은 漢族 출신의 지식인 집단을 통제함으로써 정권을 더욱 공고히 하려 노력하였다. 乾隆帝는 1741년에 천하의 書籍을 수집한다는 詔를 내리고 1772년에 編纂所를 개설하였으며 1781년에 비로소 『四庫全書』를 완성하였는데, 이와 같은 대단위 편찬 사업이 바로 한족 출신의 지식인들로 하여금 새로운 학문 창출을 억제한 대표적 예이다. 다른 한편으로는 강압적 수단으로 대대적인 탄압을 강행했는데, 중국 역사상 이 시기만큼 文字獄이 횡행했던 적은 없었다. 이런 상황 아래서 작가적 양심과 용기를 작자들은 人情世態를 묘사하면서 당시의 사회현실을 용감하게 비판하기도 하였지만, 이와는 반대로 그렇지 못한 대다수 작자들은 文字獄 등의 탄압에 굴복하여 風情逸事를 겨우 묘사하면서 스스로의 울분을 달랬다. 이러한 시기에 중국 소설의 최고 경지라는 찬사를 받고 있는 曹霑의 『紅樓夢』이 출현한다. 무대는 주로 金陵(지금의 南京)에 있는 賈氏의 대저택 안이다. 등장인물은 500명을 넘으며, 주인공은 옥을 입에 물고 태어난 페미니스트 賈寶玉과 총명하지만 병약한 그의 사촌 누이동생 林黛玉 그리고 가정적이며 건강한 薛寶釵이다. 많은 사람들의 사치와 大觀園 등의 건축으로 차차 기울기 시작하는 가씨 집안에서, 보옥은 보채에 대해서도 호감을 가지지만 대옥과의 결혼을 더 원한다. 그러나 집안의 실권을 쥔 할머니 史

太君은 대옥의 몸이 허약하다는 이유로 이를 허락하지 않는다. 할머니의 계략에 속아 보옥은 보채와 결혼하게 되고, 그날 대옥은 쓸쓸히 숨을 거두며, 인생무상을 느낀 보옥은 과거장에서 그대로 실종된다. 후일 아버지 賈政과 毘陵의 나루터에서 만나지만, 보옥은 목례만 하고 중과 도사 사이에 끼여 눈길 속으로 사라진다. 淸代의 으뜸가는 소설로 꼽히는 이 작품은 1792년에 '程乙本'이 初刊된 이래, 100種 이상의 刊本과 30種 이상의 속작이 나왔다. 근대 이후, 胡適와 兪平伯 등은 이 작품에 대하여 조설근의 자전적 소설이라는 결론을 내리기도 하였다. 작품의 성격과 작자의 출신에 대한 유사함으로 영국의 대문호 셰익스피어(Shakespeare, William。 1564~1616년)를 같이 언급하기도 하는데, 두 사람의 유사성에 대해 살펴보자.

儒林外史

유림외사

8. 說楔子敷陳大義

「人生南北多歧路[1]，將相神仙，也要凡人做。百代興亡朝復暮，江風吹倒前朝樹。功名富貴無憑據，費盡心情，總把流光誤。濁酒三杯沈醉去，水流花謝[2]知何處?」

這一首詞，也是個老生[3]長談。不過說: 人生富貴功名，是身外之物; 但世人一見了功名，便舍著性命去求他。及至到手之後，味同嚼蠟[4]。自古及今，那一個是看得破的!

雖然如此說，元朝末年，也曾出了一個嶔崎磊落[5]的人。人姓王名冕，在諸暨縣鄉村居住。七歲上死了父親，他母親做些針指[6]，供給他到村學

---

* 本篇은 『儒林外史』 第一回에서 발췌한 것이다. 原題는 「說楔子敷陳大義, 借名流隱括全文」이다. 왕면이 혼자서 그림을 배워 이름을 떨치지만, 고을 현령과의 불화와 관료가 되지 말라는 노모의 유언에 따라 은거생활을 하게 되는 과정을 묘사하고 있다.

1) 歧路: 갈림길.

2) 水流花謝: 물이 흐르고, 꽃이 떨어짐. 세월이 흐름.

3) 老生: (경극에서) 재상, 충신, 학자 따위의 중년 이상 남자로 분장하는 배우. 노래 부르는 것을 주로 하며 '文老生'과 '武老生'으로 구분된다. 여기서는 독서인의 자칭으로 '老書生'의 뜻이다.

4) 嚼蠟: 맛이 없다. 무미건조하다.

5) 嶔崎磊落: 嶔崎는 산이 험하고 높이 솟아 있는 모양으로 성정이 고결하여 속되지 않은 것을 뜻하며, 磊落은 뜻이 원대하여 작은 일에 구애받지 아니하는 성격을 말한다.

6) 針指: (=針黹) 바느질.

堂裏去讀書。看看三個年頭，王冕已是十歲了。母親喚他到面前來，說道：「兒啊! 不是我有心要耽誤7)你，只因你父親亡後，我一個寡婦人家8)，只有出去的，没有進來的9)；年歲10)不好，柴米11)又貴，這幾件舊衣服和些舊家伙12)，當的當了，賣的賣了13)；只靠著我替人家做些針指生活尋來的錢，如何供得14)你讀書? 如今没奈何，把你雇在間壁人家15)放牛，每月可以得他幾錢銀子，你又有現成飯吃，只在明日就要去了。」王冕道：「娘說的是。我在學堂裏坐著，心裏也悶，不如往他家放牛，倒16)快活些。假如我要讀書，依舊可以帶幾本去讀。」當夜商議定了。

第二日，母親同17)他到間壁秦老家，秦老留著他母子兩個吃了早飯，牽出一條水牛來交與王冕。指著門外道：「就在我這大門過去兩箭之地18)，便是七泖湖，湖邊一帶綠草，各家的牛都在那裏打睡19)。又有幾十棵合抱的垂楊樹20)，十分陰凉，牛要渴了，就在湖邊上飲水。小哥，你只在

---

7) 耽誤: 시간을 지체하게 하여 (아들의 장래를) 그르치다. 여기서는 공부에 전념하여야 하는 아들에게, 가정 형편상 어쩔 수 없이 일을 하여 생활에 도움을 얻어야 하기 때문에 자연히 학업에 지장이 생기는 것을 염려하는 것이다.

8) 寡婦人家: 寡婦는 남편과 사별한 부인을 말한다. 人家는 사람을 나타내는 명사 뒤에 붙어서 신분을 나타낸다. 여기서는 '과부의 몸(신분)으로'의 뜻이다. '家'는 'jia' 경성으로 읽는다.

9) 只有出去的, 没有進來的: 단지 지출(나가는 것)만 있지, 수입(들어오는 것)은 없다.

10) 年歲: 세월. 시대 상황.

11) 柴米: 장작과 쌀. 생활필수품. 기름(油)과 소금(鹽)을 합쳐서 말하기도 한다.

12) 家伙: 살림살이. 생활용품.

13) 當的當了, 賣的賣了: 저당 잡힐 것은 모두 저당 잡히고, 팔 것은 모두 팔아 버렸다.

14) 供得: 제공할 수 있다.

15) 間壁人家: 이웃집. 間壁는 이웃. 人家는 집.

16) 倒: 오히려. 도리어.

17) 同: ……와 함께. 같이.

18) 兩箭之地: 엎어지면 코가 닿을 정도로 가까운 거리는 아니지만 거리가 가깝다는 표현. '箭'은 화살의 사정거리. 화살을 쏘아 닿을 수 있는 거리.

19) 打睡: 잠자다.

20) 垂楊樹: 수양버들.

這一帶玩耍，不必遠去。我老漢21)每日兩餐小菜飯22)是不少的23)，每日早上，還折兩個錢24)與你買點心吃。只是百事勤謹25)些，休嫌怠慢26)。」他母親謝了擾27)要回家去，王冕送出門來。母親替他理28)理衣。說道：「你在此須要小心，休惹人29)說不是，早出晚歸30)，免我懸望31)。」王冕應諾，母親含著兩眼眼淚去了。

王冕自此只在秦家放牛，每到黃昏，回家跟著母親歇宿32)，或遇秦家煮些腌魚33)、臘肉34)給他吃，他便拿塊荷葉包了回家，遞與35)母親。每日點心錢，他也不買了吃。聚到一兩個月，便偷個空，走到村學堂裏，見那闖36)學堂的書客37)，就買幾本舊書。日逐38)把牛拴39)了，坐在柳蔭

---

21) 老漢: 늙은이가 자기를 겸손하게 일컫는 말. 拙老 또는 愚老라고도 말하며, 보통 '늙은이'로 해석한다.

22) 小菜飯: 밥이나 술 따위를 먹을 때 작은 접시에 담아 먹는 주로 소금 또는 간장에 절여 만든 채소요리를 위주로 먹는 간단한 식사. 음식.

23) 不少的: 적지 않다. 많다.

24) 折……錢: 돈으로 환산하다.

25) 勤謹: 근면하다. 부지런하다.

26) 休嫌怠慢: 休는 ……하지 마라. 嫌은 싫어하다 또는 불만스럽게 생각하다. 怠慢은 태만하다. 즉, 태만하다고 미움을 받지 마라의 뜻이다.

27) 謝擾: 폐를 끼치거나 대접을 받은 것에 대하여 사례의 말을 하다.

28) 理: 가지런하게 하다. 정리하다.

29) 惹人: (말이나 행동이) 다른 사람의 기분을 건드리다. 상대방의 어떤 감정을 불러일으키다.

30) 早出晚歸: 아침에 일찍 일어나 일을 나가고, 밤에는 일을 하다가 늦게 돌아오다. 부지런하고 성실히 일을 하라는 뜻이다.

31) 懸望: 희망을 걸다. 기대하다. 여기서는 '염려하다'의 뜻으로 쓰였다.

32) 歇宿: 묵다. 숙박하다. 여기서는 '잠을 자다'의 뜻이다.

33) 腌魚: 소금에 절인 생선.

34) 臘肉: 소금에 절여 말린 고기.

35) 遞與: 넘겨주다. 건네다.

36) 闖(chuǎng): 말이 문을 나오는 모양으로, 목표를 위해 '도처에서 활동하는'의 뜻이다.

37) 書客: 글방을 다니면서 서적을 파는 사람.

38) 日逐: (= 每天) 매일.

樹下看。

彈指[40]又過了三四年。王冕看書，心下也着實[41]明白了。那日，正是黃梅[42]時候，天氣煩躁[43]。王冕放牛倦[44]了，在綠草地上坐著。須臾[45]，濃雲密布，一陣大雨過了。那黑雲邊上鑲著白雲，漸漸散去，透出一派日光來，照耀得滿湖通紅[46]。湖邊山上，青一塊，紫一塊，綠一塊。樹枝上都像水洗過一番的，尤其綠得可愛。湖裏有十來枝荷花，苞子上清水滴滴，荷葉上水珠滾來滾去。王冕看了一回，心裏想道：「古人說：『人在圖畫中[47]』其實不錯！可惜我這裏沒有一個畫工，把這荷花畫他幾枝，也覺有趣！」又心裏想道：「天下那有個學不會的事？我何不自畫他幾枝？」

正存想[48]間，只見遠遠的一個夯漢[49]，挑了一擔食盒來，手裏提著一瓶酒，食盒上掛著一條毡條[50]，來到柳樹下。將毡條鋪了，食盒打開。那邊走過三個人來，頭戴[51]方巾，一個穿寶藍夾紗直裰[52]，兩人穿玄色

---

39) 拴(shuān): (얽매어 자유스럽게 행동할 수 없도록 새끼 따위로) 비끄러매다. 붙들어 묶다.

40) 彈指: 어느덧.

41) 着實: 확실히. 정말로. 참으로.

42) 黃梅: 매실이 익은 모양. 사오월경을 가리킨다.

43) 煩躁: (＝悶) 날씨는 덥고 답답한 모양.

44) 倦: 싫증나다. 진저리가 나다. 여기서는 고단하다. 피곤하다의 뜻으로 쓰였다.

45) 須臾: 잠시.

46) 滿湖通紅: 호수 전체가 붉게 물들다. 여기서는 햇빛이 내리비추어 호수 전체가 맑고 밝게 보이고 있는 상황을 묘사하는 것이다.

47) 人在圖畫中: 사람이 그림 속에 있다. 아름다운 경치를 묘사하는 것이다.

48) 存想: 생각을 가지다. 품다

49) 夯漢: 덩치 크고 힘만 세서 쓸모없는 사람. 막일하는 사람. 육체노동을 하는 사람.

50) 毡條: (침대 따위에 까는) 모전.

51) 頭戴: 머리에는 ……을 쓰다.

52) 寶藍夾紗直裰: 寶藍은 선명한 남색. 夾紗는 가볍고 가는 실로 성글게 짠 직물을 이중으로 덧붙이다. 直裰은 옛날 관리의 평상복. 또는 중이나 도사가 입는 긴 옷. 일반적으로 수를 놓지 아니한 도포를 말한다. 따라서 여기서는 전체적으로 '천을' 이중으로 댄 진남색의 도

直裰，都是四、五十歲光景，手搖白紙扇，緩步而來。那穿寶藍直裰的是個胖子，來到樹下，尊53)那穿元色的一個鬍子坐在上面，那一個瘦子坐在對席。他想54)是主人了，坐在下面把酒來斟55)。

吃了一回，那胖子開口道：「危老先生56)回來了。新買了住宅，比京裏鍾樓街的房子還大些，值得二千兩銀子。因老先生要買，房主人讓了幾十兩銀賣了，圖個名望體面57)。前月初十搬家，大尊、縣父母58)都親自到門來賀，留著吃酒到二三更天。街上的人，那一個不敬！」那瘦子道：「縣尊是壬午舉人，乃危老先生門生，這是該來賀的。」那胖子道：「敝親家也是危老先生門生，而今在河南做知縣。前日小婿來家，帶二斤乾鹿肉59)來見惠60)，這一盤就是了。這一回小婿再去，托敝親家寫一封字來，去晉謁61)危老先生。他若肯下鄉回拜，也免得這些鄉戶人家，放了驢和猪在你我田裏吃粮食。」那瘦子道：「危老先生要算一個學者了。」那鬍子說道：「聽見前日出京時，皇上親自送出城外，攜著手走了十幾步，危老先生再三打躬62)辭了，方纔上轎回去。看這光景，莫不是就要做官？」三人你一句，我一句，說個不了。

포'를 말한다.

53) 尊: 모시다.

54) 想: 추측하다. 판단하다.

55) 斟: (술잔이나 찻잔에 술이나 차 등을) 따르다. 붓다. 이 밖에도 '헤아리다' 또는 '짐작하다'의 뜻이 있다.

56) 危老先生: 危素. 字는 太樸, 元代 翰林學士를 지냈고, 明代에는 翰林侍講學士 겸 弘文館學士를 지낸 학자이다.

57) 名望體面: 명성과 인망 그리고 체면.

58) 大尊、縣父母: 옛날 관리는 백성을 돌보는 父母라는 관념이 널리 퍼져 있을 때, 縣令을 '縣父母'라 하였고, 그보다 높은 太守나 知府를 '大尊'이라고 하였다.

59) 乾鹿肉: (河南省 지방의 특산물) 말린 사슴고기.

60) 見惠: (＝贈予) 증여하다.

61) 晉謁: 배알하다.

62) 打躬: 허리를 굽혀 절을 하다.

王冕見天色晚了，牽了牛回去。自此，聚[63]的錢不買書了。托人向城裏買些胭脂鉛粉[64]之類，學畫荷花。初時畫得不好，畫到三個月之後，那荷花精神、顏色無一不像。只多著一張紙，就像是湖裏長的；又像才從湖裏摘下來貼在紙上的。鄉間人見畫得好，也有拿錢來買的。王冕得了錢，買些好東好西，孝敬母親。一傳兩，兩傳三，諸暨一縣都曉得是一個畫没骨花卉[65]的名筆，爭著來買。到了十七八歲，不在秦家了。每日畫幾筆畫，讀古人的詩文，漸漸不愁衣食，母親心裏歡喜。

這王冕天性聰明，年紀不滿二十歲，就把那天文、地理、經史上的大學問，無一不貫通。但他性情不同[66]：旣不求官爵，又不交納朋友，終日閉戶讀書。又在『楚辭圖』上看見畫的屈原[67]衣冠，他便自造一頂極高的帽子，一件極闊的衣服。遇著花明柳媚[68]的時節，把一乘牛車載[69]

---

63) 聚: 모으다.

64) 胭脂鉛粉: 胭脂는 연지. 鉛粉은 옛날 부녀자의 화장에 사용되었던 연백분을 말한다. 즉, 여기서는 물감을 뜻한다.

65) 花卉: 화훼. 꽃과 풀. 勾勒法의 경우에는 먼저 윤곽을 그리고 나중에 색을 칠하는 것으로 没骨畫는 동양화에서 윤곽을 그리지 않고 직접 대상을 그리는 법을 말한다.

66) 性情不同: 성격이 남과 달라.

67) 屈原: 굴원의 영향은 唐나라 때 李白, 杜甫에 버금갈 만큼 지대하였으며, 특히 우국시인으로 평가받으면서 그의 뼈아픈 생애와 시혼은 고려 말에 와서 삼은을 비롯한 절개를 숭상하는 지식인들의 추앙을 받으면서 더욱 성행하였다. 楚辭란, 楚나라의 문학을 지칭하는 말로, 북방문학을 대표하는 시경과 비교해서 周나라 때의 남방문학을 대표한다고 할 수 있다. 宋나라 때 黃伯思가『漢書』의 기록을 토대로 하여『翼騷書』에 "屈宋諸騷, 皆書楚語, 作楚聲, 紀楚地, 名楚物, 故可謂之楚辭"(굴원과 송옥의 여러 소는 모두 초나라 말을 썼고 초나라 곡조를 내었으며 초나라 땅을 기록하고 초나라 물건 이름을 붙였으므로 이를 초사라고 했다)고 하여 초사 명칭에 대한 해석을 내렸다. 초기의 초사라는 명칭은 戰國시대의 굴원과 宋玉, 唐勒, 景差 등 초인의 작품만을 지칭하였으나, 前漢의 劉向이 그 범위를 확대시켜 賈誼, 淮南小山, 東方朔, 莊忌, 王褒와 자기의 작품을 추가하여『楚辭』라고 하였다. 하지만 유향의 책은 실전되었고, 그 후 後漢의 王逸이 편찬한『楚辭章句』가 남아 현존하고 있다. 여기에는 屈原의 작품으로 알려져 있는 離騷, 九歌(11편), 天問, 九章(9편), 遠遊, 卜居, 漁父 등 25편 외에 송옥의 九辯, 招魂, 굴원 혹은 경차의 작품이라고 여겨지는 大招, 가의의 惜誓, 회남소산의 招隱士, 동방삭의 七諫, 장기의 哀時命, 왕포의 九懷, 유향의 九歎 그리고 왕일의 九思가 실려 있다.

68) 花明柳媚: 꽃이 밝게 피어나고, 버드나무가 요염하다(아름답다).

69) 載: 모시다. 태우다.

了母親，他便戴了高帽，穿了闊衣，執著鞭子，口裏唱著歌曲，在鄉村鎮上，以及湖邊，到處玩耍。惹的鄉下孩子們三五成群跟著他笑，他也不放在意下。只有隔壁秦老，雖然務農，卻是個有意思的人。因自小看見他長大，如此不俗，所以敬他、愛他，時時和他親熱，邀在草堂裏坐著說話兒。

一日，正和秦老坐著，只見外邊走進一個人，頭帶瓦楞帽[70]，身穿青布衣服。秦老迎接，叙禮坐下。這人姓翟[71]，是諸暨縣一個頭役[72]，又是買辦[73]。因秦老的兒子秦大漢拜在他名下，叫他乾爺，所以常時[74]下鄉來看親家。秦老慌忙叫兒子烹茶、殺鷄、煮肉款留[75]他，並要王冕相陪。彼此道過姓名，那翟買辦道：「這位王相公[76]，可就是會畫没骨花的麼？」秦老道：「便是了。親家，你怎得[77]知道？」翟買辦道：「縣裏人那個不曉得？因前日本縣老爺吩咐，要畫二十四幅花卉册頁[78]送上司，此事交在我身上。我聞有王相公的大名，故此一俓[79]來尋親家。今日有緣，遇著王相公，是必費心[80]大筆畫一畫。在下半個月後下鄉來取。老爺少不得[81]還有幾兩潤筆[82]的銀子，一並送來。」秦老在傍，着實攛掇[83]。

---

70) 瓦楞帽: 옛날 서민들이 쓰던 두껍고도 둥근 모자의 일종. 기왓고랑과 같은 홈이 세로로 나 있음. 士大夫가 쓰던 '方巾'과 구별이 된다.

71) 翟(Zhái): 사람의 성. '책'으로 읽음.

72) 頭役: 심부름꾼 중에서 우두머리. 옛날 官署에서 捕役에 종사하는 우두머리.

73) 買辦: 물품 구매를 전담하는 사람.

74) 常時: 자주.

75) 款留: (손님을) 성심으로 만류하여 머무르게 하다. 대접하다.

76) 相公: 젊은 선비.

77) 怎得: 어떻게.

78) 册頁: 책이나 그림 등을 표구하는 것.

79) 一俓: 한걸음에. 곧장. 바로.

80) 費心: 힘써. 노력하여.

81) 少不得: 빼놓을 수 없다. 없어서는 안 된다. ……하지 않을 수 없다.

王冕屈不過秦老的情，只得應諾了。回家用心用意，畫了二十四幅花卉，都題了詩在上面。翟頭役稟過了本官，那知縣時仁發出二十四兩銀子來。翟買辦扣克了十二兩，只拿十二兩銀子送與王冕，將冊頁取去。時知縣又辦了幾樣禮物，送與危素，作候問之禮。

　　危素受了禮物，只把這本冊頁看了又看，愛玩不忍釋手。次日，備了一席酒，請時知縣來家致謝。當下寒暄84)已畢，酒過數巡，危素道：「前日承老父臺85)所惠冊頁花卉，還是古人的呢，還是現在人畫的？」時知縣不敢隱瞞，便道：「這就是門生86)治下一個鄉下農民，叫做王冕，年紀也不甚大。想是才學畫幾筆，難入老師的法眼87)。」危素嘆道：「我學生出門久了，故鄉有如此賢士，竟坐不知，可為慚愧！此兄不但才高，胸中見識，大是不同，將來名位不在你我之下。不知老父臺可以約他來此相會一會麼？」時知縣道：「這個何難？門生回去，即遣人相約。他聽見老師相愛，自然喜出望外88)了。」說罷，辭了危素，回到衙門，差翟買辦持個侍生帖子89)去約王冕。

　　翟買辦飛奔下鄉，到秦老家，邀王冕過來，一五一十90)嚮他說了。王冕笑道：「卻是起動頭翁，上覆91)縣主老爺，說王冕乃一介92)農夫，不

---

82) 潤筆: 글씨를 쓰거나 그림을 그림 또는 보수.

83) 攛掇: 권함. 종용함.

84) 寒暄: 주인과 손님이 날씨 등 일상적인 것을 물으며 수인사를 함.

85) 老父臺: 옛날 地方縣令에 관한 존칭.

86) 門生: 제자.

87) 法眼: 眼光이 날카로워, 鑑別力이 있음을 나타낸다.

88) 喜出望外: 뜻밖의 기쁜 일을 만나 기뻐 어쩔 줄 모르다.

89) 侍生帖子: 侍生은 윗분에 대한 자기의 겸칭.

90) 一五一十: 처음부터 끝까지. 낱낱이. 일일이. 하나하나.

91) 上覆: 위에 보고하여 아뢰다.

92) 一介: 일개. 한낱. 한 개와 같은 말.

敢求見。這尊帖也不敢領。」翟買辦變了臉道:「老爺將帖請人，誰敢不去! 況這件事原是我照顧你的。不然老爺如何得知你會畫花? 照理[93]，見過老爺，還該重重的謝我一謝才是! 如何走到這裏，茶也不見你一杯，卻是推三阻四[94]不肯去見，是何道理! 叫我如何去回覆得老爺? 難道老爺一縣之主，叫不動一個百姓麼?」

王冕道:「頭翁，你有所不知。假如我爲了事，老爺拿票子傳我，我怎敢不去? 如今將帖來請，原是不逼迫[95]我的意思了，我不願去，老爺也可以相諒[96]。」翟買辦道:「你這說的都是甚麼話! 票子傳著倒要去，帖子請著倒不去，這不是不識抬舉了!」秦老勸道:「王相公，也罷，老爺拿帖子請你，自然是好意，你同親家去走一回罷。自古道:『滅門的知縣[97]。』你和他拗[98]些甚麼?」王冕道:「秦老爺，頭翁不知，你是聽見我說過的。不見那段干木、泄柳的故事[99]麼? 我是不願去的。」翟買辦道:「你這是難題目與我做，叫拿甚麼話去回老爺?」秦老道:「這個果然也是兩難。若要去時，王相公又不肯; 若要不去，親家又難回話。我如今倒有一法: 親家回縣裏，不要說王相公不肯; 只說他抱病在家，不能就來。一兩日間好了就到。」翟買辦道:「害病，就要取四隣[100]的甘結[101]!」

---

93) 照理: (＝論理)

94) 推三阻四: (＝推三托四) 여러 가지 핑계를 대어 회피하다.

95) 逼迫: 압박하여 강제로 시키다.

96) 相諒: 양해하다. 용서하다. 이해하다.

97) 滅門的知縣: 한 가문이나 가정을 멸족시킬 수 있을 정도로 대단한 권세와 위력을 가진 지현.

98) 拗: 不順從의 뜻이다.

99) 干木、泄柳的故事: 戰國時代 魏의 賢士 段干木은 임금 만나기를 꺼려 담을 넘어 피했고, 泄柳는 春秋時代 魯의 현사로 繆公이 만나러 갔지만 문을 닫고 받아들이지 않았다는 고사.

100) 四隣: 이웃사람.

101) 甘結: 官署에 대해 타인의 행위가 진실이며 그렇지 않을 경우 어떤 처벌도 달게 받겠다는 문서.

彼此爭論一番，秦老整治102)晚飯與他吃了，又暗叫103)了王冕出去向母親秤104)了三錢二分銀子，送與翟買辦做差錢，方才應諾去了。

回覆知縣。知縣心裏想道：「這小廝那裏害甚麼病！想是翟家這奴才，走下鄉狐假虎威105)，着實恐嚇了他一場。他從來不曾見過官府的人，害怕不敢來了。老師既把這個人托我，我若不把他就叫了來見老師，也惹得老師笑我做事疲軟106)。我不如竟自己107)下鄉去拜他。他看見賞他臉面108)，斷不是109)難為他的意思，自然大著膽110)見我。我就順便帶了他來見老師，卻不是辦事勤敏？」又想道：「一個堂堂111)縣令，屈尊112)去拜一個鄉民，惹得衙役們笑話。」又想到：「老師前日口氣，甚是敬他，老師敬他十分113)，我就該敬他一百分。況且114)屈尊敬賢，將來志書115)上少不得稱贊一篇。這是萬古千年不朽116)的勾當117)，有甚麼做不得！」

---

102) 整治: (일)하다.

103) 暗叫: 은밀하게(남모르게) 부르다.

104) 秤: (= 稱)

105) 狐假虎威: 여우가 호랑이의 위세를 빌려 다른 짐승을 위협한다는 뜻으로, 남의 권세를 빌려 허세를 부리는 것을 말한다.

106) 疲軟: 피로하여 기운이 없다. 몸이 나른하고 마음이 내키지 않다. 여기서는 '분명하지 않고 애매모호하게 하다'의 의미를 가지고 있다.

107) 自己: 스스로.

108) 賞他臉面: (윗사람이 아랫사람에게) 그의 체면을 살려 주다.

109) 斷不是: 결코(절대로) ……이지 않다.

110) 大著膽: 대담하게.

111) 堂堂: 당당하다.

112) 屈尊: (억지로 참고) 몸을 낮추어서 ……하다. (상대방이) 참고 ……해 주다.

113) 十分: 매우.

114) 況且: 하물며. 게다가. 더구나.

115) 志書: 縣志, 府志 등 한 지방에 관한 사항을 적은 기록.

116) 不朽: 계제가 나쁘다. 형편이 좋지 않다.

117) 勾當: 일. 짓. 수작.

當下定了主意。

　　次早, 傳齊轎夫, 也不用全副執事, 只帶八個紅黑帽夜役[118]軍牢[119], 翟買辦扶著轎子, 一直下鄉來。鄉裏人聽見鑼聲, 一個個扶老攜幼, 挨擠了看。轎子來到王冕門首, 只見七八間草屋, 一扇白板門緊緊關著。翟買辦搶上幾步, 忙去敲門。敲了一會, 裏面一個婆婆[120], 掛著拐杖[121], 出來說道:「不在家了。從清早晨牽牛出去飲水, 尚未回來。」翟買辦道:「老爺親自在這裏傳你家兒子說話, 怎的慢條斯理[122], 快快說在那裏, 我好去傳!」那婆婆道:「其實[123]不在家了, 不知在那裏。」說畢, 關著門進去了。

　　說話之間, 知縣轎子已到。翟買辦跪在轎前稟道:「小的傳王冕, 不在家裏, 請老爺龍駕[124]到公館[125]裏略坐一坐, 小的再去傳。」扶著轎子, 過王冕屋後來。屋後橫七豎八[126]幾稜窄田埂, 遠遠的一面大塘, 塘邊都栽滿了榆樹、桑樹。塘邊那一望無際的幾頃田地, 又有一座山, 雖不甚大, 卻青葱[127]樹木, 堆滿山上。約有一里多路, 彼此叫呼, 還聽得見。知縣正走著, 遠遠的有個牧童, 倒騎水牯牛, 從山嘴邊轉了過來。

---

118) 夜役: (＝衙役) 官衙에서 부리던 하인.

119) 軍牢: (＝兵衛) 官衙에서 복역하는 위병.

120) 婆婆: 할멈.

121) 拐杖: 지팡이.

122) 慢條斯理: 느릿느릿. 어물어물.

123) 其實: (그러나) 실제는.

124) 龍駕: 천자의 수레. 여기서는 현령의 수레를 높여 부른 것으로, '수레'로 해석하는 것이 적당하다.

125) 公館: 관리의 관저. 또는 관리 자신의 집무실 이외의 다른 지역에 임시로 거처할 수 있도록 만들어 놓은 사택.

126) 橫七竪八: 어수선하게 흩어져 있는 모양. 무질서하게 널려 있는 모양.

127) 青葱: (풀이나 나무 따위가) 짙푸르다.

翟買辦趕將上去，問道：「秦小二漢，你看見你隔壁的王老大牽了牛在那裏飲水哩？」小二道：「王大叔麼？他在二十里路外王家集親家家[128]那裏吃酒去了。這牛就是他的，央及[129]我替他趕了來家。」翟買辦如此這般稟了知縣。知縣變著臉道：「旣然如此，不必進公館了！卽回衙門去罷！」時知縣此時心中十分惱怒[130]，本要立卽差人拿了王冕來責懲[131]一番，又想恐怕危老師說他暴躁[132]，且忍口氣回去，慢慢嚮老師說明此人不中抬舉[133]，再處置他也不遲。知縣去了。

王冕並不曾遠行，卽時走了來家。秦老過來抱怨[134]他道：「你方才也太執意[135]了。他是一縣之主，你怎的這樣怠慢他？」王冕道：「老爹請坐，我告訴你。時知縣倚著危素的勢，要在這裏酷虐[136]小民，無所不爲。這樣的人，我爲甚麼要相與[137]他？但他這一番回去，必定嚮危素說；危素老羞變怒，恐要和我計較[138]起來。我如今辭別[139]老爹，收拾行李，到別處去躲避幾時。只是母親在家，放心不下。」母親道：「我兒！你歷年賣詩賣畫，我也積聚[140]下三五十兩銀子，柴米不愁沒有。我雖年老，

---

128) 集親家家: 集은 모이다. 親家는 친척. 뒤에 있는 家는 명사 뒤에 쓰여 동류의 사람을 나타낸다. 즉, '친척들이 모여 사는'의 뜻이다.

129) 央及: 請求. 간청하다. 애원하다. 부탁하다.

130) 惱怒: 성을 내다.

131) 責懲: 책망하여 비난하다. 힐책하다.

132) 暴躁: (성미가) 거칠고 급하다. 성내다.

133) 抬擧: (사람을) 발탁하다. 밀어주다. 보살피다.

134) 抱怨: 원망을 품다. 원망하다.

135) 執意: 자신의 견해를 고집하다.

136) 酷虐: 몹시 혹독하다. 지나치게 가혹하다.

137) 相與: (= 結交) 사귀다. 교제하다.

138) 計較: 언쟁하다. 승강이하다.

139) 辭別: 이별을 고하다.

140) 積聚: 모으다.

又無疾病，你自放心出去，躲避些時不妨。你又不曾犯罪，難道官府來拿你的母親去不成？」秦老道：「這也說得有理。況你埋沒141)在這鄉村鎮上，雖有才學，誰人是識得你的？ 此番到大邦去處，或者走出些遇合來也不可知。你尊堂家142)下大小事故143)，一切都在我老漢身上，替你扶持144)便了。」王冕拜謝了秦老。

秦老又走回家去，取了些酒肴來，替王冕送行，吃了半夜酒回去。次日五更145)，王冕起來收拾行李，吃了早飯，恰好秦老也到。王冕拜辭了母親，又拜了秦老兩拜，母子灑淚分手。王冕穿上麻鞋，背上行李，秦老手提一個小白燈籠，直送出村口，灑淚而別。秦老手拿燈籠，站著看著他走，走得望不著了，方才回去。

王冕一路風餐露宿146)，九十里大站，七十里小站，一徑來到山東濟南府地方。這山東雖是近北省分，這會城卻也人物富庶，房舍稠密。王冕到了此處，盤費用盡了，只得租個小庵門面屋，賣卜測字，也畫兩張沒骨的花卉貼在那裏，賣與過往的人。每日問卜賣畫，倒也擠個不開。

彈指間，過了半年光景。濟南府裏有幾個俗財主，也愛王冕的畫，時常要買。又自己不來，遣幾個粗夯小斯147)，動不動大呼小叫，鬧的王冕不得安穩148)。王冕心不耐煩， 就畫了一條大牛貼在那裏。又題幾句詩

---

141) 埋没: 묻혀 살다.

142) 尊堂家: (＝令堂) 타인의 모친을 높여 부르는 말.

143) 事故: 일. 사건.

144) 扶持: 돕다. 보살피다.

145) 五更: 새벽 3시에서 5시경.

146) 風餐露宿: 바람을 맞으면서 식사를 하고 이슬이 내린 곳에서 노숙하다. 여행의 괴로움을 겪다.

147) 粗夯: (＝小斯) (몸이나 행동이) 둔하다. 여기서는 '우둔한 녀석들'의 뜻이다.

148) 安穩: 안정하다. 평온하다.

在上，含著譏刺[149]。也怕從此有口舌，正思量搬移一個地方。那日清早，繞坐在那裏，只見許多男女，啼啼哭哭，在街上過，也有挑著鍋的，也有籮擔內挑著孩子的，一個個面黃饑瘦[150]，衣裳襤褸[151]。過去一陣，又是一陣，把街上都塞滿了。也有坐在地上求化錢的。問其所以，[152] 都是黃河沿上的州縣，被河水決[153]了。田廬房舍，盡行漂沒。這是些逃荒[154]的百姓，官府又不管，只得四散覓食。王冕見此光景，過意不去[155]，歎了一口氣道：「河水北流，天下自此將大亂了。我還在這裏做甚麼！」將些散碎[156]銀子收拾好了，拴束行李，仍舊回家。入了浙江境，才打聽得危素已還朝了。時知縣也升任去了。因此放心回家，拜見母親。看見母親健康如常，心中歡喜。母親又嚮他說秦老許多好處。他慌忙打開行李，取出一匹繭綢[157]，一包耿餅[158]，拿過去拜謝了秦老。秦老又備酒與他洗塵[159]。自此，王冕依舊吟詩作畫，奉養母親。

又過了六年，母親老病臥床，王冕百方延醫調治，[160] 總不見效。一

---

149) 譏刺: 풍자하다. 비꼬다.

150) 面黃饑瘦: (영양부족이나 오래 앓아) 얼굴이 누렇게 뜨고 몹시 수척하다.

151) 襤褸: 남루하다.

152) 所以: 까닭. 이유. 원인.

153) 決: (=淹) 물에 잠기다.

154) 逃荒: 기근으로 인하여 살던 곳을 버리고 다른 곳으로 떠나가다.

155) 過意不去: 미안해하다. 죄송하게 생각하다. 여기서 過意는 '지나치게 마음을 쓰다', '잘못 생각하다', '마음에 꺼리다'라는 의미 중에서 '마음에 꺼리어'로 해석하고, '……不去'는 동작의 결과가 화자로부터 떨어질 수 없는 상황으로, 화자의 마음이 편하지 않은, 즉 좋지 않음을 나타내는 것이다. 따라서 여기서는 마음에 꺼리는 것이 있어 마음이 편하지 않다는 뜻이다.

156) 散碎: 자질구레하다. 소량이다. 散碎銀子는 '은자 쪼가리' 또는 '부스러기 은전'보다는 '약간의 은자 또는 돈'으로 해석하는 것이 좋을 듯하다.

157) 繭綢: 명주. 山東省에서 생산되기 때문에 '山東綢'라고도 한다.

158) 耿餅: 곶감의 일종. 山東省 菏澤縣 耿莊에서 만들어 '耿餅'이라고 불린다.

159) 洗塵: 자리를 마련하여 먼 곳에서 오는 사람을 환영하다.

160) 調治: 몸조리하다. 요양하다.

日，母親吩咐王冕道：「我眼見不濟事了。但這幾年來，人都在我耳根前說你的學問有了，該勸你出去做官。做官怕不是榮宗耀祖[161]的事，我看見這些做官的，都不得有甚好收場[162]。況你的性情高傲，倘若弄出禍來，反爲不美。我兒可聽我的遺言，將來娶妻生子，守著我的墳墓，不要出去做官。我死了，口眼也閉!」王冕哭著應諾。他母親淹淹[163]一息，歸天去了。王冕擗踴[164]哀號，哭得那隣舍之人，無不落淚。又虧[165]秦老一力幫襯，制備衣衾棺槨[166]。王冕負土成墳，三年苫塊[167]，不必細說。

到了服闋[168]之後，不過一年有餘，天下就大亂了。方國珍據了浙江，張士誠據了蘇州，陳友諒據了湖廣，都是些草竊[169]的英雄。只有太祖皇帝起兵滁陽[170]，得了金陵[171]，立爲吳王，乃是王者之師。提兵破了方國珍，號令全浙，鄉村都市並無騷擾。

一日，日中時分，王冕正從母親墳上拜掃回來，只見十幾騎馬竟投他村裏來。爲頭一人，頭戴武巾，身穿團花戰袍，白淨面皮，三綹髭鬚，眞有龍鳳之表。那人到門首下了馬，嚮王冕施禮道：「動問一聲[172]，那裏

---

161) 榮宗耀祖: 조상의 이름을 빛내다.

162) 收場: 결말. 최후.

163) 淹淹: 위축되다. 여기서는 (숨소리가) '점점 희미해지다'의 뜻이다.

164) 擗踴: (애통해서) 가슴을 치며 발을 구르다.

165) 虧: 다행히. 덕분에.

166) 棺槨(guānguǒ): 관곽. 시체를 넣는 속 널과 겉 널.

167) 苫塊: 옛날 '거적을 깔고 흙덩이를 베개로 삼아' 부모를 여읜 사람이 상복(喪服)하는 모양을 말한다.

168) 服闋: (옛 제도) 부모님께서 돌아가시면 삼 년 동안 상(喪)을 지키며, 기간이 다 되면 상복을 벗어 태우는 것을 말한다. 여기서는 '삼 년 모친의 상을 전부 끝마치다'의 뜻이다.

169) 草竊: 도둑놈.

170) 滁陽: 安徽省 滁縣.

171) 金陵: 금릉. 남경의 옛 이름.

172) 動問一聲: 삼가 한마디 여쭙다. 매우 예의를 갖추어 질문할 때 쓰는 말.

是王冕先生家？」王冕道：「小人王冕，這裏便是寒舍。」那人喜道：「如此甚妙，特來晋謁。」吩咐從人下了馬，屯在外邊，把馬都繫在湖邊柳樹上。那人獨和王冕攜手進到屋裏，分賓主施禮坐下。王冕道：「不敢拜問尊官尊姓大名？因甚降臨這鄉僻所在？」那人道：「我姓朱，先在江南起兵，號滁陽王，而今據有金陵，稱爲吳王的便是。因平方國珍到此，特來拜訪先生。」王冕道：「鄉民肉眼[173]不識，原來就是王爺。但鄉民一介愚人，怎敢勞王爺貴步？」吳王道：「孤[174]是一個粗鹵漢子[175]，今得見先生儒者氣象，不覺功利之見頓消。孤在江南，卽慕大名，今來拜訪，要先生指示：浙人久反之後，何以能服其心？」王冕道：「大王是高明遠見的，不消鄉民多說。若以仁義服人，何人不服？豈但浙江。若以兵力服人，浙人雖弱，恐亦義不受辱，不見方國珍麼？」吳王嘆息，點頭稱善。兩人促膝[176]談到日暮。那些從者都帶有乾粮，王冕自到廚下，烙了一斤面餅，炒了一盤韭菜，自捧出來陪著。吳王吃了，稱謝教誨，上馬去了。這日，秦老進城回來，問及此事，王冕也不曾說就是吳王，只說是軍中一個將官，嚮年在山東相識的，故此來看我一看。說著就罷了。

不數年間，吳王削平禍亂，定鼎應天，天下統一，建國號大明，年號洪武。鄉村人各各安居樂業。到了洪武四年，秦致又進城裏，回來嚮王冕道：「危老爺已自問了罪，發在和州去了。我帶了一本邸抄[177]來與你看。」王冕接過來看，才曉得危素歸降之後，妄自尊大[178]；在太祖面前自稱老臣。太祖大怒，發往和州守余闕墓去了。此一條之後，便是禮部

---

173) 肉眼: 식견이 없는 안목. 평범한 안목. 맨눈.

174) 孤: (옛날 王侯의 겸칭) 이 사람.

175) 粗鹵漢子: (성격이나 행동 등이) 우악스럽다. 우락부락하다. 경솔하다. 거칠다.

176) 促膝: 무릎을 맞대다. 두 사람이 친절하게 말을 나누거나 비밀스럽게 담소를 나누다.

177) 邸抄: 옛날의 관보.

178) 妄自尊大: 함부로 잘난 체하다. 무턱대고 거만하게 행동하다.

議定[179]取士之法。三年一科，用『五經』、『四書』、八股文。王冕指與秦老看道：「這個法卻定的不好！將來讀書人旣有此一條榮身之路，把那文行出處都看得輕了。」說著，天色晚了下來。

此時正是初夏，天時乍熱[180]。秦老在打麥場上放下一張桌子，兩人小飲。須臾，東方月上，照耀得如同萬頃玻璃一般。那些眠鷗宿鷺[181]，闃然[182]無聲。王冕左手持杯，右手指著天上的星，嚮秦老道：「你看，貫索[183]犯文昌[184]，一代文人有厄！」話猶未了，忽然起一陣怪風，刮得樹木都颼颼[185]的響；水面上的禽鳥，格格驚起了許多。王冕同秦老嚇的將衣袖蒙了臉。少頃，風聲略定，睜眼看時，只見天上紛紛有百十個小星，都墜嚮東南角上去了。王冕道：「天可憐見，降下這一伙星君去維持文运，我們是不及見了！」當夜收拾家伙，各自歇息。

自此以後，時常有人傳說，朝廷行文到浙江布政司，要徵聘王冕出來做官。初時不在意裏，後來漸漸說的多了，王冕並不通知秦老，私自收拾，連夜逃往會稽山中。半年之後，朝廷果然遣一員官，捧著詔書，帶領許多人，將著綵緞[186]表裏，來到秦老門首。見秦老八十多歲，鬚鬢皓然[187]，手扶拄[188]杖。那官與他施禮，秦老讓到草堂坐下。那官問道：「王冕先

---

179) 議定: 토의하여 결정하다.

180) 乍熱: 작열하다. 내리 쬐다.

181) 眠鷗宿鷺: 잠자는 갈매기와 둥지에서 잠을 자는 해오라기(백로).

182) 闃然: 인기척 하나 없이 아주 고요하다.

183) 貫索: (별이름) 옛날에는 감옥을 상징하는 별자리라고 여겼다.

184) 文昌: (별이름) 옛날에는 학문을 하는 사람의 운명을 관장한다고 여겼다.

185) 颼颼: (바람소리) 쏴쏴. 윙윙. 쌩쌩.

186) 綵緞: 색무늬 비단.

187) 皓然: 희다.

188) 拄: (지팡이 따위로) 몸을 지탱하다.

生就在這莊上麼？而今皇恩授他咨議參軍[189]之職，下官特地捧詔而來。」
秦老道：「他雖是這裏人，只是久已不知去嚮了。」秦老獻過了茶，領那
官員走到王冕家，推開了門，見蠨蛸[190]滿室，蓬蒿滿徑，知是果然去得
久了。那官咨嗟[191]嘆息了一回，仍舊捧詔回旨去了。

　　王冕隱居在會稽山中，並不自言姓名。後來得病去世，山隣斂些錢
財，葬於會稽山下。是年，秦老亦壽終[192]於家。可笑近來文人學士，說
著王冕，都稱他做王參軍，究竟王冕何曾做過一日官？所以表白一番。
這不過是個「楔子」，下面還有正文。

---

189)　咨議參軍: 咨議는 고문관. 參軍은 출납문서를 맡은 관직. 여기서는 임금이나 재상 또는 장
　　군의 군사 막료를 가리킨다.
190)　蠨蛸: 갈거미.
191)　咨嗟: 한숨을 쉬다. 찬탄하다.
192)　壽終: 목숨을 다하다.

* 생각해 봅시다 *

1. 『儒林外史』는 중국 淸代의 장편소설로, 吳敬梓(1701~1754년)의 작품이다. 『儒林 外史』에서 '儒林'이란 유학을 공부하는 선비집단을 뜻하고, '外史'란 史官이 아 닌 재야에 있는 사람이 기록한 역사적 사실을 말한다. 작자는 작품에서 날카 롭고 해학적인 필치로 사대부들의 정신생활의 공허함과 부패 그리고 타락을 신랄하게 비판하였으며, 특히 관리들의 탐욕과 지주들의 인색함과 같은 사회 의 어두운 모습과 도덕성 상실 그리고 풍속 피폐의 현상들을 다양한 모습으 로 폭로 고발하였다. 『儒林外史』에 표현된 당시 사회는 출세의 길이 오로지 科 擧와 연결되어 있어, 科擧及第는 세상의 부와 명예를 얻는 것을 의미하고, 반 대로 科擧落榜은 선비로서의 품위 훼손뿐만이 아니라 생계까지도 어려워지는 것을 뜻했다. 그런 점에서 장사꾼과 농민 등 서민의 모습은 가난하였지만 작 자의 눈에는 가장 인간적인 모습으로 보였고, 과거급제만을 목적으로 하는 선비들의 생활이나 재물과 권력에 대한 욕망으로 인해 부패와 악덕을 일삼는 상류계급은 공공의 적으로 대비되면서, 작품에서는 科擧에 등을 돌리고 자유 로이 사회의 일원으로 살아가는 가난하지만 건전한 서민의 모습이 냉소적인 필치로 묘사되었다. 이 소설에는 수많은 인간이 이합집산하며 다양한 사건을 일으킨다. 그런 점에서 오락성은 작지만, 작자의 담담한 필치 속에 감추어진 날카로운 풍자의 칼끝은 오늘날 출세를 위해 자신의 품위를 상실한 이들에게 도 섬뜩함을 느끼게 하고 있다. 본문에서 주인공은 처음에 자신의 가치관에 따라 관직에 나가지 않고 나중에는 모친의 유언에 따라 出仕하지 않는데, 주 인공 王冕의 생각과 모친의 견해와는 어떤 차이가 있는지 살펴보자.

2. 본 편의 남자 주인공 王冕(1287~1359년)은 중국 원나라 때 浙江省 출신으로, 畵 家 겸 詩人으로 유명했던 실존하는 인물이다. 본 편의 내용처럼 그는 가난한 농 민 집안 출신으로 공부를 좋아하여 고학을 하였고, 여러 차례 진사시험에 응시 하였다가 낙방을 하고는 九里山에 은거하면서 그림을 그려 생계를 이었다.

그는 墨의 濃淡을 변화시켜 절기와 날씨가 다를 때 각기 다른 모습으로 피어 있는 매화의 자태를 표현하였고, 특히 많은 가지와 꽃을 빽빽하게 표현한 것이 특징이다. 또한 그는 그림을 그린 뒤에는 詩를 짓고 낙관을 찍어 중국 화풍의 독특한 풍격을 창출해 냈으며, 대표작으로는 『墨梅圖』와 『梅花圖』가 있다. 그렇다면 본문을 통해 王冕이 그림을 그리게 된 동기는 무엇인지 살펴보고, 그가 추구하고자 하는 작품 세계는 어떠하였을지 생각해 보기로 하자. 그리고 만약 주인공이 살고 있던 마을에 유명한 畵工이 있었다면 그의 일생은 어떠하였을지, 과연 그가 그림 그리기를 시작하였을지 생각해 보자.

3. 『儒林外史』의 문학적 가치는 무엇보다도 풍자문학의 백미로 작자가 해학성을 잃지 않고 표현의 정확성과 객관적인 창작태도를 유지하고 있다는 점이다. 또한 『儒林外史』에는 세련되고 생동적인 언어와 풍부한 표현력을 바탕으로 높은 수준의 풍자수법이 사용되고 있으며, 부정과 긍정의 양면성이 서로 모순 상반되는 두 세계가 잘 표현되어 있다. 세상에는 부귀공명만을 꿈꾸는 이들과 함께 부귀공명에는 뜻이 없는 것처럼 고상한 양하면서 남들이 보지 않는 곳에서는 온갖 부패와 악덕을 일삼는 추악한 부류와 입신양명보다는 자신의 몸으로 직접 노동을 하면서 공명과 재물을 탐하지 않고 세상 부조리와 타협하지 않으며 살아가고 있는 부류로 나눌 수 있다. 본 편에 등장하는 인물 중 자신의 부와 명예 그리고 권력을 위해 삶을 영위하는 인물로 누가 있는지 조사해 보고 또 그 유형을 살펴보자. 아울러 21세기에는 어떤 유형이 사회지도층으로 자리를 차지하고 있는지 그 이유에 대해서도 살펴보자.

4. 본 편 마지막에 보면, 우리나라에서 사용하는 한자어와 그 의미가 다르게 사용되는 단어를 만나게 된다. 물론 이와 같은 예는 한두 가지가 아니다. 글자는 같으나 그 의미가 다른 단어로는 어떤 것이 있는지 살펴보고, 우리나라와 중국 혹은 일본에서 사용되고 있는 한자어 중에서 그 의미가 다른 단어들이 존재하는 이유에 대해 생각해 보자.

5. 儒家가 儒教로 변모하게 된 이유는 무엇인지, 儒家의 학설은 道家나 墨家 또는 法家의 사상과 어떤 차이가 있고, 본 편에 등장하는 유학자들은 어떤 연유에서

비판을 받고 있는지에 대해 살펴보자. 또한 儒家의 학설이 21세기에 활용될 수 있는지, 만약 적용될 수 있다면 아니 적용되어야 한다면 어떤 분야에 어떻게 적용되어야 하는지에 대해 생각해 보자.

老殘遊記

노잔유기

9. 風能鼓浪到處可危

話說山東登州府東門外有一座大山，名叫蓬萊山[1]。山上有個閣子，名叫蓬萊閣。這閣造得畫棟飛雲，珠簾捲雨，十分壯麗。西面看城中人戶，煙雨萬家；東面看海上波濤，崢嶸千里。所以城中人士往往於下午攜尊挈酒[2]，在閣中住宿，準備次日天未明[3]時，看海中出日。習以為常，這且不表。

卻說那年有個遊客，名叫老殘。此人原姓鐵，單名一個英字，號補殘。因慕懶殘和尚煨芋的故事，遂取這「殘」字做號。大家因他為人頗不討厭，契重他的意思，都叫他老殘。不知不覺這「老殘」二字便成了個別號了。他年紀不過三十多歲，原是江南人氏。當年也曾讀過幾句詩書，因八股文章做得不通，所以學也來曾進得一個，教書没人要他，學生意又

---

* 本篇은 『老殘遊記』 第一回의 內容을 발췌한 것이다. 사람 좋은 노잔이 시서에는 능하지만, 팔고문에 정통하지 못하여 관료가 되지 못하고, 여행을 떠나기에 앞서 그 과정을 설명하고 있다. 여기서 우리는 노잔의 사람 됨됨이를 미리 엿볼 수 있는 내용이다. 원래 제목은 「土不制水歷年成患, 風能鼓浪到處可危」이다.

[1] 蓬萊山: 봉래산. 원래는 중국 전설 속에 나오는 가상의 三神山으로, 여기서는 山東省 登州府에 있는 산 이름이다.

[2] 攜尊挈酒: 攜는 손을 잡아끌고, 尊은 지방 관리를 높여 부르는 말이지만 여기서는 '친구' 또는 '연인'의 뜻으로 쓰였다. 挈은 '인솔하다' 또는 '휴대하다'의 뜻으로 사용되었다. 전체적으로 '마음에 드는 상대의 손을 잡아끌고 술병을 가지고서'의 의미이다.

[3] 未明: 하늘이 밝아 오지 않았다. 판본에 따라서는 '未' 대신에 '來'字를 사용하기도 하였는데, '하늘 또는 날이 밝아오다'의 뜻이 된다.

嫌歲數大，不中用了。其先，他的父親原也是個三、四品的官，因性情迂拙[4]，不會要錢，所以做了二十年實缺，回家仍是賣了袍褂做的盤川[5]。你想，可有餘資給他兒子應用呢？

這老殘既無祖業可守，又無行當可做，自然「饑寒」二字漸漸的相逼來了。正在無可如何，可巧天不絕人，來了一個搖串鈴[6]的道士，說是曾受異人傳授，能治百病，街上人找他治病，百治百效。所以這老殘就拜他為師，學了幾個口訣。從此也就搖個串鈴，替人治病餬口[7]去了，奔走江湖[8]近二十年。

這年剛剛走到山東古千乘地方，有個大戶，姓黃，名叫瑞和，害了一個奇病，渾身潰爛[9]，每年總要潰幾個窟窿。今年治好這個，明年別處又潰幾個窟窿。經歷多年，沒有人能治得這病。每發都在夏天，一過秋分，就不要緊了。

那年春天，剛剛老殘走到此地，黃大戶家管事的，問他可有法子治這個病，他說：「法子盡有，只是你們未必依我去做，今年權且[10]略施小技，試試我的手段。若要此病永遠不發，也沒有甚麼難處，只須依著古人方法，那是百發百中的。別的病是神農、黃帝傳下來的方法，只有此病是大禹傳下來的方法。後來唐朝有個王景得了這個傳授，以後就沒有人知道此方法了。今日奇緣，在下倒也懂得些個。」於是黃大戶家遂留

---

4) 迂拙: 어리석고 막히다. 암둔하다.

5) 盤川: 여비.

6) 搖串鈴: 옛날 이곳저곳 돌아다니며 진료하던 떠돌이 의사. 串鈴은 손님을 끌기 위하여 흔드는 방울로 세상을 돌아다니는 점쟁이 또는 행상인들이 주로 사용하였다.

7) 餬口: 입에 풀칠하다. 간신히 생계를 꾸려 나가다. 餬는 '糊'와 같이 쓰인다.

8) 江湖: 강과 호수. 세상. 여기서는 '사방 각 지역'을 말한다.

9) 潰爛: 짓무르다. 도덕적으로 부패하다.

10) 權且: 잠시. 당분간. 임시로.

老殘住下，替他治病。說也奇怪，這年雖然小有潰爛，卻是一個窟窿也沒有出過。爲此，黃大戶家甚爲喜歡。

看看秋分已過，病勢今年是不要緊的了。大家因爲黃大戶不出窟窿是十多年來沒有的事，異常快活，就叫了個戲班子，唱了三天謝神的戲，又在西花廳上，搭了一座菊花假山，今日開筵，明朝設席，鬧的十分暢快。

這日，老殘吃過午飯，因多喝了兩杯酒，覺得身子有些困倦，就跑到自己房裏一張睡榻上躺下，歇息歇息，才閉了眼睛，忽外邊就走進兩個人來：一個叫文章伯，一個叫德慧生。這兩人本是老殘的至友，一齊說道：「這麼長天大日的，老殘，你蹲家裏做甚？」老殘連忙起身讓坐，說：「我因爲這兩些天困於酒食，覺得怪膩的慌。」二人道：「我們現在要往登州府去，訪蓬萊閣的勝景，因此特來約你。車子已替你雇了，你趕緊收拾行李，就此動身罷。」老殘行李本不甚多，不過古書數卷，儀器幾件，收檢也極容易，頃刻上間便上了車。無非風餐露宿，不久便到了登州，就在蓬萊閣下覓了兩間客房，大家住下，也就玩賞玩賞海市的虛情，蜃樓的幻相[11]。

次日，老殘向文、德二公說道：「人人都說日出好看，又杜工部詩云：『日出海抛球。』我們今夜何妨不睡，看一看日出何如？」二人說道：「老兄有此清興，弟等一定奉陪。」秋天雖是晝夜停勻時候，究竟日出日入，有蒙氣傳光，還覺得夜是短的。三人開了兩瓶酒，取出攜來的肴饌，一面吃酒，一面談心，不知不覺，那東方已漸漸發大光明了。其實離日出尚遠，這就是蒙氣傳光的道理。三人又略談片刻，德慧生道：「此刻也差不多是時候了，我們何妨先到閣子上頭去等呢？」文章伯說：「耳邊風聲甚急，上頭窗子太敞，恐怕寒冷，比不得這屋子裏暖和，須多穿兩件衣服上

11) 海市的虛情，蜃樓的幻相：（＝海市蜃樓）신기루.

去。」各人照樣辦了，又都帶了千里鏡，攜了毯子，由後面扶[12]梯[13]曲折上去。到了閣子中間，靠窗一張桌子旁邊坐下，朝東觀看，只見海中白浪如山，一望無際。東北青煙數點，最近的是長山島，再遠便是大竹、大黑等島了。那閣子旁邊，風聲「呼呼」價響，彷彿閣子都要搖動似的。天上雲氣一片一片價疊起，只見北邊有一片大雲，飛到中間，將原有的雲壓將下去。並將東邊一片雲擠的越過越緊，越緊越不能相讓，情狀甚為譎詭[14]。過了些時，也就變成一片紅光了。

慧生道：「殘兄，看此光景，今兒日出是看不著的了。」老殘道：「天風海水，能移我情，即是看不著日出，此行亦不為辜負[15]。」章伯正在用遠鏡凝視，說道：「你們看！東邊有一絲黑影，隨波出沒，定是一隻輪船由此經過。」於是大家皆拿出遠鏡，對著觀看。看了一刻，說道：「是的，是的。你看，有極細一絲黑線，在那天水交界的地方，那不就是船身嗎？」大家看了一會[16]，那輪船也就過去，看不見了。

慧生還拿遠鏡左右觀視[17]。正在凝神，忽然大叫：「噯呀，噯呀！你瞧，那邊一隻帆船在那洪波巨浪之中，好不危險！」兩人道：「在甚麼地方？」慧生道：「你望正東北瞧，那一片雪白浪花，不是長山島嗎，在長山島的這邊，漸漸來得近了。」兩人用遠鏡一看，都道：「噯呀！噯呀！實在危險得極！幸而是向這邊來，不過二、三十里就可泊岸了！」

相隔不過一點鐘之久，那船來得業已[18]甚近。三人用遠鏡凝神細看，

---

12) 扶: 떠받치다. 부축하다. 의지하다. 손으로 세우거나 똑바로 앉히다.

13) 梯: 사다리. 계단.

14) 譎詭: 간교하다. 교활하다. 거짓.

15) 辜負: 헛되게 하다. 저버리다.

16) 會: (= 回)

17) 觀視: (= 窺視) 정탐하다. 엿보다.

原來船身長有二十三、四丈，原是隻很大的船。船主坐在舵樓之上，樓下四人專管轉舵[19]的事。前後六枝桅桿[20]，掛著六扇舊帆，又有兩枝新桅，掛著一扇簇新的帆，一扇半新不舊的帆，算來這船便有八枝桅了。船身吃載[21]很重，想那艙裏一定裝的各項貨物。船面上坐的人口，男男女女，不計其數[22]，卻無篷窗等件遮蓋風日，同那天津到北京火車的三等客位一樣，面上有北風吹著，身上有浪花濺著，又濕又寒，又饑又怕。看這船上的人都有『民不聊生』的氣象。那八扇帆下，備[23]有兩人專營[24]繩腳的事。船頭及船幫[25]上有許多的人，彷彿水手[26]的打扮。

這船雖有二十三四丈長，卻是破壞的地方不少：東邊有一塊，約有三丈長短，已經破壞，浪花直灌進去；那旁，仍在東邊，又有一塊，約長一丈，水波亦漸漸侵入；其餘的地方，無一處沒有傷痕。那八個管帆的卻是認真的在那裏管，只是各人管各人的帆，彷彿在八隻船上似的，彼此不相關照。那水手只管在那坐船的男男女女隊裏亂竄，不知所做何事。用遠鏡仔細看去，方知道他在那裏搜他們男男女女所帶的乾糧，並剝那些人身上穿的衣服。章伯看得親切，不禁狂叫道：「這些該死的奴才！你看，這船眼睜睜就要沉覆，他們不知想法敷衍著早點泊岸，反在那裏蹂躪[27]好人，氣死我了！」慧生道：「章哥，不用著急，此船目下相距不過七八里路，

---

18) 業已: 이미. 벌써. 여기서 業은 '旣'의 의미로 사용되었다.

19) 舵: 키.

20) 桅桿: 돛대.

21) 載: (= 儎)

22) 不計其數: 수가 대단히 많다. 부지기수이다.

23) 備: (= 各)

24) 營: (= 菅) 관리하다.

25) 船幫: 뱃전. 선측.

26) 水手: 선원. 갑판원.

27) 蹂躪: 짓밟다. 유린하다.

等他泊岸的時候，我們上去勸勸他們便是。」

正在說話之間，忽見那船上殺了幾個人，拋下海去，撅[28]過舵來，又向東邊丟了。章伯氣的兩脚直跳，罵道：「好好的一船人，無窮性命，無緣無故[29]斷送在這幾個駕駛的人手裏，豈不冤枉[30]！」沉思了一下，又說道：「好在我們山脚下有的是漁船，何不駕一隻去，將那幾個駕駛的人打死，換上幾個？豈不救了一船人的性命？何等功德！何等痛快！」慧生道：「這個辦法雖然痛訣，究竟未免鹵莽，恐有來妥。請敎殘哥以爲何如？」

老殘笑向章伯道：「章哥此計甚妙，只是不知你帶幾營人去？」章伯憤道：「殘哥怎麼也這麼糊塗！此時人家正在性命交關，不過一時救急，自然是我們三個人去。那裏有幾營人來給你帶去！」老殘道：「旣然如此，他們船上駕駛的不下頭二百人，我們三個人要去殺他，恐怕只會送死，不會成事罷。高明以爲何如？」章伯一想，理路卻也不錯，便道：「依你該怎麼樣？難道白白地看他們死嗎？」老殘道：「依我看來，駕駛的人並未曾錯，只因兩個緣故，所以把這船就弄的狼狽不堪[31]了。怎麼兩個緣故呢？一則，他們是走『太平洋』的，只會過太平日子，若遇風平浪靜的時候，他駕駛的情狀亦有操縱自如[32]之妙，不意今日遇見這大的風浪，所以都毛了手脚[33]。二則，他們未曾預備方針[34]。平常晴天的時候，照著老法子去走，又有日月星辰可看，所以南北東西尚還不大很錯。這就叫做『靠天

---

28) 撅:（＝撥轉）비틀다. 전환하다.

29) 無緣無故: 전혀 관계가 없다. 아무 이유가 없다.

30) 冤枉: 억울하다. 억울한 누명을 씌우다.

31) 狼狽不堪: 매우 난감하다. 곤경에 처해 있다.

32) 操縱自如: 자유자재하도록 제어하다.

33) 毛了手脚:（＝手足無措）손발을 놓을 곳이 없다. 매우 당황하여 어찌해야 좋을지 모르다. 대응책이 없다.

34) 方針: 방위를 나타내는 자석의 바늘. 여기서는 '나침판'을 말함.

吃飯』35)。那知逼36)了這陰天，日月星辰都被雲氣遮了，所以他們就沒了依傍。心裏不是不想望好處去做，只是不知東南西北，所以越走越錯。爲今之計，依章兄法子，駕隻漁艇，追將上去，他的船重，我們的船輕，一定追得上的。到了之後，送他一個羅盤，他有了方向，便會走了。再將這有風浪與無風浪時駕駛不同之處，告知船主，他們依了我們的話，豈不立刻就登彼岸了嗎？」慧生道：「老殘所說極是，我們就趕緊照樣辦去。不然，這一船人，實在可危得極！」

說著，三人就下了閣子，吩咐37)從人看守行李物件，那三人卻俱是空身，帶了一個最準的向盤38)，一個紀限儀39)，並幾件行船要用的物件，下了山。山脚下有個船塢，都是漁船停泊之處。選了一隻輕快漁船，掛起帆來，一直追向前去。幸喜本日括40)的是北風，所以向東向西都是旁風，使帆很便當的。

一霎時41)，離大船已經不遠了，三人仍拿遠鏡不住細看。及至離大船十餘丈時，連船上人說話都聽得見了。誰知道除那管船的人搜括眾人外，又有一種人在那裏高談闊論的演說，只聽他說道：「你們各人均42)是出了船錢坐船的，況且這船也就是你們祖遺43)的公司產業，現在已被這幾個

---

35) 靠天吃飯: 하늘에 의지하여 생활하다.

36) 逼: (＝遇) 만나다.

37) 吩咐: 분부하다.

38) 向盤: 나침반.

39) 紀限儀: (＝六分儀) 항해술 또는 측량술 등에 있어, 임의의 두 점 사이의 각도나 태양과 달 또는 항성 등의 고도를 재어 현재 있는 위치를 알아내는 데 쓰이는 기계.

40) 括: (＝刮) 불다.

41) 一霎時: 삽시간. 순식간.

42) 均: 모두.

43) 祖遺: 조상대대로 전해지다.

駕駛人弄得破壞不堪，你們全家老幼性命都在船上，難道都在這裏等死不成？就不想個法兒挽回44)挽回嗎？真真該死奴才！」

眾人被他罵得頓口無言45)。內中便有數人出來說道：「你這先生所說的都是我們肺腑46)中欲說說不出的話，今日被先生喚醒，我們實在慚愧，感激的很！只是請教有甚麼法子呢？」那人便道：「你們知道現在是非錢不行的世界了，你們大家斂幾個錢來，我們捨出自己的精神，拼著幾個人流血，替你們掙個萬世安穩自由的基業，你們看好不好呢？」眾人一齊拍掌稱快。

章伯遠遠聽見，對二人說道：「不想那船上竟有這等的英雄豪杰！早知如此，我們可以不必來了。」慧生道：「姑且47)將我們的帆落幾葉下來，不必追上那船，看他是如何的舉動。倘48)真有點道理，我們便可回去了。」老殘道：「慧哥所說甚是。依愚見看來，這等人恐怕不是辦事的人，只是用幾句文明49)的話頭騙幾個錢用用罷了！」

當時三人便將帆葉落下，緩緩的尾50)大船之後。只見那船上人斂了許多錢，交給演說的人，看他如何動手。誰知那演說的人，斂了許多錢去，找了一塊眾人傷害不著的地方，立住了腳，便高聲叫道：「你們這些沒血性的人，涼血種類的畜生，還不趕緊去打那個掌舵的嗎？」又叫道：「你們還不去把這些管船的一個一個殺了嗎？」那知就有那不懂事的少年，依著

---

44) 挽回: 돌이키다. 만회하다. 되찾다.

45) 頓口無言: 갑자기 말문이 막혀 입을 다물다.

46) 肺腑: 친밀한 관계. 진심.

47) 姑且: 잠시. 우선.

48) 倘: 만약 ……이라면.

49) 文明: 교양 있는.

50) 尾: 뒤따르다.

他去打掌舵的，也有去罵船主的，俱被那旁邊人殺的殺了，拋棄下海的拋棄下海[51]了。那個演說的人，又在高處大叫道：「你們爲甚麼没有團體[52]？若是全船人一齊動手，還怕打不過他們麼？」那船上人，就有老年曉事的人，也高聲叫道：「諸位切不可亂動！倘若這樣做去，勝負未分，船先覆了！萬萬[53]没有這個辦法！」

慧生聽得此語，向章伯道：「原來這裏的英雄只管自己斂錢，叫別人流血的。」老殘道：「幸而尚有幾個老成持重的人。不然，這船覆得更快了！」說著，三人便將帆葉抽滿，頃刻便與大船相近。篙工用篙子鉤住大船，三人便跳將上去，走至舵樓底下，深深的唱了一個喏[54]，便將自己的向盤及紀限儀等項取出呈上。舵工看見，倒也和氣，便問：「此物怎樣用法？有何益處？」

正在議論，那知那下等水手裏面，忽然起了咆哮[55]，說道：「船主！船主！千萬不可爲這人所惑！他們用的是外國向盤，一定是洋鬼子差遣來的漢奸[56]！他們是天主教！他們將這隻大船已經賣與洋鬼子[57]了，所以纔有這個向盤。請船主趕緊將這三人綁去殺了，以除後患。倘與他們多說幾句話，再用了他的向盤，就算收了洋鬼子的定錢，他就要來拿我們的船了！」誰知這一陣嘈嚷[58]，滿船的人俱爲之震動。就是那演說的英雄

---

51) 殺的殺了，拋棄下海的拋棄下海: 죽일 놈은 죽이고, 바다에 처넣을 놈은 바다에 처넣다.

52) 團體: 단체를 결성하다. 몸을 하나로 뭉치다.

53) 萬萬: 결코. 절대로. 훨씬 낫다.

54) 喏: (소리를 내며) 읍하다.

55) 咆哮: (맹수가) 포효하다. (물이) 노호하다. (사람이 몹시 화가 나서) 고래고래 소리 지르다. 강건하다고 자만하다.

56) 漢奸: (중국인의 입장에서) 매국노.

57) 洋鬼子: 서양 사람을 낮추어 말하는 것.

58) 嘈嚷: 시끄럽게 떠들다. 와글와글 지껄이다.

豪傑，也在那裏喊道：「這是賣船的漢奸！ 快殺，快殺！」

　　船主舵工聽了，俱猶疑不定[59]，內中有一個舵工，是船主的叔叔，說道：「你們來意甚善，只是眾怒難犯，趕快去罷！」三人垂淚，趕忙回了小船。那知大船上人，餘怒未息，看三人上了小船，忙用被浪打碎了的斷椿破板打下船去。你想，一隻小小漁船，怎禁得幾百個人用力亂砸[60]，頃刻[61]之間，將那漁船打得粉碎，看著沉下海中去了。未知三人性命如何，且聽下回分解。

---

* 생각해 봅시다 *

1. 『老殘遊記』는 1906년 商務印書館에서 간행된 劉鶚(1857~1909년)의 譴責小說이다. 작자는 작품에서 의사 신분의 주인공 老殘으로 하여금 山東省 각지를 편력 견문하면서, 각 지방의 탐관오리들의 악정을 폭로 고발하였을 뿐만 아니라, 무능하고 사리만을 추구하는 관리보다도 청렴을 가장하고 공을 세우려 백성들을 괴롭히는 관리들의 위선으로 가득 찬 獨善적 행동이 민생에 더 해악을 끼치고 사회혼란의 원인이 된다는 것을 고발하였다. 이 소설은 청말, 풍전등화 격인 중국의 현실을 개탄하고 국가와 민족의 각성을 촉구하는 지식인들의 처절한 몸부림 중 하나라고 평가할 수 있다. 본 편에서 주인공의 직업이 의사인 것은 특별히 작자가 추구하는 작품의도와 관련이 있는지 그 연관성을 살펴보고, 당시 의사라는 직업의 사회적 지위와 역할에 대해 정리해 보자.

2. 『老殘遊記』의 전체적인 내용은 몰락한 관리의 아들인 老殘이 각지를 편력하면서 당시의 정치상과 사회상을 듣고 보며 폭로하고 비판한 작품이다. 이 소설은 章回소설로 본편 20回와 속집 6回 등 모두 26회본으로 내용은 크게 셋으로 나누어진다. 본 편은 소설의 서론부분으로, 꿈의 형식을 빌려 당시 중국에 대한 자신의 총체적인 견해를 썼다. 본 편의 시대적 배경은 戊戌개혁(1898년)과 辛亥혁명(1911년)이 발생한 대략 1900년에서 1910년 사이다. 당시에는 일본과 영국이 중국과 한국을 침탈하려고 英日동맹(1902년)을 체결하는 등 淸의 운명이 열강제국에 의해 풍전등화 격이던 시기에 해당한다. 당시 지식인은 개량주의적 정치운동을 통해 국가와 민족의 위기를 부패한 청조에 맡기지 않고, 스스로 나라가 약해진 원인을 찾고, 나라를 부강케 할 방도를 찾게 되었다. 小說界의 혁명은 바로 이러한 전체 개혁운동의 한 부분으로, 시대적 요청에 따른 회답이었다. 본 편에서 작자는 당시의 참담했던 상황을 폭풍우를 만나 곧 난파할 위기에 놓은 배로 비유하고 있는데 이때 배와 배에 탄 사람들은 중국과 중국인이라고 한다면 외부적 영향은 어떻게 무엇을 무엇에 비유하였는지 살펴보자.

3. 떠돌이 의사 老殘은 매년 여름이면 온몸에 종기가 나서 거금을 뿌려 백방으로 고명한 의사와 귀한 약을 구해 썼으나 효험이 없어 고생하는 산동의 부호를 만나 치료하여 준다. 그 후 친구 두 사람과 함께 바닷가에 일출구경을 갔다가, 북방과 동방에서 검은 구름과 함께 폭풍이 몰려오고 때마침 한 척의 커다란 배가 표류하다가 이 폭풍을 만나 침몰 직전에 놓이게 되는 상황을 목도하게 된다. 이때 침몰 직전의 배 안에는 네 종류의 집단이 타고 있었다. 첫째 집단은 자신의 소임을 다하지도 않고 태평하게 있다가 혼란이 발생한 뒤에도 그 혼란에 대한 책임을 지지 않고 있는 선장과 조타수이고, 둘째 집단은 혼란스러운 상황이 발생하자 이때를 이용하여 힘없는 승객들의 물건을 약탈하는 하급선원이며, 셋째 집단은 혼란한 배 위에서 자신은 나서지 않고 다른 이를 부추겨 영웅으로 내몰아 피 흘리게 만들고는 자신은 이속을 챙기는 선동가 부류이고, 마지막으로 넷째 집단은 상황이 어떻게 돌아가는지 그리고 자신이 남에게 이용당하고 있는지도 모른 채 자신의 죽음을 재촉하고 있는 승객들이다. 여기서 老殘은 폭풍을 만나 곧 좌초될 위기에 빠진 배를 구하는 방법은 배를 모는 사람에게 가장 정확한 나침반을 가져다주는 것으로 생각하고, 그 배로 가서 선장에게 나침반과 6분의를 가지고 주려고 한다. 하지만 선원들과 선동자들은 그것이 서양 것이며, 그것을 받으면 서양인들에게 팔려 가게 된다면서 老殘을 매국노라고 욕하며 죽이려 한다. 여기서 당시 중국의 상황은 어떠했는지 본 편의 폭풍 속에 빠진 배의 비유와 연관 지어 살펴보고, 아울러 우리나라 1900년도 전후의 상황을 조사하여 함께 비교하여 보자.

10. 明湖湖邊美人絶調

　　話說老殘在漁船上被衆人砸得沉下海去，自知萬無生理，只好閉著眼睛，聽他怎樣。覺得身體如落葉一般，飄飄蕩蕩[1]，頃刻工夫，沉了底了。只聽耳邊有人叫道：「先生，起來罷！先生，起來罷！天已黑了，飯廳上飯已擺好多時了。」老殘慌忙睜開眼睛，愣[2]了一愣道：「呀！原來是一夢！」

　　自從那日起，又過了幾天，老殘向管事的道：「現在天氣漸寒，貴居停[3]的病也不會再發，明年如有委用[4]之處，再來效勞[5]。目下鄙人要往濟南府去看看大明湖的風景。」管事的再三挽留不住，只好當晚設酒餞行[6]，封了一千兩銀子奉給老殘，算是醫生的酬勞。老殘略道一聲「謝謝」，

---

* 本篇은 『老殘遊記』 第二回의 내용을 발췌한 것이다. 노잔이 잠에서 깨어나 황부자에게 이별을 고하고, 濟南府에 가서 大明湖와 說書를 구경하면서 느낀 감회를 적고 있다. 여기서 우리는 탁월한 작자의 표현능력을 엿볼 수 있다. 원래 제목은 『歷山山下古帝遺蹤, 明湖湖邊美人絶調』이다.

1) 飄飄蕩蕩: 飄飄는 산들산들 부는 모양, 팔랑팔랑 떠도는 모양. 蕩蕩은 물과 바람 등이 출렁이고 나부끼는 모양.

2) 愣(lèng): 어리둥절하다. 우두커니 바라보다. 판본에 따라 '楞'(＝棱, 모서리 또는 모퉁이)으로 잘못 쓰인 곳도 있음.

3) 貴居停: 貴는 상대방을 높여 말할 때 붙이는 접두어. 居停은 居停主人의 줄인 말로 '기거하는 곳의 주인'을 뜻한다.

4) 委用: 임용하다.

5) 效勞: 진력하다. 힘을 쓰다. (충실하게) 복무하다.

也就收入箱籠[7]，告辭動身上車去了。

　　一路秋山紅葉，老圃黃花[8]，頗不寂寞。到了濟南府，進得城來，家家泉水，戶戶垂楊[9]，比那江南風景，覺得更爲有趣。到了小布政司街[10]，覓[11]了一家客店，名叫高陞店，將行李卸下，開發[12]了車價酒錢，胡亂[13]吃點晚飯，也就睡了。

　　次日清晨起來，喫[14]點兒點心，便搖著串鈴[15]滿街踅[16]了一趟，虛應一應[17]故事。午後便步行至鵲華橋邊，雇了一隻小船，盪起雙槳[18]，朝北不遠，便到歷下亭前。止船進去，入了大門，便是一個亭子，油漆已大半剝蝕[19]。亭子上懸了一副對聯[20]，寫的是「歷下此亭古，濟南名士多」[21]，上寫著「杜工部[22]句」，下寫著「道州何紹基[23]書」。亭子旁邊雖有幾間房

───────────────

6) 設酒餞行: 송별을 위한 술자리를 차리다. 設酒는 술자리를 장만하다. 차리다. 餞行은 송별하다. 전별하다.

7) 箱籠: 옷궤. 트렁크.

8) 老圃黃花: 채소밭에 국화꽃이 있다.

9) 家家泉水, 戶戶垂楊: 집마다 샘물과 수양버들이 있고.

10) 小布政司街: 포정사 관아가 있는 작은 거리.

11) 覓: 구하다. 찾다.

12) 開發: 개간하다. 개발하다. 여기서는 '지불하다'의 뜻으로 쓰였다.

13) 胡亂: 아무렇게나. 제멋대로.

14) 喫: (=吃) 먹다.

15) 搖著串鈴: 옛날 떠돌아다니며 진료하는 의사.

16) 踅(xué): 왔다 갔다 하다. 서성거리다. '兜圈子'의 의미로 쓰였다.

17) 虛應一應: 형식적으로 일을 대강대강 해치우다.

18) 雙槳: 한 쌍의 노.

19) 剝蝕: (풍화작용으로) 깎이고 부식되다.

20) 對聯: 대련.

21) 이 구절은 두보의 시 「陪李北海宴歷下亭」으로, 원래의 구절은 "海右此亭古, 濟南名士多"이다.

22) 杜工部: 唐나라 시인 杜甫를 가리킨다.

23) 何紹基: 청나라 때 道州(지금의 湖南省 道縣) 사람으로, 字는 子貞이고, 서예가이다.

屋，也没有甚麼意思。復行下船24），向西盪25）去，不甚遠，又到了鐵公祠畔。你道鐵公是誰？就是明初與燕王爲難的那個鐵鉉。後人敬他的忠義，所以至今，春秋時節26），土人27）尚不斷的來此進香28）。

到了鐵公祠前，朝南一望，只見對面千佛山上，梵宇僧樓29），與那蒼松翠柏，高下相間，紅的火紅，白的雪白，青的靛青30），綠的碧綠，更有那一株半株的丹楓31）夾在裏面，彷彿32）宋人趙千里33）的一幅大畫，做了一架數十里長的屏風。正在歡賞不絶，忽聽一聲漁唱，響遏行雲，低頭看去，誰知那明湖業已澄淨34）的同鏡子一般。那千佛山的倒影映在湖裏，顯得明明白白。那樓臺樹木格外光彩，覺得比上頭的一個千佛山還要好看，還要清楚。這湖的南岸，上去便是街市，卻有一層蘆葦35），密密遮住。現在正是開花的時候，一片白花映著帶水氣的斜陽，好似一條粉紅絨毯36），做了上下兩個山的墊子，實在奇絶！

老殘心裏想道：「如此佳景，爲何沒有甚麼遊人？」看了一會兒，回

---

24) 下船: 배에 타다. '배에서 내리다' 또는 '상륙하다'의 뜻도 있지만, 여기서는 '등선(登船)하다'의 의미로 사용되었다.

25) 盪: 흔들리다. 움직이다. 어슬렁거리다.

26) 春秋時節: 어수선한 시기.

27) 土人: 본토박이. 토착인. 원래는 경시의 뜻을 담고 있음.

28) 進香: (불교도나 도교도가) 성지나 명산의 사원에 가서 향을 사르고 참배하다. 특히 먼 곳으로부터의 참배를 가리킨다.

29) 梵宇僧樓: 누각의 이름.

30) 靛青: 남빛. 쪽빛. 짙은 남색을 말한다. 푸른빛과 자줏빛이 혼합된 빛깔.

31) 丹楓: 단풍.

32) 彷彿: 마치 ……인 듯하다. 유사하다.

33) 趙千里: 송나라 때의 화가.

34) 澄淨: 맑고도 깨끗하다.

35) 蘆葦: 갈대.

36) 絨毯: 융탄. 양탄자.

轉身來看那大門裏面楹柱[37]上有副對聯，寫的是「四面荷花三面柳，一城山色半城湖」[38]，暗暗點頭道：「眞正不錯!」進了大門，正面便是鐵公享堂[39]，朝東便是一個荷池。繞著曲折的廻廊[40]，到了荷池東面，就是個圓門[41]。圓門東邊有三間舊房，有個破匾[42]，上題「古水仙祠」四個字。祠前一副破舊對聯，寫的是「一盞寒泉薦秋菊，三更畫船穿藕花[43]」。過了水仙祠，仍舊[44]下了船，盪到歷下亭的後面。兩邊荷葉荷花將船夾住。那荷葉初枯，擦的船嗤嗤價響[45]；那水鳥被人驚起，格格價飛[46]；那已老的蓮蓬，不斷的蹦[47]到船窗裏面來。老殘隨手摘了幾個蓮蓬，一面喫著，一面船已到了鵲華橋畔了。

到了鵲華橋，纔覺得人煙稠密[48]，也有挑擔子[49]的，也有推小車子的，也有坐二人擡小藍呢轎子的。轎子後面，一個跟班的[50]戴個紅纓[51]

---

37) 楹柱: 기둥.

38) 四面荷花三面柳, 一城山色半城湖: 사방이 연꽃에 삼면이 버들이요, 성 전체가 산이고 성의 반이 호수로구나!

39) 享堂: (= 祭堂)

40) 廻廊: 正堂의 좌우에 있는 긴 집채.

41) 圓門: 둥근 문.

42) 破匾: 찢어진 현판. 해진 현판.

43) 一盞寒泉薦秋菊, 三更畫船穿藕花: 한 잔의 차가운 샘물은 가을 국화를 더욱 아름답게 만들고, 삼경의 아름답게 장식한 놀잇배는 연꽃을 가로지르네.

44) 仍舊: 옛것을 따르다. 이전대로 따라서 시행하다.

45) 嗤嗤價響: 치익치익 소리를 내다. 嗤嗤는 원래 '키득키득' 또는 '쭉'과 같이 웃음소리나 심지 같은 것이 타는 소리 또는 종이나 천 따위를 째는 소리이다. 여기서는 배가 연꽃잎을 스치는 지나갈 때 생기는 소리이다. 그리고 價(jie)는 부사의 접미사로 쓰여, '……만큼 ~을 하다' 또는 '……거리며 ~하다'로 해석하면 된다.

46) 格格價飛: 끄억끄억 거리며(소리를 내며) 날다. 格格는 우렁차게 '껄껄' 웃는 소리, '뿌드득'이 가는 소리, '따다닥' 기관총을 쏘는 소리 그리고 새가 지저귀는 소리를 표현할 때 쓰인다.

47) 蹦: 갑자기 튀어 오르다.

48) 稠密: 주밀하다. 많고 빽빽하게 꽉 채워진 모양.

49) 擔子: 멜대.

50) 跟班的: (옛날 관리의) 시종. 종자. 수행원.

帽子, 膀子底下夾個護書52), 拼命53)價奔, 一面用手巾擦汗, 一面低著頭跑。街上五六歲的孩子不知避人, 被那轎夫無意踢倒一個, 他便哇哇的哭起。他的母親趕忙跑來問:「誰碰倒你的? 誰碰倒你的?」那個孩子只是哇哇的哭, 並不說話。問了半天, 繞帶哭54)說了一句道:「擡轎子的!」他母親擡頭看時, 轎子早已跑的有二里多遠了。那婦人牽了孩子, 嘴裏不住咕咕咕咕的55)罵著, 就回去了。

老殘從鵲華橋往南, 緩緩的向小布政司街走去。一擡頭, 見那牆上貼了一張黃紙56), 有一尺長, 七八寸寬的光景。居中57)寫著「說鼓書58)」三個大字; 旁邊一行小字是「二十四日明湖居59)」。那紙還未十分乾, 心知是方繞貼的, 只不知道這是甚麼事情, 別處也沒見過這樣招紙60)。一路走著, 一路盤算61)。只聽得耳邊有兩個挑擔子的說道:「明兒白妞62)說書, 我們可以不必做生意, 來聽書罷。」又走到街上, 聽鋪子裏櫃檯上有人說道:「前次白妞說書是你告假63)的, 明兒的書, 應該我告假了。」一

---

51) 紅纓: 붉은 술.

52) 護書: 문서를 집어넣는 사각형의 나무상자. 요즘의 사무용 가죽가방과 같은 것임.

53) 拼命: 목숨을 내던지다. 필사적으로 하다. 적극적으로 하다.

54) 帶哭: 울면서.

55) 咕咕咕咕的: 咕은 놀라거나 마땅치 않을 경우에 혀를 차는 소리이고, 咕는 닭이나 비둘기 등이 우는 소리이다. 여기서는 반복 사용되어 '재잘재잘'의 뜻으로 해석하는 것이 좋다.

56) 黃紙: 마분지.

57) 居中: 한가운데. 중간.

58) 說鼓書: 曲藝의 일종. 중국의 戲曲은 宋 이전의 '講史'에서 宋代 鼓子詞, 諸宮調, 覆賺, 評話과 南戲 등을 거쳐 元代의 雜劇 그리고 明代의 傳奇를 통해 淸代 崑曲과 亂彈이라고 하는 花部戲로 나뉘어 발전한다. 주로 臺詞와 唱(노래)을 사용하여 시대물이나 역사물을 이야기하였다.

59) 居: 음식점 이름에 붙이는 글자.

60) 招紙: (=招貼)

61) 一路走著, 一路盤算: '一路……, 一路……'는 '한편으로 ……하면서, 한편으로 ……하다'는 형식으로 사용되며, 盤算은 '궁리하다'는 뜻이다.

62) 白妞: 하얀 얼굴 분장을 한 여자 배우.

路行來，街談巷議64)，大半都是這話，心裏詫異65)道：「白妞是何許人？說的是何等樣書，爲甚一紙招貼，便舉國66)若狂如此？」信步67)走來，不知不覺已到高陞店口。

進得店去，茶房便來回道：「客人，用甚麼夜膳68)？」老殘一一說過，就順便問道：「你們此地說鼓書是個甚麼玩意兒，何以驚動這麼許多的人？」茶房說：「客人，你不知道。這說鼓書本是山東鄉下的土調，用一面鼓，兩片梨花簡，名叫『梨花大鼓』，演說些前人的故事，本也沒甚稀奇69)。自從王家出了這個白妞、黑妞姊妹兩個，這白妞名字叫做王小玉，此人是天生的怪物70)！他十二三歲時就學會了這說書的本事；他卻嫌71)這鄉下的調兒沒甚麼出奇72)，他就常到戲園裏看戲，所有甚麼西皮73)，二簧74)，

---

63) 告假: 휴가를 얻다. 휴가를 신청하다.

64) 街談巷議: 항간에 떠도는 이야기 또는 소문.

65) 詫異: 의아하게 생각하다. 이상하게 생각하다.

66) 舉國: 전국. 온 사방. 가는 곳마다.

67) 信步: 발길 가는 대로 걷다. 발걸음이 내키는 대로 가다. 주로 부사성 수식어로 많이 사용됨.

68) 夜膳: 저녁밥.

69) 稀奇: 희귀하다. 진기하다.

70) 怪物: 아주 괴팍한 사람. 여기서는 아주 특출한 인물을 말한다.

71) 嫌: 불만스럽게 생각하다.

72) 出奇: 특별하다. 비범하다.

73) 西皮: (중국 전통극의 곡조 중 하나) 중국 희곡의 노래곡조는 오랜 세월 발전하는 가운데 高腔, 昆腔, 梆子腔, 皮簧調 등 여러 계통의 가락을 형성했다. 서피는 그중 피황조 계통의 주요 곡조이다. 피황조를 사용하는 극의 종류로는 徽劇, 漢劇, 京劇, 粤劇, 桂劇, 滇劇 등이 있다. 피황조는 17세기 중엽 북방의 방자강이 湖北省 襄陽 일대로 전해져 그곳의 민간곡조와 융합하여 이루어졌다. 서피는 주로 작은 胡琴을 반주악기로 사용한다. 일반적으로 격앙되고 장중하며 활발하고 유쾌한 정감을 표현하는 데 적합하다. 많은 극 속에서 서피는 대체로 二簧과 어울려 사용되므로 흔히 '皮簧'이라고 부른다.

74) 二簧: (중국 전통극의 곡조 중 하나) 이황은 피황강 계열의 주요 강조 가운데 하나이다. 16세기 중엽 중국 安徽省 남부에서는 靑陽腔, 太平腔, 四平腔 등의 여러 곡조가 유행했다. 이 곡조들은 이후에 安徽의 石牌(지금의 懷寧) 일대에서 板式으로 구성을 변화시킨 일종의 노래곡조로 바뀌어, 石牌調로 불렸다. 17세기 중엽 이 일대에 전래된 秦腔의 영향을 받아 撥子腔이 되었다. 당시 안후이의 극단들은 취강과 발자강을 주요 강조로 삼았는데, 감정이 고조되는 곳에서는 발자강을, 감정을 표현할 때는 취강을 노래했다. 이 두 강조는 후에 서

梆子腔[75]等唱, 一聽就會；甚麼余三勝、程長庚、張二奎[76]等人的調子, 他一聽也就會唱。仗著他的喉嚨, 要多高有多高；他的中氣[77], 要多長有多長。他又把那南方的甚麼崑腔[78], 小曲[79], 種種的腔調, 他都拿來裝在這大鼓書的調兒裏面。不過二三年工夫, 創出這個調兒, 竟至無論南北高下的人, 聽了他唱書, 無不神魂顚倒[80]。現在已有招紙, 明兒就唱。你不信, 去聽一聽就知道了。只是要聽還要早去, 他雖是一點鍾開唱, 若到十點鍾去, 便没有座位了。」老殘聽了, 也不甚相信。

次日六點鍾起, 先到南門内看了舜井[81]。又出南門, 到歷山脚下, 看

로 융합되어 이황을 형성했고, 이는 南路라고도 불린다. 이 밖에 江西省 宜黃에서 나온 이황이 있는데, 이는 의황강(宜黃腔)이라고 부른다. 주요 반주악기는 작은 胡琴이다. 이황은 힘찬 기상, 비장함, 침울함 등의 감정을 표현하는 데 적합하다.

75) 梆子腔: 明代(1368~1644년) 말엽에 山西省 및 지금의 甘肅省을 포함 陝西省 등지에서 토속악과 결합하여 발전했다. 극을 상연할 때 타악기인 梆子로 박자를 맞추기 때문에 방자강이라고 부르며 亂彈이라고도 한다. 보통 秦腔이라고 한다. 清代(1644~1911년) 중엽 방자강이 점차 성행하여 유행하는 지역이 남북 각지로 확대되었고 지역마다 독특한 방자강극을 형성했다. 곡조의 풍격은 우렁차고 강렬하다.

76) 余三勝、程長庚、張二奎: 세 사람은 모두 청말 경극에서 老生 역을 연출하였던 유명한 배우였다. 각자 독특한 노래 부르는 법이 있어, 당시 경극의 삼대유파로 불리었다. 경극은 중국에서 영향력이 가장 크고 가장 대표성을 띤 극의 종류이다. 경극의 전신은 徽調(안휘성에서 유행되던 곡조)인데 통칭 皮簧이라 부른다. 한때 平劇이라고도 불렀다. 표현 면에서 춤과 노래가 동시에 진행되고 기교가 있으며 虛擬性의 동작을 많이 사용하여 강렬한 인상을 준다.

77) 中氣: (24절기 중 양력으로 매달 중순에 드는 절기) 중기.

78) 崑腔: (중국 전통극의 곡조 중 하나) 본명은 崑山腔이다. 14세기 중엽 江蘇省 崑山에서 형성된 것이다. 1531~1541년 사이에 魏良輔 등이 北曲과 海鹽腔의 장점을 고루 취하여 곤곡을 쇄신했다. 곡조가 청아하고 부드러워 사람들로부터 '水磨調'(수마란 '물을 부어 가며 간다'는 뜻으로 곱고 부드럽다는 뜻)라는 이름을 얻기도 했다. 피리, 소(簫), 생황(笙簧), 비파(琵琶), 고판(鼓板) 등의 악기가 반주에 사용된다. 훗날 梁辰魚가 곤산강을 傳奇作品인 『浣紗記』로 편하여 세상에 내놓은 뒤에 일세를 풍미하게 되었다. 곤곡의 특징은 가사가 우아하고 섬세하며, 곡조가 구성지며 그윽하고 부드러운 맛이 있다는 점이다. 뿐만 아니라 공연의 기교나 표현방법 등도 모두 기존의 곡조에 비해 훨씬 완숙해져서 독특하고도 틀이 잘 짜인 표현체계를 이루었다.

79) 小曲: 소곡.

80) 神魂顚倒: 제정신이 아니다. 어떤 일에 극히 빠지다.

81) 舜井: 순임금의 우물.

看相傳大舜昔日耕田的地方。及至回店，已有九點鍾的光景，趕忙喫了飯，走到明湖居，纔不過十點鍾時候。那明湖居本是個大戲園子，戲臺前有一百多張桌子。那知進了園門，園子裏面已經坐得滿滿的了，只有中間七八張桌子還無人坐，桌子卻都貼著「撫院定82)」「學院定83)」等類紅紙條兒。老殘看了半天，無處落腳，只好袖子裏摰了二百錢，送了看坐兒的84)，纔弄了一張短板櫈85)，在人縫86)裏坐下。看那戲臺上，只擺了一張半桌87)，桌子上放了一面板鼓，鼓上放了兩個鐵片兒，心裏知道這就是所謂「梨花簡」了，旁邊放了一個三弦子，半桌後面放了兩張椅子，並無一個人在台上。偌大的個戲臺，空空洞洞88)，別無他物，看了不覺有些好笑。園子裏面，頂著籃子賣燒餅89)油條90)的有一二十個，都是爲那不喫飯來的人買了充饑91)的。

到了十一點鍾，只見門口轎子漸漸擁擠92)，許多官員都著了便衣，帶著家人，陸續93)進來。不到十二點鍾，前面幾張空桌俱已滿了，不斷還有人來，看坐兒的也只是搬張短櫈在夾縫94)中安插95)。這一群人來了，彼

---

82) 撫院定: 관리들이 예약함.

83) 學院定: 선비들이 예약함.

84) 看坐兒的: 손님들 시중을 드는 사람. 여기서는 좌석을 배정하는 사람.

85) 短板櫈: 짧은 나무 걸상.

86) 人縫: 사람이 붐비는 속의 틈바구니.

87) 半桌: 가늘고 긴 책상. 긴 테이블.

88) 空空洞洞: 텅 빈.

89) 燒餅: 밀가루를 반죽하여 원형 또는 사각의 평평한 모양으로 만들어 표면에 참깨를 뿌려 구운 빵의 일종.

90) 油條: 밀가루를 발효하여 소금으로 간을 한 후, 길이 30㎝ 정도의 길쭉한 모양으로 만들어 기름에 튀긴 푸석푸석한 식품.

91) 充饑: 요기하다.

92) 擁擠: 한데 모이다. 붐비다.

93) 陸續: 끊임없이. 계속하여.

此招呼，有打千兒96)的，有作揖的，大半打千兒的多。高談闊論97)，說笑自如。這十幾張桌子外，看來都是做生意的人；又有些像是本地讀書人的樣子：大家都喊喊喳喳98)的在那裏說閒話。因爲人太多了，所以說的甚麼話都聽不清楚，也不去管他。

到了十二點半鐘時，看那臺上，從後臺簾子裏面出來了一個男人：穿了一件藍布長衫，長長的臉兒，一臉疙瘩99)，彷彿風乾福橘皮100)似的，甚爲醜陋101)，但覺得那人氣味倒還沉靜102)。出得臺來，並無一語，就往半桌後面左手一張椅子上坐下，慢慢的將三弦子取來，隨便和103)了和弦，彈了一兩個小調，人也不甚留神去聽。後來彈了一枝大調，也不知道叫甚麼牌子。只是到後來，全用輪指，那抑揚頓挫104)，入耳動心，恍105)若有幾十根弦，幾百個指頭，在那裏彈似的。這時臺下叫好的聲音不絕於耳，卻也壓不下那弦子去。這曲彈罷，就歇了手，旁邊有人送上茶來。

停了數分鐘時，簾子裏面出來一個姑娘，約有十六七歲，長長鴨蛋臉兒106)，梳了一個抓髻107)，戴了一副銀耳環，穿了一件藍布外褂兒108)，一

---

94) 夾縫: 틈새. 틈.

95) 安揷: 원래 직위나 고사 또는 문장의 구절 등을 '알맞은 위치에 배정하다', '삽입하다'의 뜻이지만, 여기서는 '(의자를 빈틈 사이에) 끼워 넣다'의 뜻으로 사용되었다.

96) 打千兒的: 오른손을 아래로 드리우고 왼쪽 다리를 앞으로 굽히며 오른쪽 무릎을 약간 굽혀서 인사를 하다.

97) 高談闊論: 탁상공론. 공리공론을 끊임없이 늘어놓다.

98) 喊喊喳喳: 재잘재잘.

99) 疙瘩: 종기. 부스럼.

100) 風乾福橘皮: 福建省에서 생산되는 귤의 껍질을 바람에 말려 만든 음식.

101) 醜陋: 추하다.

102) 沉靜: 고요하다. 잠잠하다. 평온하다.

103) 和: 따라 부르다. 화답하다.

104) 頓挫: 기세가 갑자기 꺾이다. 멈추고 바꾸다.

105) 恍: 모호하다. 어렴풋하다. 마치 ……인 것 같다.

條藍布褲子，都是黑布鑲滾109)的。雖是粗布衣裳，到十分潔淨。来到半桌後面右手椅子上坐下。那彈弦子的便取了弦子，錚錚鏦鏦110)彈起。這姑娘便立起身來，左手取了梨花簡111)，夾在指頭縫裏，便丁丁當當112)的敲，與那弦子聲音相應；右手持了鼓捶子113)，凝神聽那弦子的節奏。忽羯鼓114)一聲，歌喉遽發115)，字字清脆116)，聲聲宛轉，如新鶯出谷，乳燕歸巢，每句七字，每段數十句，或緩或急，忽高忽低；其中轉腔換調117)之處，百變不窮，覺一切歌曲腔調俱出其下，以為觀止118)矣。

旁坐有兩人，其中一人低聲問那人道：「此想必是白妞了罷?」其一人道：「不是。這人叫黑妞，是白妞的妹子。他的調門兒都是白妞教的，若比白妞，還不曉得差多遠呢！他的好處人說得出，白妞的好處人說不出；他的好處人學的到，白妞的好處人學不到。你想，這幾年來，好玩耍119)的誰不學他們的調兒呢? 就是窯120)子裏的姑娘，也人人都學，只是頂多有一兩句到黑妞的地步。若白妞的好處，從沒有一個人能及121)他十分

---

106) 長長鴨蛋臉兒: 긴 계란형 얼굴.

107) 抓髻: 양쪽 귀 위로 틀어 올린 소녀의 머리.

108) 外褂兒: 청대 관리들의 예복 덧저고리.

109) 鑲滾: 끼워 넣어 굴리다.

110) 錚錚鏦鏦: 쨍그랑쨍그랑.

111) 梨花簡: '梨花大鼓'를 공연할 때, 반주로 쓰는 두 개의 반원형의 철편 또는 동편.

112) 丁丁當當: (쇠붙이가 부딪치는 소리) 댕그랑댕그랑.

113) 捶子: 물건을 두드리는 방망이.

114) 羯鼓: 북의 일종.

115) 遽發: 서둘러 발사하다.

116) 清脆: 낭랑하다. 맑고 깨끗하다.

117) 轉腔換調: 어투와 곡조를 바꾸다.

118) 觀止: 감탄해 마지않다. 아주 훌륭하다.

119) 頑耍: 놀다. 장난치다.

120) 窯: 원래는 '窰'字.

裏的一分的。」說著的時候，黑妞早唱完，後面去了。這時滿園子裏的人，談心的談心，說笑的說笑。賣瓜子、落花生、山裏紅、核桃仁的，高聲喊叫著賣[122]，滿園子裏聽來都是人聲。

正在熱鬧哄哄[123]的時節，只見那後臺裏又出來了一位姑娘，年紀約十八九歲，裝束與前一個毫無分別，瓜子臉兒，白淨面皮，相貌不過中人以上之姿，只覺得秀而不媚，清而不寒，半低著頭出來，立在半桌後面，把梨花簡丁當[124]了幾聲，煞是奇怪：只是兩片頑鐵，到他手裏便有了五音十二律[125]以的。又將鼓捶子輕輕的點了兩下，方擡起頭來，向臺下一盼[126]。那雙眼睛，如秋水，如寒星，如寶珠，如白水銀裏頭養著兩丸黑水銀，左右一顧一看，連那坐在遠遠牆角子裏的人，都覺得王小玉看見我了；那坐得近的，更不必說。就這一眼，滿園子裏便鴉雀無聲[127]，比皇帝出來還要靜悄[128]得多呢！連一根針掉[129]在地下都聽得見響！

王小玉便啓朱唇，發皓齒[130]，唱了幾句書兒。聲音初不甚大，只覺入耳有說不出來[131]的妙境：五臟六腑[132]裏，像熨斗[133]熨過，無一處不

---

121) 及: 미치다. 다다르다.

122) 賣: 힘을 다하다. 내보이다. 자랑하다.

123) 哄哄: 와자지껄한 모양. 와글와글하는 모양.

124) 丁當: 댕그랑.

125) 五音十二律: 중국 음악의 다섯 가지 소리와 열두 가지 율조.

126) 盼: 바라다. 희망하다. 가능성.

127) 鴉雀無聲: 쥐 죽은 듯 조용하다.

128) 靜悄: 아주 고요한 모양.

129) 掉: (= 跌)

130) 皓齒: 새하얀 이.

131) 入耳有說不出來: 듣기 좋은 말은, 입 밖으로 잘 나오지 않는다.

132) 五臟六腑: 오장육부.

133) 熨斗: 다리미. 인두.

伏貼[134]; 三萬六千個毛孔[135], 像吃了人參果, 無一個毛孔不暢快。唱了十數句之後, 漸漸的越唱越高, 忽然拔了一個尖兒, 像一線鋼絲拋入天際, 不禁暗暗叫絕。那知他於那極高的地方, 尚能廻環轉折[136]。幾轉之後, 又高一層, 接連有三四疊, 節節高起。恍如由傲來峰西面攀登泰山[137]的景象, 初看傲來峰削壁千仞[138], 以爲上與天通, 及至翻到傲來峰頂, 纔見扇子崖[139]更在傲來峰上, 及至翻到扇子崖, 又見南天門更在扇子崖上, 愈翻愈險, 愈險愈奇!

那王小玉唱到極高的三四疊後, 陡然[140]一落, 又極力騁其千廻百析[141]的精神, 如一條飛蛇在黃山[142]三十六峰半中腰裏盤旋穿插。頃刻之間, 周匝[143]數遍。從此以後, 愈唱愈低, 愈低愈細, 那聲音漸漸的就聽不見了。滿園子的人都屏氣凝神[144], 不敢少動。約有兩三分鍾之久,

---

134) 伏貼: 위에 바싹 붙다.

135) 三萬六千個毛孔: 3만 6천 개 털구멍.

136) 廻環轉折: 빙빙 돌면서 전환하다.

137) 泰山: 중국 山東省의 태산은 중국의 五岳 중에 으뜸으로 치는 산이며, 중국인의 숭배의 대상이다. 기원전 221년 秦始皇이 중국을 통일한 후 封禪의식을 올렸던 것을 시작으로 12명의 황제가 차례로 올라 봉선의식을 진행하였으며, 72명의 제후 왕들이 황제의 명령으로 봉선의식을 위해 올랐던 산이다. 1987년 유네스코로부터 세계 문화유산 및 자연유산으로 지정되었다. 태산은 예전에 岱山이라고 불리기도 했으며, 별칭으로 岱宗, 岱岳이라고 불리기도 하였다. 춘추전국시대에 태산으로 고쳐 부르게 되었다.

138) 千仞: (산 등이) 매우 높다. 옛날에는 1仞은 7尺 또는 8尺에 해당하였음.

139) 扇子崖: 부채모양의 절벽.

140) 陡然: 갑자기. 돌연.

141) 千廻百析: 우여곡절이 많다.

142) 黃山: 安徽省 남부에 위치. 황산은 옛날에 黟山으로 불렸다. 전설 중의 黃帝가 이곳에서 修身煉丹한 연고로 唐나라 天寶六年(747년) 黃山이란 이름을 황제로부터 하사받았다. 天都峰, 蓮華峰, 光明頂이 황산의 3대 主峰이며, 奇松, 怪石, 雲海, 溫泉 등 4대 경관으로 유명하다. 황산은 1년 중 200일 정도 구름과 안개에 가려 있으며, 온천수질은 맑고 달콤하며 1년 내내 마르지 않는다. 샘물로는 朱砂泉이 가장 유명하다.

143) 周匝: 둘레. 주위. 사방.

144) 屏氣凝神: 숨을 죽이고 정신을 집중하다.

彷彿[145]有一點聲音從地底下發出。這一出之後，忽又揚起，像放那東洋煙火，一個彈子上天，隨化作千百道五色火光，縱橫散亂[146]。這一聲飛起，卽有無限聲音俱來並發。那彈弦子的亦全用輪指，忽大忽小，同他那聲音相和相合，有如花塢春曉，好鳥亂鳴[147]。耳朶忙不過來，不曉得聽那一聲的爲是[148]。正在撩亂之際，忽聽霍然[149]一聲，人弦俱寂。這時臺下叫好之聲，轟然雷動[150]。

　　停了一會，鬧聲稍定，只聽那臺下正座上，有一個少年人，不到三十歲光景，是湖南口音，說道：「當年讀書，見古人形容歌聲的好處，有那『餘音繞梁，三日不絕[151]』的話，我總不懂。空中設想，餘音怎樣會得繞梁呢？又怎會三日不絕呢？及至聽了小玉先生說書，纔知古人措辭[152]之妙。每次聽他說書之後，總有好幾天耳朶裏無非都是他的書音，無論做甚麼事，總不入神，反[153]覺得『三日不絕』，這『三日』二字下得太少，還是孔子『三月不知肉味』[154]，『三月』二字形容得透徹[155]些！」旁邊人都說道：「夢湘[156]先生論得透闢[157]極了！『於我心有戚戚[158]焉！』」

---

145) 彷彿: (＝仿佛) 마치 ……인 듯하다. 비슷하다.

146) 縱橫散亂: 종횡무진 난잡하다.

147) 亂鳴: 어지럽게 울다.

148) 爲是: …… 때문이다. 따라서.

149) 霍然: 갑자기. 돌연.

150) 轟然雷動: (갑자기 요란한 소리가 울려 퍼지는 모양으로) '와' 하고 우레와 같은 소리가 울려 퍼지다.

151) 餘音繞梁, 三日不絕: 노랫소리가 계속 귓전에서 맴돌아, 삼 일 동안 그치지 않다.

152) 措辭: 어휘를 배치(취사선택)하다.

153) 反: 도리어. 반대로.

154) 三月不知肉味: 三月은 '삼 개월 동안'을 말하는 것이 아니라 '아주 오랫동안'을 비유하는 말이고, 不知肉味란 "고기를 먹으면서도 그 맛을 알지 못하였다", 즉 사람이 일을 함에 있어 전심전념한다는 뜻이다. 『論語·述而』에 "子在齊聞韶, 三月不知肉味"라는 문장이 있다.

155) 透徹: 투철하다. 밝고 확실하다.

156) 夢湘: 사람이름.

說著，那黑妞又上來說了一段，底下便又是白妞上場。這一段，聞旁邊人說，叫做「黑驢段」。聽了去，不過是一個士子見一美人，騎了一個黑驢走過去的故事。將形容那美人，先形容那黑驢怎樣怎樣好法，待鋪敍159)到美人的好處，不過數語，這段書也就完了。其音節全是快板160)，越說越快。白香山詩云：「大珠小珠落玉盤。」可以盡之。其妙處在說得極快的時候，聽的人彷彿都趕不上聽，他卻字字清楚，無一字不送到人耳輪深處161)。這是他的獨到162)，然比著前一段卻未免遜163)一籌了。

這時不過五點鍾光景，算計王小玉應該還有一段。不知那一段又是怎樣好法164)，究竟如何，且聽下回分解。

---

157) 透闢: 철저하다. 치밀하다.

158) 戚戚: 서로 긴밀한 모양. 마음이 움직이는 모양.

159) 鋪敍: 상세히 서술하다.

160) 快板: 잦은 박자. 비교적 빠른 박자로 拍板과 竹板을 치며, 기본적으로 7자구의 압운된 구어가사에 간혹 대사를 섞어 노래하는 중국 민간 예능의 한 가지.

161) 耳輪深處: 귀 깊숙한 곳.

162) 獨到: 독창.

163) 遜: 뒤지다, 뒤떨어지다.

164) 好法: 좋은 방법.

* 생각해 봅시다 *

1. 본 편에서 老殘은 濟南으로 발길을 돌려 중국의 아름다운 산천과 문물을 돌아
보고, 극장에서 중국의 훌륭한 노래를 감상한다. 하지만 본 작품의 성격이 紀
行이 아닌 사회의 부조리와 모순을 풍자 비판하는 것이라면 대략 이후 작품의
내용이 어떤 방향으로 전개될지 예상할 수 있으리라 생각한다. 가을날 이른
아침, 老殘은 歷下亭을 구경하려고 鵲華橋 변에 와서 쪽배를 얻어 타고 노를 저
어 鐵公祠 앞에 다다른다. 이때 남쪽을 바라보니 맞은편에 千佛山이 바라다 보
였고, 산 위에서는 梵宇僧樓가 창송취백들과 어깨를 다투며 서 있었는데, 그
모습이 마치 송대 화가 趙千里의 큰 그림 한 폭을 긴 병풍으로 둘러친 것처럼
아름다웠다. 이렇듯 아름다운 강산에 변화가 생기고 또한 백성들은 고난에 처
하게 되는데, 작자는 본 편에서 도탄에 빠지기 전 자연의 아름다운 풍경과 중
국 희극과 같은 예술을 즐기는 평화로운 모습의 백성과 관리들의 모습을 표
현함으로써 이후 발생하는 갈등과 모순을 더욱 비참하게 느끼게 만들고 있다.
특히 작자의 노력은 탐관오리의 부패상보다 청렴함을 내세워 돈을 요구하지
않는 대신 자기 멋대로 일을 처리하면서 백성을 박해하는 淸廉한 官吏의 失政
을 폭로하고 있음에 비추어 볼 때, 이후 작품의 내용은 封建사회의 모순과 관
리들의 貪虐 그리고 非理 등을 여실히 폭로 고발하여 독자의 호응을 얻으려
할 것이다. 그렇다면 작자가 본 편에서 중국 희극의 연출 상황을 상세하게 설
명한 까닭은 무엇인지 살펴보고, 영화 『覇王別姬』에서는 중국의 京劇을 소재
로 하면서 극중에 남자가 여장을 하고 출연하는데, 이 기회를 통해 중국 희극
의 발전과정과 그 내용에 대해서 알아보기로 하자.

2. 『老殘遺記』는 예술성에서도 어느 정도 성공한 작품으로 평가되고 있다. 사물에
대한 묘사가 때때로 세밀하고 생동적이며, 선명한 색채를 띠고 있다.
예를 들면 白妞의 모습과 아름답고 미묘한 노랫소리에 대한 묘사는 마치 그녀
를 보는 듯, 그녀의 노랫가락을 듣는 것처럼 매우 뛰어난 문학적 표현을 하고

있다. 여기서 작자가 묘사하고 있는 黑妞와 白妞의 모습을 비교하여 그 우열을 논해 보자.

3. 魯迅은 『中國小說史略』에서 소설을 분류하면서 譴責소설이라는 새로운 분야를 만들고, 劉鶚의 『老殘遺記』와 李伯元의 『官場現形記』 그리고 吳趼人의 『二十年目睹之怪現狀』과 마지막으로 曾樸의 『孽海花』를 '四大譴責小說'이라고 평가하였다. 이러한 소설들은 대부분 청말 정치에 대한 견책과 정계 내막에 대한 폭로를 통해 당시의 정치개혁을 목적으로 하는 소설들이었기 때문에 현실의 부패를 폭로하고 정치적 책임을 추궁하는 과정에서 예술성은 다소 미흡하여 저널리스트의 폭로 기사와 유사한 면을 가지고 있기도 하다. 하지만 胡適이 풍경과 인물을 묘사하는 劉鶚의 탁월한 필치를 칭송한 것을 보면, 典雅한 고문투의 유려한 문체와 사실적 표현은 작품이 출간된 후에 수많은 僞作과 亞流作을 量産하게 한다. 다시 한 번 본 편에 묘사된 풍경과 인물에 대한 묘사를 통해 劉鶚의 筆致를 살펴보자.

4. 작품의 마지막은 老殘이 현실의 벽에 부딪혀 본질적인 문제 해결을 뒤로한 채 속세를 떠나는 것으로 끝이 난다. 여기서 우리는 작자의 한계성을 느낄 수 있는데, 어쩌면 작자는 우리에게 그 해결책을 찾으라는 주문하고 있는지도 모른다. 21세기에도 自然災害를 人災라고 평가하며 공무원의 무능력함을 비판하는 경우가 비일비재한 것을 보면 본 편에서 작자가 이야기하고 있는 것들이 虛構的으로 想像에 의해 만들어진 이야기만은 아닌 것 같다. 自然災害에 대한 올바른 대책은 무엇인지 생각을 정리해 보자. 그리고 21세기 국민이 원하는 공무원의 올바른 자세와 공무원으로서 마땅히 갖추어야 할 요건에 대하여 살펴보자.

聊齋志異

요재지이

11. 娇 娜

　　孔生[1]雪笠[2]，聖[3]裔也。爲人蘊藉[4]，工[5]詩。有執友[6]令[7]天台[8]，
寄函招之。生往，令適[9]卒。落拓[10]不得歸，寓菩陀寺，傭[11]爲寺僧抄
錄。寺西百餘步，有單[12]先生第[13]。先生故公子，以大訟蕭條[14]，眷口
寡，移而鄉居，宅遂曠焉。

---

* 本篇은 『聊齋誌異』第一卷에서 발췌한 내용으로, 여주인공 嬌娜의 뛰어난 의술로 생명을 건
　진 남자 주인공이 다시 여우일가를 구해 주게 되고, 이후 서로 도우며 함께 공생하는 모습
　을 그리고 있다. 蒲松齡의 여우이야기 중 해피엔딩으로 마무리되는 작품 중 하나이다.

1) 生: 옛날 유생을 말한다.

2) 雪笠: 남자 주인공의 이름.

3) 聖: 孔子를 가리킨다.

4) 蘊藉: (= 寬博有餘) 축적된 것이 많은 모양. 즉, 온화하고 품위가 있다.

5) 工: 잘하다. 능숙하다.

6) 執友: 뜻을 같이하는 친구.

7) 令: (옛 관직명) 현령.

8) 天台: 縣 이름.

9) 適: 마침. 이제 막. 방금.

10) 落拓: 곤궁해지다, 실의에 빠지다. 한편 이 단어에는 원래 (성격이) '대범하다, 호매하다'는
　　뜻도 같이 있으니 여기서의 의미를 잘 음미해 볼 것.

11) 傭: 고용하다.

12) 單(Shàn): 고을 또는 사람의 성.

13) 第(dì): (관료의 큰) 저택.

14) 蕭條: 불황이다. 생기가 없다. 여기서는 '家勢가 기울다'의 의미로 쓰였다.

一日，大雪崩騰，寂無行旅[15]。偶過其門，一少年[16]出，豐采[17]甚都[18]。見生，趨與爲禮，略致慰問，卽屈降臨。生愛悅之，慨然從入。屋宇都不甚廣，處處悉懸錦幕；壁上多古人書畫。案頭書一冊，籤[19]云：『瑯嬛瑣記』[20]。翻閱一過，俱[21]目所未睹。生以居單第，意[22]爲第主，卽亦不審官閥[23]。少年細詰[24]行踪，意憐之，勸設帳授徒[25]。生嘆曰：「羈旅[26]之人，誰作曹丘[27]者？」少年曰：「倘不以駑駘見斥，願拜門牆[28]。」生喜，不敢當師，請爲友。便問：「宅何久錮[29]？」答曰：「此爲單府，曩[30]以公子鄉居，是以久曠。僕皇甫氏，祖居陝[31]。以家宅焚於野火，暫借安頓。」生始[32]知非單。當晚，談笑甚懽[33]，卽留共榻。昧爽[34]，卽有僮子熾炭[35]於室。少年先起入內，生尚擁被坐。僮入白：「太

15) 行旅: 나그네. 길손.

16) 少年: 젊은이.

17) 豐采: 풍채. 겉모습.

18) 都: 아름답다.

19) 籤: (＝籤) 표지.

20) 瑯嬛瑣記: 瑯嬛은 천제의 장서가 있는 곳을 말하며, 瑣記는 잡다한 일의 기록이라는 뜻이다.

21) 俱: 모두. 필사본에는 '皆'로 되어 있음.

22) 意: 생각하다. 필사본에는 '以'로 되어 있음.

23) 官閥: 신분과 문벌.

24) 詰: 질문하다.

25) 設帳授徒: 서당을 열어 학생을 받다.

26) 羈旅: 오랫동안 객지에서 생활하다.

27) 曹丘: 인재를 소개해 주다. 『史記·季布欒布列傳』에서 인용.

28) 門牆: 원래는 대문과 연결된 벽이나 담장의 뜻이었으나, 여기서는 권세가 있거나 지위가 높은 사람의 문하를 가리킨다.

29) 錮: 쇠붙이를 녹여 틈새를 땜질하다. 즉, '가두다, 붙들어 매다'의 뜻을 가지고 있다. 여기서는 '빗장을 걸어 놓다'의 뜻으로 사용되었다.

30) 曩(nǎng): 옛날. 종전. 예전. 과거.

31) 陝: 陝西省.

32) 始: 비로소.

33) 懽: (＝歡) 유쾌하다. 기쁘다.

公36)來。」 生驚起。一叟入, 鬑髮皤然, 向生殷謝曰:「先生不棄頑兒, 遂肯賜教。小子初學塗鴉, 勿以友故, 行輩37)視之也。」已, 而38)進錦衣一襲, 貂帽、襪、履各一事。視生盥櫛39)已, 乃呼酒薦40)饌。幾、榻、裙、衣, 不知何名, 光彩射目。酒數行, 叟興辭, 曳杖而去。餐訖, 公子呈課業, 類皆古文詞, 並無時藝41)。問之, 笑云:「僕不求進取也。」抵暮, 更酌曰:「今夕盡懽, 明日便不許矣。」呼僮曰:「視太公寢未; 已寢, 可暗喚香奴來。」

　　僮去, 先以繡囊將琵琶至。少頃, 一婢入, 紅妝艷絕。公子命彈湘妃42)。婢以牙撥勾動, 激揚哀烈, 節拍不類凡聞。又命以巨觴行酒, 三更始罷。次日, 早起共讀。公子最慧43), 過目成詠44), 二三月後, 命筆警絕。相約五日一飲, 每飲必招香奴。一夕, 酒酣氣熱, 目注之45)。

　　公子已會其意, 曰:「此婢乃爲老父所豢養。兄旷邈無家, 我夙夜代籌久矣。行當爲君謀一佳耦。」生曰:「如果惠好, 必如香奴者。」公子

---

34) 昧爽: 昧는 어둡다는 뜻이고, 爽은 밝다는 뜻으로, 어둠에서 점차 밝아 온다는 것은 바로 '새벽'을 가리킨다.

35) 熾炭: 화로에 불을 지피다. 필사본에는 다음에 '火'字가 붙어 있다.

36) 太公: 주인나리. 필사본에는 '公'이 '翁'으로 되어 있다.

37) 行輩: 항렬. 같은 또래.

38) 而: (=乃)

39) 盥櫛: 세수를 하고 머리를 다듬음.

40) 薦: (=進) 들이다.

41) 藝: (=文) 문장.

42) 湘妃: 순임금의 왕비. 순임금이 남방지역을 순시하면서 돌아오지 않자, 그의 왕비 娥皇과 女英이 함께 그를 좇아 남방지역으로 내려간다. 하지만 만나지 못하고, 결국 洞庭에 이르러 눈물을 흘린 것이 대나무를 물들였고, 죽어서 湘水의 신이 되었다고 한다.

43) 慧: (=惠) 총명하다. 영특하다.

44) 詠: (=誦) 외워서 읊조리다.

45) 目注之: 눈이 뚫어져라 (그녀를) 쳐다보다.

笑曰：「君誠『少所見而多所怪』[46]者矣。以此爲佳，君願亦易足也。」

居半載，生欲翺翔[47]郊郭，至門，則雙扉外扃。問之，公子曰：「家君恐交遊紛意念，故謝客耳。」 生亦安之。時盛暑溽熱，移齋園亭。生胸間腫[48]起如桃，一夜如盌[49]，痛楚[50]呻吟。公子朝夕省視，眠食都[51]廢。又數日，創劇[52]，益絶食飲。太公[53]亦至，相對太息。公子曰：「兒前夜思先生清恙，嬌娜妹子能療之。遣人於外祖母處呼令歸，何久不至？」 俄[54]僮入白[55]：「娜姑至，姨與松姑同來。」 父子疾趨[56]入內。少間，引妹來視生。年約十三四，嬌波流慧，細柳生姿。生望見顔[57]色，嚬呻頓忘，精神爲之一爽。公子便[58]言：「此兄良友，不啻[59]胞也，妹子好醫之。」女乃斂羞容，揄[60]長袖，就榻診視。把握之間，覺芳氣勝蘭。

女笑曰：「宜有是疾，心脉動矣。然症雖危，可治，但膚塊已凝，非伐皮削肉不可。」 乃脱臂上金釧安患處，徐徐按下之。創突起寸許，高出釧外，而根際餘腫，盡束在內，不似前如盌闊矣。乃一手啓羅衿，解

---

46) 少所見而多所怪: 견문이 좁으면, 신기한 것도 많다.

47) 翺翔: (＝遨遊) 놀러 나가다.

48) 腫: (＝癰) 종기.

49) 盌(wǎn): (＝椀) 음식을 담는 작은 식기. 공기 따위.

50) 痛楚: 고통. 아픔.

51) 都: (＝俱) 모두.

52) 創劇: '創'은 '瘡'(종기)의 뜻이고, '劇'은 '甚'(매우 심해지다)의 뜻이다.

53) 太公: 노인의 존칭. 여기서는 '공자의 부친'을 가리킨다.

54) 俄(é): 홀연. 갑자기.

55) 白: (＝曰) 말하다.

56) 疾趨: 재빠르게 가다. 필기본에서는 '疾'字가 '卽'字로 되어 있음.

57) 顔: (＝艶) 아름다움.

58) 便: 즉시. 곧.

59) 不啻: (＝不止) ……뿐만(이) 아니라.

60) 揄(yú): (＝垂) 잡아당기다. 걷어붙이다.

佩刀, 刀薄於紙, 把釖握刀, 輕輕附根而割。紫血流溢, 沾染床席, 而貪近嬌姿, 不惟不覺其苦, 且恐速竣割事, 偎傍不久。未幾61), 割斷腐肉, 團團然62)如樹上削下之癭63)。又呼水來, 爲洗割處。口吐紅丸, 如彈大, 著肉上, 按令旋轉: 才一周, 覺熱火蒸騰; 再一周, 習習作癢; 三周已, 遍體清凉, 沁入骨髓。女收丸入咽, 曰:「愈矣!」趨步出。生躍起走謝, 沉痼若失。而懸想容輝, 苦不自已。自是廢捲癡坐, 無復聊賴。公子已窺之, 曰:「弟爲兄物色, 得一佳偶。」問:「何人?」曰:「亦弟眷屬。」

生凝思良久, 但云:「勿須。」面壁吟曰:「曾經滄海難爲水, 除卻巫山不是雲。」公子會其指, 曰:「家君仰慕鴻才, 常欲附爲婚姻。但止一少妹, 齒太穉64)。有姨女阿松, 年十八矣, 頗不粗陋。如不見信, 松姊日涉園亭, 伺前廂, 可望見之。」生如其教。果見嬌娜偕麗人來, 畫黛彎蛾, 蓮鉤蹴鳳, 與嬌娜相伯仲也。生大悦, 請65)公子作伐。公子翼日自内出, 賀曰:「諧矣。」乃除別院, 爲生成禮。是夕, 鼓吹闐咽66), 塵落漫飛, 以67)望中仙人, 忽同衾幬, 遂疑廣寒宮殿, 未必在雲霄矣。合巹之後之後, 甚愜心懷。一夕, 公子謂生曰:「切磋之惠, 無日可以忘之。近單公子解訟歸, 索宅甚急, 意將棄此而西。勢難復聚, 因而離緒縈懷。」生願從之而去。公子勸還鄉閭, 生難之。公子曰:「勿慮, 可卽

---

61) 未幾: 잠시 후. 머지않아. 얼마 안 되어.

62) 團團: 겹겹이. 빈틈없이. 빙글빙글. 여기서는 '수북하다'의 뜻으로 사용되었다.

63) 癭(yǐng): (나무의) 벌레혹. 沒食子(동식물에 기생하는 어리상수리 혹벌의 알이 부화할 때 생기는 물질). 中醫에서는 목덜미에 생기는 혹을 가리킨다.

64) 穉: (= 稚) 어리다. 유치하다.

65) 請: (= 求) 구하다.

66) 闐咽: 북소리.

67) 以: '似'로 해석하는 것도 가능함.

送君行。」

無何，太公引松娘至，以黃金百兩贈生。公子以左右手與生夫婦相把握，囑閉眸勿視。飄然履空，但覺耳際風鳴，久之曰：「至矣。」啓目，果見故里。始知公子非人。喜叩家門。母出非望，又睹美婦，方共忻慰。及回顧，則公子逝矣。松娘事姑孝；艷色賢名，聲聞遐邇。

後生擧進士，授延安司李，攜家之任。母以道遠不行。松娘擧一男，名小宦。生以忤直指，罷官，罣[68]礙不得歸。偶獵郊野，逢一美少年，跨驪駒，頻頻瞻顧。細視，則皇甫公子也。攬[69]轡停驂，悲喜交至。邀生去，至一村，樹木濃昏，陰翳天日。入其家，則金漚浮釘，宛然世族。問妹子則[70]嫁；岳母已亡：深相感悼。經宿別去，偕妻同返。

嬌娜亦至，抱生子掇提而弄曰：「姊姊亂吾種矣。」生拜謝曩德。笑曰：「姊夫貴矣。創口已合，未忘痛耶？」妹夫吳郎，亦來謁拜[71]。信宿[72]乃去。

一日，公子有憂色，謂生曰：「天降凶殃，能相救否？」生不知何事，但銳[73]自任。公子趨出，招一家俱入，羅拜堂上。生大駭，亟[74]問。公子曰：「餘非人類，狐也。今有雷霆之劫。君肯以身赴難，一門可望生全；不然，請抱子而行，無相累。」生矢[75]共[76]生死。乃使仗劍於門，

---

68) 罣: 방해가 되다. 거리끼다.

69) 攬: (=持)

70) 則: (=已) 이미. 벌써.

71) 謁拜(yèbài): 인사하다. 필사본에서는 글자의 순서가 '拜謁'로 바뀌어 있다.

72) 信宿: 이틀 밤(을 계속 머무르다).

73) 銳: 선뜻. 재빨리.

74) 亟(jí): 시급히. 얼른.

75) 矢: (=誓) 맹세하다.

囑曰:「雷霆轟擊, 勿動也!」 生如所教。果見陰雲畫暝[77], 昏黑如磐[78]。回視舊居, 無復閈[79]宏, 惟見高冢巋然[80], 巨穴無底。方錯愕間, 霹靂一聲, 擺簸山嶽; 急雨狂風, 老樹爲拔。生目眩耳聾, 屹[81]不少動。忽於繁煙黑絮之中, 見一鬼物, 利喙長爪, 自穴攫一人出, 隨煙直上。瞥睹衣履, 念似嬌娜。乃急躍離地, 以劍擊之, 隨手墮落。忽而崩雷暴裂, 生僕, 遂斃。少間, 晴霽, 嬌娜已能自蘇。見生死於旁, 大哭曰:「孔郎爲我而死, 我何生矣!」 松娘亦出, 共舁[82]生歸。嬌娜使松娘捧其首; 兄以金簪撥其齒; 自乃撮其頤, 以舌度紅丸入, 又接吻而呵之。紅丸隨氣入喉, 格格作響。

移時, 醒然而蘇。見眷口滿前, 恍如夢寤。於是一門團圞[83], 驚定而喜。生以幽壙不可久居, 議同旋裏。滿堂交贊, 惟嬌娜不樂。生請與吳郎俱, 又慮翁媼不肯離幼子, 終日議不果。忽吳家一小奴, 汗流氣促而至。驚致研詰[84], 則吳郎家亦同日遭劫, 一門俱没。

嬌娜頓足悲傷, 涕不可止。共慰勸之。而同歸之計遂決。生入城, 勾當數日, 遂連夜趣裝。既歸, 以閑園寓公子, 恒反關之; 生及松娘至, 始發扃[85]。生與公子兄妹, 棋酒談讌, 若一家然。小宦長成, 貌韶秀,

---

76) 共: 함께. 같이.

77) 暝: 밤처럼 어두워지다.

78) 磐: 검은색 돌.

79) 閈: 문. 울타리.

80) 巋然: 홀로 우뚝 선 모양.

81) 屹: 움직임이 없이 고정되어 있는 상태.

82) 舁(yú): 여럿이 맞들다.

83) 團圞(tuánluán): 달이 둥글다. 여기서는 '가족이 흩어져 있다가 다시 모이다'와 '온 가족이 단란하게 지내다'의 뜻으로 사용되었다.

84) 詰(jié): 질문하다.

85) 扃(jiōng): 빗장. 문고리. 문.

有狐意。出遊都市，共知爲狐兒也。

異史氏曰：「餘於孔生，不羨其得艷妻，而羨其得膩友也。觀其容可以忘饑，聽其聲可以解頤。得此良友，時一談宴，則『色授魂與86)』，尤勝於『顚倒衣裳』87)矣。」

---

86) 色授魂與: (안색으로 상대방의 기분을 알아차릴 정도로) 서로 마음이 맞고 정이 오가다. 즉, 정신적 교감을 말한다.

87) 顚倒衣裳: 남녀 간의 육체적 사랑. 顚倒는 '(상하 전후의 위치가) 뒤바뀌다', '뒤섞여서 어수선하다'의 뜻을 가지고 있다. 衣裳(yīcháng)은 고대의 저고리와 치마, 상의와 하의를 말한다.

* 생각해 봅시다 *

1. 『聊齋志異』는 중국 淸初에 나온 문어체의 志怪 소설집이다. 저자 蒲松齡 (1640~1715년)이 중국 북방의 민간에서 채집한 신선, 여우, 유령, 귀신, 괴이한 인간 그리고 인간과 요괴와의 交情을 중심으로 오랜 기간에 걸쳐 집필한 것이며, 저자가 죽은 지 51년 만인 1766년에 간행되었다. 저자는 특이한 이야기를 그려 내려는 투철한 작가 의식을 소유함으로써 민간의 이야기를 그대로 수록하지 않고 교묘한 구성과 전거(典據)가 있는 용어를 효과적으로 구사하여 괴이한 異物의 세계와 일상적 인간의 세계를 자연스레 교착시키면서, 현실에서는 느낄 수 없는 새로운 인간의 정을 그려 냈다. 특히 그의 작품 속에 등장하는 여우와 인간과의 교감은 그 소재의 폭이 다양하여, 그 대상은 여성뿐만 아니라 나이든 노인 그리고 동자와 같은 어린아이까지로 확대되고 있다. 이러한 현상은 蒲松齡의 작품에서만 보이지 않고 역대 다른 작품에서도 두루 보이고 있는 현상이다. 따라서 「여우누이」과 「여우구슬」처럼 '구미호'라는 여성으로만 여우가 전설 속에 등장하는 우리나라의 상황과 비교해 볼 때, 그 이미지의 數的 차이는 무엇을 의미하는지 그리고 단출한 여우 이미지를 가지고 있는 우리나라와 비교하여 복잡한 여우 이미지를 소유하고 있는 중국 문화는 과연 어떤 과정을 통해 지금과 같은 다양한 이미지를 유지하게 되었는지 살펴보자.

2. 본문에서 전반부에 여주인공 嬌娜는 공생이 종기로 인해 병세가 악화되자, 먼저 팔찌를 이용하여 상처를 어루만진 후, 조그맣고 얇은 칼을 이용하여 孔雪立의 종기를 도려낸다. 다시 탄알만 한 크기의 붉은 구슬 하나를 입에서 뱉어내어 환부를 치료한다. 또한 본문 후반부에서 여주인공 嬌娜는 공생이 자신을 구하려다 목숨을 잃자, 공생을 살리기 위해 자신의 붉은 구슬을 꺼내 공생의 입속으로 굴려 넣은 후 다시 입술을 맞대고 그에게 숨을 불어넣어 결국 공생을 소생시킨다. 여기서 구슬은 어떤 종류의 물건으로 어떠한 효능이 있어 공생의 상처를 아물게 하고 소생시켰을 지에 대해 생각해 보자. 그리고 우리나라의 민

간전설 「여우구슬」에서 여우가 남자의 양기를 흡입하는 수단으로 활용하는 여우구슬과는 어떠한 차이가 있는지 그 동질성과 이질성에 대해 살펴보자.

3. 본문을 보면 남자 주인공 공생은 처음에는 황보 노인의 시녀 香奴에게 마음을 두었다가, 다시 자신을 치료해 준 嬌娜에게 마음을 빼앗긴다. 그리고 나중에는 황보 노인이 소개해 준 친척 松娘과 결혼을 하여 小宦이라는 아들 하나를 두게 된다. 여기서 우리는 작자가 특별히 남자 주인공 공생의 여색에 대한 집착을 강조하고 있다고 여기기보다는, 여우여인의 미모가 특출함을 강조하고 있음을 알 수가 있다. 이렇듯 작자가 여우여인의 미모가 아름답다고 한 까닭은 여우라는 동물이 원래 가지고 있는 아름다운 이미지와 당시 남성들이 가지고 있던 美人觀과 관련이 있다고 봐야 할 것이다. 또한 우리나라에서는 여우가 인간으로 둔갑하여 가족을 이루고 사는 이야기는 발견할 수 없는 데 반하여 중국 민간고사와 소설에서는 그 예를 쉽게 찾아볼 수가 있는데, 이러한 문화적 차이는 어디에서 기인하였는지 알아보자.

4. 叡智의 能力을 지니고 있던 황보 공자는 자신들이 여우이고 하늘이 자신들을 곧 벼락으로 자신들을 치려 한다는 사실을 알려 주며 구원을 청한다. 공생은 황보 공자의 일가족과 嬌娜는 살리지만, 같은 날 발생한 벼락으로 嬌娜 남편의 일가족이 몰살당하는 것은 막지 못한다. 여기서 본문 내용에는 여우일족이 인간에게 뚜렷하게 잘못한 바가 없는데 왜 몰살 또는 벌을 받게 되는지 그 까닭에 대해서 생각해 보자.

12. 青 鳳

太原耿氏，故[1]大家，第宅[2]弘闊。後凌夷，樓舍連亘，半曠廢之。因生怪異，堂門輒自開掩，家人恒中夜駭嘩[3]。耿患之，移居別墅，留老翁門[4]焉。由此荒落益甚，或[5]聞笑語歌吹聲。耿有從子去病[6]，狂放不羈[7]，囑翁有所聞見，奔告之。至夜，見樓上燈光明滅[8]，走報生[9]。

生欲入覘[10]其異。止之，不聽。門戶素所習識[11]，竟撥蒿蓬[12]，曲

---

* 本篇은『聊齋誌異』第一卷에서 발췌한 내용으로, 여우인 여주인공 靑鳳에 대한 이야기이다. 인간인 남자 주인공과의 만남에서 이별 그리고 여우의 천적인 개로 인한 곤경에 빠짐으로 인해 다시 연인과의 해후를 가져오게 되고, 서로 결혼하여 그녀를 어렸을 때 돌봐주었던 숙부 일가를 도와 함께 산다는 것이 줄거리이다.

1) 故: 부사로 '본래'와 형용사로 '오래되다'의 의미가 있다.

2) 第宅: 저택.

3) 駭嘩: 놀라서 깨다.

4) 門: (문을) 지키다.

5) 或: 어떤 사람은.

6) 去病: '병을 없애다'라는 뜻이지만, 여기서는 주인 경씨의 조카 이름이다. 중국의 문학작품 속에 등장하는 주인공들의 이름을 살펴보면 대략 그 이름의 의미를 통해 작품 내용의 전반적인 전개 방향을 예상할 수 있다.

7) 不羈: 말을 듣지 않다.

8) 明滅: 가물거리다.

9) 生: 유생.

10) 覘: 엿보다. 훔쳐보다. 관찰하다.

11) 習識: 익숙하게 알다.

折而入。登樓，殊[13]無少異。穿樓而過，聞人語切切。潛窺之，見巨燭雙燒，其明如晝。一叟儒冠[14]南面坐，一媼相對，俱年四十餘。東向一少年，可二十許；右一女郎，裁[15]及笄[16]耳。酒殽滿案，團坐笑語。生突入，笑呼曰：「有不速[17]之客一人來！」群驚奔匿。獨叟出叱問：「誰何入人閨闥？」生曰：「此我家閨闥[18]，君占之。旨酒自飲，不一邀主人，毋乃太吝？」叟審睇[19]曰：「非主人也。」生曰：「我狂生耿去病，主人之從子耳。」叟致敬曰：「久仰山斗[20]！」

乃揖生入，便呼家人易饌。生止之。叟乃酌客。生曰：「吾輩通家，座客無庸見避，還祈招飲。」叟呼：「孝兒！」俄[21]少年自外入。叟曰：「此豚兒也。」揖而坐，略審[22]門閥。叟自言：「義君姓胡。」生素豪，談議風生，孝兒亦倜儻；傾吐間，雅相愛悅。生二十一，長[23]孝兒二歲，因弟之。叟曰：「聞君祖纂塗山外傳，知之乎？」答：「知之。」叟曰：「我塗山氏之苗裔也。唐以後，譜系猶能憶之；五代而上無傳焉。幸公子一垂教也。」生略述塗山女[24]佐禹之功，粉飾多詞，妙緒泉涌。叟大喜，謂

---

12) 蒿蓬: 쑥과 다북쑥.

13) 殊: 뜻밖에도. 상상외로. 오히려. 필사본에는 '初'로 되어 있음.

14) 冠: 관을 쓰다.

15) 裁: 판단하다. 헤아리다.

16) 及笄: 원래는 비녀와 같은 장신구를 머리에 하는 것으로, 여자의 성년 나이 만 15세가 되면 시집을 보낼 수 있는 나이로 여겼다. 남자의 경우에는 '及冠'이라고 하여 관을 쓸 수 있는 만 20세를 성년으로 보았다.

17) 速: (＝召) 초대하다. 초청하다. 여기서 '不速客', 즉 불청객을 뜻한다.

18) 閨闥: 내실. 규방.

19) 審睇: 審은 주도면밀하다는 뜻으로, 睇는 곁눈질로 흘겨보다는 뜻으로 사용되었다. 필사본에서는 '睇'字가 '諦'(찬찬히. 자세히)字로 되어 있음.

20) 山斗: 그 배움이 두터워 배우는 이들은 그를 태산과 북두성처럼 우러른다는 뜻이다.

21) 俄: 홀연. 곧. 갑자기.

22) 審: 심문하다. 분석하다. '略'(간략히)과 같이 사용되어, '간략히 알아보다'의 뜻이다.

23) 長: 나이가 많다. 연상이다.

子曰:「今幸得聞所未聞。公子亦非他人, 可請阿母及青鳳來, 共聽之, 亦令知我祖德也。」 孝兒入幃中。少時, 媼偕女郎出。

審顧之, 弱態生嬌, 秋波流慧, 人間無其麗也。 叟指婦云:「此爲老荆[25]。」 又指女郎:「此青鳳, 鄙人之猶女也。頗惠, 所聞見, 輒記不忘, 故喚令聽之。」 生談竟而飲, 瞻顧女郎, 停睇不轉。女覺之, 輒俯其首。生隱躡蓮鉤, 女急斂足, 亦無愠怒。生神志飛揚, 不能自主, 拍案曰:「得婦如此, 南面王不易也!」媼見生漸醉, 益狂, 與女俱起, 遽搴幃去。生失望, 乃辭叟出。而心縈縈[26], 不能忘情於青鳳也。

至夜, 復往, 則蘭麝猶芳, 而凝待終宵, 寂無聲咳。歸與妻謀, 欲攜家而居之, 冀得一遇。妻不從, 生乃自往, 讀於樓下。夜方憑個, 一鬼披髮[27]入, 面黑如漆, 張目視生。生笑, 染指研墨自塗, 灼灼然[28]相與對視。鬼慚而去。次夜, 更旣深, 滅燭欲寢, 聞樓後發扃, 闢之閛然[29]。

---

24) 塗山女: 塗山氏의 딸 女嬌. 顓頊의 증손이자 鯀의 아들로 夏后氏 부락의 장이었던 禹임금이 치수사업을 하느라 나이가 30세가 다 되도록 장가를 가지 못한다. 그가 '내 이제 결혼을 해야 할 나이인데 무엇으로써 나를 세상에 드러나게 할까?' 하고 생각에 잠겨 있을 때, 어디선가 갑자기 꼬리가 아홉 개 달린 하얀 여우가 나타난다. 그러자 우는 당시 유행하던 "누구든 꼬리 아홉 달린 흰 여우를 본 자는 누구든 국왕이 된다네。 누구나 도산의 아가씨에게 장가를 들면 누구나 집안이 창성한다네"라는 노래를 떠올리게 된다。 이리하여 우는 女嬌 또는 女嬌라고 불리는 도산 씨의 딸과 결혼하게 된다。 결혼을 한 우는 이후에도 계속 치수사업에 여념이 없었으므로, 나흘 만에 다시 일터로 향했다。 하루는 우가 자신의 몸을 힘이 센 곰으로 변하여 험준한 산을 뚫는 일에 열중하고 있을 때, 그의 아내가 그가 일하고 있는 곳으로 찾아온다。 우의 아내는 곰으로 변한 남편을 보고 깜짝 놀라 도망치기 시작하고, 다급해진 우는 원래의 모습으로 돌아가는 것을 잊어버린 채 아내를 뒤쫓아 가는데, 아내는 곰이 자신을 쫓아오자 다급해진 나머지 큰 바위로 변한다。 아내가 바위로 변해 버리자 우는 바위를 향해 "내 아들을 돌려다오!" 하고 소리치니 바위가 북쪽을 향해 갈라지면서 아이가 태어났고, 그로 인해 이름을 '啓'라고 하였다고 한다。 이 이야기는 『吳越春秋』에 실려 있다。

25) 荆: 안사람. 아내.

26) 縈縈: 縈은 에워싸다. 얽매다. 여기서는 중첩되어 '아른거리다'의 뜻으로 사용되었다.

27) 披髮: (=披頭散髮) 머리를 풀어 헤치다. 머리카락을 흩트리다. 산발하다.

28) 灼灼然: 반짝거리는 모양. 즉, 부리부리한 눈으로.

29) 閛然: 문을 여는 소리.

急起窺覘，則扉半啓。俄聞履聲細碎，有燭光自房中出。視之，則青鳳也。驟見生，駭而卻退，遽闔雙扉。生長跽而致詞曰：「小生不避險惡，實以卿故。幸無他人，得一握手爲笑，死不憾耳。」女遙語曰：「惓惓深情[30]，妾豈不知？但叔閨訓嚴，不敢奉命。」生固哀之云：「亦不敢望肌膚之親[31]，但一見顏色足矣。」

　　女似肯可，啓關出，捉之臂而曳之。生狂喜，相將入樓下，擁[32]而加諸膝。女曰：「幸有夙分，過此一夕，即相思無用矣。」問：「何故？」曰：「阿叔畏君狂，故化厲鬼以相嚇，而君不動也。今已卜居[33]他所，一家皆移甚物赴新居，而妾留守，明日即發矣。」言已，欲去云：「恐叔歸。」生強止之，欲與爲歡。方持論間，叟掩入。女羞懼無以自容，俯[34]首倚床，拈帶不語。叟怒曰：「賤輩[35]辱吾門戶！不速去，鞭撻[36]且從其後！」女低頭急去，叟亦出。尾而聽之，訶詬萬端。聞青鳳嚶嚶啜泣[37]，生心意如割，大聲曰：「罪在小生，於青鳳何與？倘宥鳳也，刀鋸鈇鉞，小生願身受之！」良久寂然，生乃歸寢。自此第內絕不復聲息矣。生叔聞而奇之，願售以居，不較直。生喜，攜家口而遷焉。居逾年，甚適，而未嘗須臾[38]忘鳳也。

---

30) 惓惓深情: 간절하고 지극한 사랑. 惓惓은 곡진하다. 간절하다. 충성스럽다.

31) 肌膚之親: 살을 맞대는 것.

32) 擁: (= 抱) 껴안다.

33) 卜居: (길흉을 점쳐서) 거처를 정하다.

34) 俯: (= 俛) 숙이다.

35) 賤輩: 천해 빠진 년. 輩(= 婢)는 여기서 상대방을 욕하는 상황에서의 누구. 즉, '여자'로 사용되었다.

36) 鞭撻: 채찍으로 치다. 말이나 글로 비난 또는 힐책하다의 뜻도 있지만 여기서는 '매질을 하다'의 뜻으로 사용되었다.

37) 嚶嚶啜泣: 훌쩍거리며 울다.

38) 須臾: 잠시도. 잠깐도. 한순간도.

會淸明上墓歸, 見小狐二, 爲犬逼逐。其一投荒竄去, 一則皇急道上。望見生, 依依39)哀啼, 嗒耳40)輯首, 似乞其援。生憐之, 啓裳袊, 提抱以歸。閉門, 置床上, 則靑鳳也。大喜, 慰問。女曰:「適與婢子戲, 遘此大厄。脫41)非郞君, 必葬犬腹。望無以非類見憎。」生曰:「日切懷思, 繫於魂夢。見卿如獲異寶, 何憎之云!」女曰:「此天數也, 不因顚覆, 何得相從? 然幸矣, 婢子必以妾爲已死, 可與君堅永約耳。」生喜, 另舍舍之。積二年餘, 生方夜讀, 孝兒忽入。生輟讀, 訝詰42)所來。孝兒伏地, 愴然曰:「家君有橫難, 非君莫拯。將自詣懇, 恐不見納43), 故以某來。」問:「何事?」曰:「公子識莫三郞否?」曰:「此吾年家44)子也。」孝兒曰:「明日將過, 倘攜有獵狐, 望君之留之也。」

生曰:「樓下之羞45), 耿耿46)在念, 他事不敢預聞47)。必欲僕效綿薄, 非靑鳳來不可!」孝兒零涕曰:「鳳妹已野死三年矣!」生拂衣曰:「旣爾, 則恨滋深耳!」執卷高吟, 殊不顧瞻。孝兒起, 哭失聲, 掩面而去。生如靑鳳所, 告以故。女失色曰:「果救之否?」曰:「救則救之; 適不之諾者, 亦聊以報前橫耳。」女乃喜曰:「妾少孤, 依叔成立。昔雖獲罪, 乃家範應爾。」生曰:「誠然, 但使人不能無介介48)耳。卿果死, 定不相援。」

---

39) 依依: 아쉬워하는 모양. 사모하는 모양. 그리워하는 모양.

40) 嗒(tà)耳: 귀를 축 늘어뜨리고.

41) 脫: 뜻밖에. 만약. 만일. 가령.

42) 訝詰: 놀라서 묻다.

43) 納: 용납하다. 이해하다. 받아들이다.

44) 年家: 옛날, 같은 해에 과거에 급제한 사람들이 서로를 부르는 호칭.

45) 樓下之羞: 지난날 청봉과 만날 때, 효아의 부친이 이를 알고 청봉을 호되게 야단친 일로 인해 느꼈던 수치.

46) 耿耿(gěnggěng): 근심스러운 모양. 충직한 모양. 여기서는 '뚜렷하게'의 의미로 쓰였다.

47) 預聞: (= 與聞) 참여해서 內情(속사정)을 알다. 관여하다.

48) 介介: 근심 걱정하는 모양. 신경 쓰는 모양.

女笑曰：「忍哉！」次日，莫三郎果至，鏤膺虎韔[49]，僕從甚赫。生門逆之。見獲禽甚多，中一黑狐，血殷毛革；撫之，皮肉猶溫。便託裘敝，乞得綴補[50]。莫慨然[51]解贈。

　　生即付青鳳，乃與客飲。客既去，女抱狐於懷，三日而甦[52]，展轉[53]復化為叟。舉目見鳳，疑非人間。女歷言其情。叟乃下拜，慚謝前愆。喜顧女曰：「我固謂汝不死，今果然矣。」女謂生曰：「君如念妾，還乞以樓宅相假，使妾得以申返哺[54]之私。」生諾之。叟赧然[55]謝別而去。入夜，果舉家來。由此如家人父子，無復猜忌[56]矣。生齋居，孝兒時[57]共談讌。生嫡出子漸長，遂使傅之；蓋循循善教，有師範[58]焉。

---

49) 韔(chàng)：(＝弓袋) 활집.

50) 綴補：꿰매어 보충하다.

51) 慨然：흔쾌히.

52) 甦：깨어나다. 다시 살아나다. 필사본에는 '蘇'(소생하다)로 되어 있다.

53) 展轉：몸을 한 번 뒤척이다. 즉, 요술을 부려 둔갑을 하기 위해 몸을 구르다.

54) 哺(bǔ)：(어린아이에게) 음식을 먹이다. 즉, 어렸을 때 돌봐주고 키워 주다.

55) 赧然：얼굴이 붉어지며.

56) 猜忌：껄끄러운 감정.

57) 時：수시로.

58) 師範：모범. 본보기.

* 생각해 봅시다 *

1. 전편 「嬌娜」에서 의술을 아는 여자 주인공인 여우여인 嬌娜와 인간인 남자 주인공 孔雪立과의 우정을 다루었다면, 「靑鳳」에서도 여우인 여자 주인공 靑鳳는 인간인 남자 주인공 耿去病 사이의 사랑 이야기를 다루고 있다. 첫 만남과 이별 그리고 조우로 이어지면서 두 남녀의 사랑은 해피엔딩으로 결말을 내리게 되는데, 여기에서 두 남녀의 새로운 만남을 주선하는 것은 고의는 아니지만 아이로니컬하게도 여우의 천적인 개의 등장으로 인해 이루어진다. 개는 인류와 가장 가까운 사이로 함께한 역사가 유구한데, 어떠한 연유에서 개가 여우와 상극이 되었는지, 현실적으로 그 사실 근거가 있는지 아니면 허구적으로 설정된 것인지에 대해 살펴보자.

2. 한밤중에 산발을 하고 칠흑처럼 새까만 얼굴을 하고 나타난 귀신을 보고는, 놀라기는커녕 도리어 웃음을 터뜨리며 손가락으로 먹물을 찍어 자기 눈 주위에 바른 후 부리부리한 눈의 형상으로 귀신을 노려볼 정도로 강한 의지력을 지닌 남자 주인공도 여성의 미모에는 자신을 올바로 간수하지 못한다. 胡 노인 역시 이러한 耿去病의 내면세계를 간파하고 서둘러 그곳에서 떠나려 하는데, 胡 노인이 두려워한 것은 무엇이며, 왜 남자 주인공 耿去病과 여우인 여자 주인공 靑鳳과의 만남을 반대한 것인가?

3. 은밀한 만남을 서로 즐기다가 발각되어 胡 노인에게 호되게 야단을 맞는 靑鳳을 보며, 耿去病은 가슴 아파하면서 모든 잘못은 자기에게 있다며 胡 노인에게 용서를 구하고, 이렇게 사건은 일단락된다. 일 년여의 시간이 흘러 耿去病과 靑鳳은 서로 필연과 같은 우연으로 조우하게 되고, 두 사람은 이후 함께 살게 된다. 그 후 이 년여의 세월이 다시 흐르고 耿去病은 胡 노인의 생명을 구해줄 수 있는 입장에 놓이게 되는데, 이때 耿去病은 과거의 일을 치욕처럼 여기고 도와주지 않으려 한다. 耿去病이 과거의 일을 치욕 으로 여기는 것이 타당한 것인지, 아니면 당시 자신이 스스로 직접 용서를 구하고 이로 인해 胡 노

인이 은혜를 베풀어 준 이상 당연히 그 은혜에 보답하여야 하는 것이 옳은 것
인지, 사건의 시시비비를 살펴보자.

4. 淸明節은 중국에서 어떤 날인지 그리고 여자 주인공 靑鳳은 이날 특별히 어떤
의미를 갖고 밖으로 놀러 나온 것인지 아니면, 작중 이야기의 전개를 위해 작
자가 특별히 안배한 우연인지 살펴보자.

5. 본 편의 내용 중에서 남자 주인공 耿去病이 胡씨 일족과 만나게 되고 또 胡 노
인의 조카 靑鳳을 만나 그녀의 미모에 반하여 사랑을 느끼게 된다. 이후 胡 노
인의 반대로 인해 서로 헤어지게 되지만 결국 우연한 조우를 통해 두 사람은
함께 생활하게 되고, 나중에 가서는 그 헤어짐의 원인 제공자인 胡 노인의 생
명을 구해 주고 같이 살게 된다. 여기서 남자 주인공과의 관계를 맺는 상대가
반드시 여우 一族이어야 하는 까닭은 무엇인지, 만약 작중 인물들의 갈등을
신분계급의 차이 또는 동성애 등으로 설정하면 과연 어떠한 변화가 조성되는
지 살펴보자.

6. 인간과 여우와의 交情은 封建主義와 男性優越 사상이 만연했던 작자가 살았던
당시의 상황으로 비추어 볼 때, 작자는 분명 자기 나름대로 어떤 목적에 입각
하여 작품을 기획하고 자료를 수집한 후 집필했을 것이라고 생각된다. 작자
가 여우와 같은 異物과 인간 남성과의 만남 그리고 사랑을 통해 후세에 전하
고자 했던 메시지는 무엇이었을지 혹시 남자 주인공 耿去病은 작자 자신의 化
身은 아니었는지 살펴보자.

김홍겸 ————

단국대학교 중어중문학과를 졸업하고, 대만 사립동해대학교에서 석사와 박사학위를 취득하였다.

저서로는 『학습업그레이드 가이드북』(2005), 역서로는 『서유기(상, 하)』(2007)가 있다. 연구논문으로는 「중국소설 속에 담겨진 여우와 여성의 형상연구」(2005), 「중국신화 속에 담겨있는 영웅의 유형 연구」(2005), 「『구미호』 속 여주인공의 형상연구」(2006), 「≪聊齋志異≫와 ≪閱微草堂筆記≫에 그려진 여우형상 연구」(2007), 「중국문화 속 여우이미지의 어제와 오늘」(2007), 「두십낭의 비극으로 살펴본 기생의 장한」(2009) 등 중국 고대신화뿐만 아니라 중국 고전소설 속에서 등장하는 여우(또는 구미호)와 여성에 대한 다수의 연구논문이 있다.

현재 단국대학교에 재직하면서, 여우 이미지를 통한 동아시아 문화권의 동질성과 이질성에 대한 연구 그리고 중국의 고대신화를 텍스트의 수집과 읽기 단계에서 한 단계 발전한 그 속에 담긴 진의 규명과 재해석 작업을 진행 중이다.

明清小説選讀
[명·청·소·설·선·독]

초 판 인 쇄 | 2010년 11월 23일
초 판 발 행 | 2010년 11월 23일

편 저 자 | 김홍겸
펴 낸 이 | 채종준
펴 낸 곳 | 한국학술정보㈜
주   소 | 경기도 파주시 교하읍 문발리 파주출판문화정보산업단지 513-5
전   화 | 031) 908-3181(대표)
팩   스 | 031) 908-3189
홈 페 이 지 | http://ebook.kstudy.com
E-mail | 출판사업부 publish@kstudy.com
등   록 | 제일산-115호(2000. 6. 19)

ISBN   978-89-268-1681-3 93820 (Paper Book)
        978-89-268-1682-0 98820 (e-Book)

내일을여는지식 은 시대와 시대의 지식을 이어 갑니다.